罪恶天桥

白艾昕▸著

作家出版社

图书在版编目（CIP）数据

罪恶天桥 / 白艾昕著. -- 北京 : 作家出版社，2025.1. -- ISBN 978-7-5212-3181-6

Ⅰ. I247. 5

中国国家版本馆CIP数据核字第2024T4D658号

罪恶天桥

作　　者： 白艾昕
责任编辑： 韩　星
装帧设计： 中尚图
出版发行： 作家出版社有限公司
社　　址： 北京农展馆南里10号　　**邮　　编：** 100125
电话传真： 86-10-65067186（发行中心）
86-10-65004079（总编室）
E-mail:zuojia@zuojia.net.cn
http://www.zuojiachubanshe.com
印　　刷： 三河市北燕印装有限公司
成品尺寸： 170×240
字　　数： 210千
印　　张： 17
版　　次： 2025年1月第1版
印　　次： 2025年1月第1次印刷
ISBN 978-7-5212-3181-6
定　　价： 68. 00元

写在前面

这是个瞬息万变且高速发展的世界，唯一不变的，是一直在变化。作为独立的个体，人们时常被各种声音和潮流所裹挟，内心却渴望找到那份真正属于自己的安宁与价值。

歌德曾经说过："你若要喜爱你自己的价值，你就得给世界创造价值。"当我们致力于创造新价值的同时，其实正是在塑造自己人生的意义。而我始终认为，我的人生，应该活得像一个真实的人。

这本小说前五章于十几年前开篇，QQ空间文档显示的具体存档时间是2010年7月19日00 : 54，名字并不叫《罪恶天桥》。一切起源于一篇关于境外某些地区跨国新娘的新闻报道。由于精力、阅历、人生经验的不足，写作被搁置，直到2023年年初。

值得庆幸的是，一切都是最好的安排。

正如一首外国诗歌里写道的：如果你错过了日落，那仍然可以等待满天的繁星。

结合近二十年的经济发展背景，随着中国国力的强盛以及人民生活水平的日益提高，不断飙升的不只是物价，还有——彩礼。

今年多大了？买房买车了吗？成家了吗？三十而立，立起来了吗？大部分单身男青年必定都面对过这些足以决定别人用什么样的态度来看待你的现实问题。

男方下聘、女方纳彩是中国自古就有的习俗。它所代表的意义是男方把女方当作珍宝诚心求娶的态度，同时也是对岳父岳母养育好女儿的答谢敬礼。随着国内经济活动和人民收入的蓬勃向上，彩礼由原来的“十万里挑一”到“百万里挑一”，再到买房买车作为结婚必需的常规配套，动辄起点就是大几十万元人民币，乃至一线城市的大几百万元，满足这些基础条件仅仅是入场券，这才具有和心仪姑娘谈恋爱的资格。结婚，对于普通百姓来说，甚至要举全家三代的力量和积蓄，掏空“六个钱包”才能完成一整套流程。

于是，自2008年起，“去境外某些国家娶老婆”的现象变得层出不穷，一些自称无法忍受城市“拜金女”的中国“王老五”和一部分收入偏低的单身男性，纷纷通过各种渠道跨越国境线，来到自己梦想中的幸福天堂。

结合这一热潮事件，笔者在创作过程中，于现实问题、热点矛盾及真实素材的基础上，展开合理想象，经过一系列人物设置、戏剧冲突编织及实地采风考察后，小说于2024年4月终稿修订完毕。截至完稿，某些地区跨国新娘的行情报价（含彩礼、中介费）已从2010年的8万—10万元涨至当前的18万—20万元。

伟大的哲学家叔本华说过：财富就像海水，越喝越渴。其实，欲望也是。书中人物颇具代表性的沉沦与堕落并不是瞬间的，而是在缓慢拉扯下、在欲望的牵引中，逐渐走进无底的深渊。

少欲则安，一切简单平淡，平安是福。

另外，小说中的具体人物与事件为符合艺术创作规律及达到冲突效果，均纯属虚构，如有雷同，实属巧合。更要着重说明一点，书中的A国也仅仅是因创作需要而虚拟出的国家，并没有特指现实中的任何一个国家，请勿对号入座。

谨以此书，致敬过往，献给灵魂相通的人们。

白艾昕

二〇二四年四月

目录

罪恶天桥

见素抱朴，少私寡欲，绝学无忧。

——《老子·道德经·第十九章》

无欲而天下足，无为而万物化。

——《庄子·天地篇》

第一章
天降财神

他叫管凡夫，是南京大学毕业的一名高才生，也是我们这部小说的主角，他以后凭着连线中国和A国两地的婚姻，赚得盆满钵满，用不到十年的时间一跃登上A国的顶级富豪榜，也因此导致了最后的沉沦和覆灭。刚毕业的时候，他顺利进入电视台工作，可自从顺利到岗后，他的日子就开始不顺利了，因为他遇到了一位很有“本事”的领导。

“小管？”

“周主任，您叫我？”

“上边领导来我们这里视察工作，这是名单。你去把会议室再打扫一下，摆上席卡、倒上茶水，另外再去买点水果，一定要机灵点，照顾周全，别让人家觉得咱不周到。”周主任把手里的名单递给管凡夫，眼睛仍然盯着报纸，瞟都不瞟他一眼。

“周主任，我这边策划案还没写完，明天就得出去对接活动策划的事呢！”

“你先去忙会议的事情。另外，给秘书长策划活动的事儿，我安排王梦去了，她帮你分担，你就少辛苦一点。”王梦是周主任的表侄女，长得像个小狐狸精，凡是露脸的事儿，绝少不了她。

“什么？周主任，我为这件事儿准备很久了，您看能不能这次让王梦为领导们做一下服务？”管凡夫虽然着急，说话的声音却很低。他从内心里还是挺忌惮周主任的。

“准备很久了？你还好意思说？准备很久怎么到现在连个策划案都没拿出来？我为什么一直没有催你？就是要看看你的工作积极性和工作态度。赶快倒水去！真是烂泥扶不上墙。我这么说你都是为你好，你以为我愿意费这口舌？说你对我有什么好处？这是在督促你进步。”周主任发了一通火，脸上的横肉也跟着抽动起来。

“好，周主任，我知道了，我这就去，给您添麻烦了。”

真是屁股大嘴就大，谁叫他是这个部门的一把手呢！管凡夫灰溜溜地干起杂活儿，不敢再言语半句。

一转眼，他大学毕业来电视台工作已经两年了，他知道，周主任怕他这个研究生抢了他下面自己人的风头，所以重要岗位和业务都不让他碰，一直安排他干一些无关紧要的工作，年终考核自然与先进无缘。

管凡夫懊恼地在会议室独自忙碌着，挨个倒着茶水，摆着水果，弄着席卡，累得后背隐隐出汗。此时，裤兜里的电话欢快地响起来。他笨拙地放好热水壶，掏出电话一看，是老丁。

他是管凡夫在大学读书时的同学，后来成了老铁。那时候老丁穷得很，吃饭专往白米饭不要钱的地方钻，和别人合点一盘酸辣土豆丝，还送汤，管饱。后来，老丁跟着他表哥在上海做木材生意，专门从国外采购木材，再贩卖至国内，生意倒也做得风生水起。赚了钱的老丁从此有了一吃大餐就发朋友圈的习惯。不过，这摊子买卖的主人是他表哥，赚再多，老丁也拿不到大头。

好在老丁脑子活络，由于他经常跑国外的线路，在那边经朋友介绍熟识了几位A国养妈。养妈就是我们常说的媒人。这几个养妈是专做跨国婚姻生意的，她们极力鼓动老丁帮她们多介绍几单生意，并且告诉他现在中国的经济发展这么好，A国的姑娘做梦都想嫁到中国来。老丁突然发现在这个行业上的利润似乎高于贩卖木材，还是成人之美的好事，能当个跨国月老也不错。

于是，为广大单身男女操碎了心的老丁和老婆一商量，“忍痛”脱离了表哥，弄了个跨国婚姻介绍所，每年收入倒是不少，却辛苦得很，其中很大方面的原因是缺少值得信赖的人手。

合伙创业，人最重要，钱真的是其次。

“喂，兄弟，忙什么呢？”老丁的国际长途打来，绝不是为了探听他现在忙什么。

“哦，老丁啊，我在台里准备开策划会呢！这不，昨天台里让我去对接秘书长，这可是重要工作。我来不及和秘书长一起吃饭了，就赶紧回来做活动策划的准备工作，一天天的忙死了都……”管凡夫一顿矫情，显得自己非常重要。

“嘿嘿嘿！听我说，你那儿再忙，也是给人家忙。要是挣的钱不多，咱为谁辛苦为谁忙？这样吧，你来A国，咱俩一起干。第一年月薪十万，往后咱俩分成！”

“十万……我×，你别拿我开玩笑了，贩毒啊你？”管凡夫笑了笑，那可是他当时工资的近十倍。

“我可没开玩笑，说的是人民币啊！我跟你说啊，我现在这个跨国月老的生意是蒸蒸日上，你来看一看就知道了，有多少A国少女等着中国男人来解救，把她们从贫穷的原生家庭中拉出来，带回中国。所以，我说中国的女人是真不知足，不知道珍惜，也摸不清自己的定位，一个个还挑三拣四的。”

"停停停停停……"管凡夫打断了老丁慷慨的演讲。

"你那儿既然那么赚钱，你缺我这么一个人去分你的钱吗？说吧，让我去干什么？"

"聪明！要不怎么说还得是你管凡夫呢！你当年除了在大学学习本专业，另外还修了几门外语，其中A国语是最精通的，咱俩是哥们儿你还揣着明白装糊涂。"

"我那也就是学着玩玩，怎么着，你这月老还不就是弄几个没结婚的中国男人过去，然后你天天坐着数钱玩，你让我过去帮你用A国语数钱？"对此，管凡夫心里还是有谱儿的。

老丁倒是动了真格的，一本正经地告诉他："兄弟，我干这事儿可是一伟大行业，你想想中国现在这国际地位，你再想想A国那边的情况。那边不缺水果，不缺美女，就缺男人；那里的男人可都是在家里被老婆当大爷似的供着，那一天天舒服着呢，老婆赚钱养家，还得伺候这些懒鬼。现在这A国女人巴不得嫁到中国，她们听说中国男人疼老婆，根本不敢想象还有男人会跪键盘、上交工资的好事情。哥们儿看准了市场，开了家婚介公司，你来这儿我们一起发展，也算是肥水不流外人田。你到公司做专职翻译，做得好，我再给你股份，肯定比你现在的工作有发展潜力。你上网搜搜现在两国通婚的行情就明白了。明天我再打给你啊！"

老丁的情绪很亢奋，管凡夫说他考虑考虑之后，酸溜溜地挂了电话。他听也听得出来，老丁做这行确实赚了不少钱，已经咸鱼翻身了。哪里像他，顶着"国企"光鲜的名头，干着处处看人脸色的活儿，天天夹缝里求生存，一个月到头还没几个钱。

接电话期间，管凡夫已麻利地做好会议布置工作，这个活儿，让他这个研究生干了两年，再干下去，恐怕也是没有出头之日了。

第二章
即日启程

关于中国男人去外国找老婆这事儿，管凡夫确实有所耳闻，而且他知道那边的姑娘对物质生活的要求都不高，家里有辆摩托车都能当宝马、奔驰开，这点比不少国内的拜金女要求低得多。她们坐在摩托车上就能笑起来。

也因此，很多对中国女性失望的钻石王老五和娶不起老婆的单身农民都开始踏上了异国征婚路，这都是近年这波热潮兴起的原因。当然，管凡夫不傻，不会武断地将老丁月入十万人民币的邀请拒之门外，是人都不会跟钱过不去，只不过他还要分析一下利弊。毕竟目前在电视台工作还算稳定，福利待遇也不错，虽然过着人在屋檐下的日子，可哪个房子没有屋檐呢？你敢说那里的房子没有屋檐吗？没后台的人到哪里工作，爹都比较多。如果辞职也就意味着他要背井离乡，离开父母亲人。

父亲倒好说，他觉得好男儿志在四方，近有近的优势，远有远的好处。关键是母亲。孟母三迁、岳母刺字，那是极少数深明大义的进步女性，一般的亲妈都想着儿孙满堂，病了有人伺候，死了有人摔盆。什么泼天的富贵，只要在家撑不死、饿不着就行。就是皇帝赏个黄马褂，也不及儿女守在身边有安全感。这就是大多数传统国人的家庭观，只是碍于面子，怕被人说自私，不敢拿到明面上说罢了。不过，管凡夫不介意。人，总要为自己着想。丝毫不为自己考虑的人，是抽象的，是圣人，是仙人。而生活中，都是真实的人。真实的人，就会有私心。这很正常。

必须确定能发财，才值得豁出去跑一回。管凡夫给他和老丁共同的好友，也是老丁的同乡小吉打了电话，向他询问老丁的发展近况，得到了对方确切的答复，他对管凡夫从事该行业也给予了大力支持。最后，管凡夫找到一条折中的路线——停薪留职。

第二天，老丁如期打来电话。

“兄弟，考虑得怎么样了？回去上网看了吧，你看现在这股热潮才刚开始，后面还有更精彩的呢！”

“老丁啊，不是我说你，你就不能往经济发达的地方跑跑？”

“你小子怎么想的？经济发达的地方还能有这商机留给你？人家脑袋上没包，精着呢！说说你的意见，考虑得怎么样了？我可等你话呢！”

“不然，再等等吧，我再考虑考虑。”管凡夫故弄玄虚地回答，有意吊他胃口。

“还考虑什么啊？没看到这么好的机会吗？放着这么多钱，要是别人我还真就不给他。以前我去南京，都是你照顾我，那时候我没钱，两周的营养都在你给我买的小排骨上了。那时候，我就看你仗义！管凡夫，不是我说你，你看你爸妈给你起的这名字，明摆着是让你当月老的，让你一定要管管凡夫俗子的事情，我没说错吧？”老丁鼓动着管凡夫。

管凡夫清楚地知道这里面的市场前景有多大，也明白老丁并非自吹自擂。于是他决定即日向单位申请办理停薪留职，谎称自己要自费出国进修，然后直奔老丁的地盘。

管凡夫递交申请的那一刻，清楚看到周主任眼中的不舍和嫉妒。

“干吗自费出国进修啊？也不是什么发达的地方。年轻人踏踏实实地工作，从实践中提升自己，不要急于求成。”周主任瞥了一下管凡夫，很清楚他并不是真要去进修。

“主任，我太年轻了，还需要通过不断学习来提高自己。”

“完成好岗位上的工作，就是最好的学习。学习是要在实践中完成的，不要搞到最后成了理论派，只会坐而论道。”周主任仍然官腔十足。

“是是是，我从端茶倒水、打扫卫生中，也学到了不少社会知识。”反正要离开了，管凡夫索性想说什么就说什么了。

从主任办公室出来时，管凡夫清楚听到主任骂了一句，只怕他现在脸都气绿了。管凡夫带着“安能摧眉折腰事权贵，使我不得开心颜”的豪迈，离开了那个让他卑躬屈膝的地方。

老丁则在得到管凡夫肯定的答复后，当即表示等他到了A国，要先给他安排一个高质量的妞儿，给他接风洗尘，提供一条龙服务——非常直接的耳目之欲！对老丁如此体贴的安排，管凡夫一笑了之，权当他说笑。

接下来的几天，管凡夫着手办理到A国的手续，准备随行的一些必备物品。

A国所处地区均为热带季风性气候，每年的5—10月都是多雨季节，其余为旱季。老丁求贤若渴，说当地两季分明，不用带很多东西。所有的生活必需品，他都给管凡夫备好了，并且强烈建议他跟随旅行团入境，路上的一切都由旅行社代办，会方便很多。

管凡夫是个不走寻常路之人，偏执地认为随大流并不能走出自己的风格。他不顾老丁的反对先从南京飞到昆明，在市政府附近的茶花宾馆入住三天，顺便逛了逛这个素有“春城”之称的西南城市，其间委托宾馆方面的人去办理签证。一切准备妥当后，管凡夫登上飞机，像被压在五行山下五百年的孙猴子一样，在被释放的那一刻，腾空而起，无拘无束。

他感觉自己现在呼吸的每一口空气，都比过去新鲜。那是梦想和自由的味道，也是对那片未知的广阔天地的渴望。

一眼望得到头儿的工作有什么意思？他还年轻，绝不能给自己的人生留下遗憾，要精彩地体验，去开拓，去生活，去寻找自己的理想国。想到说到就要去做，人这辈子就这几年，干就完了！

第三章
又见老丁

当天20 : 55，飞机准时降落。管凡夫并没有通知老丁具体的到达时间，只告诉他是今天的航班，晚上到。

出海关的时候，管凡夫被工作人员监督着填写了一张莫名其妙的入关表，都是一些个人信息。见到国籍那栏明确地填写着CHN，工作人员居然很热情地说着“你好”向他索贿，美其名曰“友谊费”，虽然区区50块人民币，还是让管凡夫感叹了一下A国的综合素质。与此同时，工作人员很配合地向他说了句“谢谢”。

“友谊费”立即生效，替管凡夫免去很多麻烦，直接被引导至快速通道，丝滑入境。机场外，在众多黑车司机的呐喊声中，管凡夫拨出老丁留给他的A国电话号码。电话立刻接通，那边响起精神永远都那么亢奋而又熟悉的声音：“管凡夫，你可真是我大佬，总算给你盼来了。你在什么地方啊？”

“我在机场。这里的人说话也太值钱了，一句‘你好’和‘谢谢’可就是50块钱。你得把这‘友谊费’补给我！”

“哈哈，忘了和你讲啊，海关那边经常会有这种情况出现，其实你不用给他钱，一会儿也就出来了，无非是耽误点时间。不过，今天可真是好日子，我跟你说我刚刚运走一批客人，都找到了意中人，收成不错。你在机场那儿等着啊，兄弟我正在往你那儿赶呢，大约20分钟到！”

“喂，我在这儿人生地不熟的，你晚来一会儿，万一哪个A国妞看上我了，说不定我就被人拐跑了，你可得快点啊！”管凡夫放飞自我后，说话的语气和方式都不太一样了。

“反正你懂当地话，在这儿走不丢。好了，你那手机也是国际长途，先这样，等我到了带你参观一下这里的夜生活，别忘了我许给你的承诺，我可不是放空话的人。哈哈哈……”笑声亲密又嘲弄。

挂断电话，管凡夫独自呆立在机场出口，看着嘈杂的人群，耳边充斥着异国语言，他才真正地意识到自己已经来到一块神秘而又陌生的土地。此前，管凡夫的生活是一眼就能望到头的平静和寡淡，望着来来往往的摩托车和从身边走过的各色各样的拖鞋，他内心不免对未来的生活充满了渴望和希冀。当时的他并不知道，未来的十年内他将一跃成为A国的知名人物，手下员工无数，财富也随着事业规模和版图的扩张而快速积聚；他更不知道的是，如果能提前预知未来，他可能宁愿窝在电视台老老实实地做那个当初给别人端茶倒水的管凡夫。

管凡夫看到机场外的公路两旁是昏黄的路灯，在稀散人群的簇拥下显得并不寂寞，路上有大巴车和往来的的士路过。他注意观察着周围的人，他们看上去和中国人长得很相像，与南方一些省份的人混杂在一起几乎难以分辨，以至于让管凡夫在恍惚间好像来到了老丁和小吉的老家——广西。小吉曾经跟他说过，他们那里是跨国婚姻最早流行的地方。多年前，就有A国女人源源不断地跑到中国来，哪怕是嫁到偏僻的农村，她们也颇为满足，总比在A国既要拼命赚钱，又得伺候男人强得多。

“别动！”突然，传来一句蹩脚的A国语，有个硬邦邦的东西顶到管凡夫的腰后。完了！管凡夫的额头惊出细密的汗珠，以为自己刚到异乡就遭遇了不测。以防不测，他一边缓缓举起双手一边说出了一句类似万金油的话：“别冲动，有话好说。”果然，后面传来笑声。他回头看到老丁那矮小而又肥胖的身材，本来只是接近30岁的年龄，活脱脱地让他整成50岁朝上的中年男人。

“管凡夫，跟我走。”一场恶作剧式的见面礼后，老丁边笑嘻嘻地拍着他的肩膀，边拉着他向身后那辆老旧的面包车走去。

“老丁，你是不是把这辈子学的A国语今天全用在我身上了？就你这车和你的身份也不匹配啊，你可是跨国婚介的老板！别忘了，月薪六位以上人民币啊，就开这辆破车？”管凡夫和老丁说话不需要避讳什么，看到那辆濒临报废的破面包车时，他感到有些失望。在他的认知里，能够给别人10万月薪以上承诺的老板，最起码也是开奔驰S600级别的。

“哎，那都是场面上的事儿，我这车能拉人就行，节省成本啊，剩下的钱反正都是自己赚的，干什么不好，没必要走形式。”老丁说这话时相当坦然，很符合他的性格。

接下来，两个老爷们儿免不了询问对方这几年的近况，毕竟上次见面已是两年前的事情了，上次电话里也没说几句。老丁热情地提出要先带管凡夫吃顿大餐，再充分地感受一下A国的夜生活。

“老丁，饭我是要吃的，不过之前你那些承诺我权当玩笑了，就免了吧。我怕水土不服。”管凡夫的态度很诚恳，并没有矫情虚伪之意。

“那可不行，怎么着，难不成你大老远地被我请来，是来侮辱我的啊？我老丁什么时候不是说到做到？走，带你去一个好地方！”老丁豪爽朴实的性格里有着广西人的风格，透露着淳朴和憨厚。

老丁驾车快速地行驶着，管凡夫望向窗外的夜色。他本以为这里怎么说也该有些国际大都市的气派，但事实并非如此。沿途高层建筑物并不多，基本上都是国内20世纪80年代常见的那种五层以下的小楼房，更不用说有什么地标。旁边的街道异常窄小，并没有什么像样的广场，或许是深夜的原因，很少见到私家车。

“老丁，这是市中心区吗？”

“对对对，现在走的这条路就属于中心地区，旁边的湖很有名。这边属于旅游购物区，要是白天过来，能看到很多名品店。你也别用国内的眼光来看A国，想在这里找到一个平衡点，你至少要先学会让时光倒退。”老丁边开车边漫不经心地给管凡夫讲着。管凡夫有这样的疑问，实属正常。

听老丁这么一说，管凡夫觉得也对。这个国家曾经饱受战争的洗礼。当管凡夫换了一种心态，像是坐上了时光机，趴在车窗口看着朴实的街道，虽然简单，却有别于国内那些繁华亮丽的都市，给人一种岁月洗礼过后的清爽沉静。路旁有很多殖民地时期留下的带有法式风格的建筑，有点像上海的老洋房，却没有它们好看。

老丁最后将车停到了一家名为“阳台餐厅”的餐馆门口。菜品很是壮观：春卷、米纸卷、酸汤、火车头、香草蚬汤、炭烧酿海螺、檬粉、各种BBQ，还有加了辣椒的果盘……

吃饭的时间不长，一是因为两个大男人在一起吃饭没有太多好聊的；二是接下来还有更重要的任务。老丁结了账，拉上管凡夫开始体验这里的夜生活。

第四章
夜店阿兰

A国的时间比北京晚一小时，两人到达酒吧的时候，是当地时间23点左右。夜店街的建筑同样是欧美风格，很多西方人晚上都跑到这里来，在不同风格的BAR各取所好。有的店面前停满了重型机车，很是拉风，表明店内的风格很摇滚。

如果说管凡夫刚才还沉浸在20年前的A国，那么他现在简直对这里的女人刮目相看。作为一个出生于现代中国的80后青年，印象里的A国一直挣扎在战后的苦难和落后中，没想到这里的夜店姑娘也如此奔放。

管凡夫目不转睛地盯着吧台，那边有很多女孩子有着超好的身材和时尚的外貌，皮肤也不错。看着管凡夫的模样，老丁嘲笑他，问他有没有狼掉到羊圈里的感觉。

“你这只狼是不是每天都在羊圈里泡着？老实告诉我，做跨国月老这两年，做了多少对不起嫂子的事情？”管凡夫回敬老丁。

老丁笑而不答，转而说A国有一部分人是混血，都是殖民时期、战争时期留在当地的西方人的后裔。总体上来看，无论是混血还是本地女孩，个子都不是很高，保留了东南亚女性的小巧风格。

老丁一副自来熟的样子，一进门一个中年女性就迎了上来。老丁告诉管凡夫，他通常合作的那些养妈也常到夜店来，有时做做拉皮条的兼职生意。老丁将自己熟识的养妈逐个介绍给管凡夫，毕竟他也即将踏入这个行业，就当是热身运动了。当然，有管凡夫在的时候她们和老丁之间的对话比之前明显顺畅了很多。

其中有一个叫阿金的养妈告诉管凡夫：在此之前，经常会有比较急的生意，找不到翻译是她们最痛苦无奈的时候。老丁和她们的交流基本就停留在磕磕巴巴的英文加本地话还有肢体语言上。有一次，老丁带了一个东北征婚团，那群如狼似虎的东北汉子见老丁对着一个中年妇女手舞足蹈，就是不见相亲对象，差点就把老丁扔到湖里，好在最后阿金带来几十个应征的女孩，才没有耽误这笔生意，也让老丁免了皮肉之苦。

如今，这个A国语通来了，养妈们个个欢喜得像过年，把管凡夫捧上了天。很快，一个身材适中、面容姣好的姑娘走到管凡夫身边，邀请他一起喝几杯。她向管凡夫介绍说，自己是阿金的侄女，常到这种风格偏静的夜店来玩，她很喜欢中国和中国的文化。

这种正常的聊天邀请，管凡夫自然不好拒绝，也根本不想拒绝。他在吧台看了看啤酒的种类，和南京酒吧街区的店里没什么太大区别，喜力、虎牌、百威、嘉士伯、科罗娜……最后，他将目光锁定在当地两种啤酒，向服务生表明各要半打。这两个倒是新鲜品种，值得品尝，不过在这里消费的价格也比他想象中的要贵一些。管凡夫告诉阿兰，他比较喜欢在安静的角落，听着店里静谧婉转的本土音乐，这种感觉很是浪漫，仿佛只有这样，才能和这如梦如幻的夜色融为一体。

善解人意的阿兰专门找了人少的双人座位落座。因为初到异乡，对风土人情还不是非常了解，管凡夫多多少少显得有些拘谨，阿兰倒是自然大方，也不像其他夜店的妖娆女孩那样把脸涂得像面缸一样刷白，反倒这种不施粉黛的自然美更加真实，给管凡夫一种亲近舒服的感觉。

阿兰询问了他在国内的情况以及到A国来的原因。面对这样的美人，管凡夫没有隐瞒，一五一十地向阿兰做了说明。在得知管凡夫还没有女朋友后，阿兰便将话题扯到跨国婚姻上。阿兰真诚且不做作，明确表示自己也希望找一位中国丈夫，尤其喜欢定居在像南京这样带有古蕴色彩的城市。

对此，管凡夫没有表示出接纳，也没有表示出抗拒，刚到异国他乡的警惕性使他只是对阿兰微笑，仅此而已。管凡夫举杯，喝掉杯中的酒，再次转移了话题。阿兰的脸上滑过一丝失落，但她很快又为管凡夫倒满酒，两人一起听酒吧的音乐。缘分如水，铮铮誓言，也抵不过上天的安排。此时，一首叫不上名字的歌曲飘出，是一个小型乐队在中央场地进行表演，女主唱伤感的唱腔很能牵扯人心。

听歌，喝酒，慢慢地管凡夫开始向阿兰了解这里的夜店文化。阿兰告诉他，这个国家近现代夜店的兴起要追溯到20世纪初，甚至比中国夜店的发展还要早一些。她拿南北两大都市作对比，总体的生活水准都要比全国平均消费数值高出两倍以上，因此这个地方的消费也不低。阿兰的讲述有种娓娓道来的感觉，她说话时脸上那淡淡的微笑，温软、甜美，让管凡夫这样的凡夫俗子忍不住怦然心动。

不知不觉间，乐队停止演出，换成酒吧的背景音乐，转换着不同风格，都是安静的小调。阿兰告诉管凡夫午夜12点整座城市要宵禁，说完索性瘫软在管凡夫的身边，不再说话。

还有一刻钟就到了宵禁了。人生地不熟的管凡夫赶紧向老丁的方向望去，没想到这小子居然抱了个白种女人在那儿缠绵，不时还望向他们这边，似乎在关注管凡夫和阿兰的进展情况。

老丁大喊道：“管凡夫，剩下的戏份就看你的了！”

养妈阿金走近管凡夫，轻声问道：“管，和阿妹入房吗？她可是做梦都想嫁到中国哦！”说完将一张酒店房卡放到管凡夫面前的桌台上，上面还标注了详细的地址。管凡夫看阿金这一本正经的样子不像是在开玩笑。长得帅，总是有烦恼的！管凡夫不由得自恋起来。美女的示好给了他很大的信心和动力。

对于阿兰的主动，管凡夫是有所准备的，但节奏如此之快，还是有些出乎意料。阿金已经安排了车子，在门口等着管凡夫和阿兰。

临走前，老丁坏笑着对他说道：“管凡夫，保重身体啊！明天上午我去接你！正事儿在后面呢，留点体力。”阿金也对他报以善意的微笑，说道：“好好照顾阿兰。”

一时间，管凡夫的责任似乎有千钧之重。

管凡夫纳闷，鬼知道老丁到底对阿金说了什么，能够让她如此放心地把侄女交给他。不过，他不得不承认自己对阿兰确有一种向往的感觉。她的美，像是一个微笑。当管凡夫偶然看到她在老屋门口倚靠着光影般晨曦的美丽背影时，更像是沉浸在一首充满红尘暧昧情愫的情诗，深陷于其中而无法自拔。

第五章
萨默塞特的夜晚

管凡夫开始从内心感谢老丁。老丁就是细心，他安排的萨默塞特酒店离酒吧并不远，也是在市中心。两人进入房间后，阿兰就完全放松地躺在柔软的大床上，不时用半睁的双眼看着管凡夫，如虚弱迷离、等待解救的女人。他想起一部小说里的一段话："我认识你，永远记得你。那时候，你还很年轻，人人都说你美。现在，我是特来告诉你，对我来说，我觉得现在你比年轻的时候更美，那时你是年轻的女人，与你那时的面貌相比，我更爱你现在备受摧残的面容。"

管凡夫拉上窗帘，余光瞥到窗外街边的路灯散发着游离而又孱弱的光，像这个夜晚一样透露着暧昧不清的情愫。这个名叫阿兰的女子与一个中国男人，在这个浪漫的古城偶遇，她喜欢中国，梦想嫁到中国……管凡夫感觉自己已经陷入一种困境，阿兰似乎像是他前世的情人，就这样被命运牵引着与管凡夫所处的这段平行线相互交错。在他来到这里不到半天的时间，就遇见了这样美丽动人的女子。

气氛已经烘托到这里，管凡夫卸下本就不多的警惕。原来在国内本地只是一个活得窝囊的男人，除了会几国语言，没什么能拿得出手的东西。他能给女人什么？似乎除了一夜缠绵，什么都给不了。在萨默塞特酒店的这个夜晚，管凡夫感觉自己很累，索性跟着宿命的安排随波逐流。他记得小说《红与黑》中有句话是这么说的：要打动人心就得伤害人心。阿兰是个很好的女孩，“伤害”是不会属于她的，无论他们之间发生了什么，也无论时间多么久远，阿兰终会一如他初见时的模样。

管凡夫注视着阿兰，不说话，也不离开。

阿兰还是微醺的状态。她从床上起身，对管凡夫说要去洗澡，然后冲泡了一杯咖啡，端到他面前；又将电视打开，把遥控器递到他手中。

“不用，阿兰，你不用这样……”看到阿兰蹲下来要给自己脱鞋，管凡夫不好意思起来。

阿兰温柔地推开他的手，并告诉他不要推托，更不要难为情，这是A国女性的传统。这一系列举动不免让初来乍到的管凡夫感到温暖贴心，也让他清楚知道为什么中国男人会如此迷恋A国女性。即便是拥有新思想的阿兰，仍旧很好地保留了A国女性的优秀传统，温柔、贤淑、善解人意。与此同时，他对国内某些年轻女性的价值观和择偶观产生了严重的鄙视，也对阿兰产生了更多好感。

已是午夜，电视节目有些乏味，全是白天节目的复播。浴室中水声淅沥，管凡夫感觉自己没法拒绝来自内心的情感，是那么强烈，暗潮涌动。这样的感觉升腾，再升腾，让一个毕业两年、在单位经常受到排挤和奴役的青年无法驾驭。

阿兰从浴室出来的时候，管凡夫就像是一只鱿鱼，平摊在床上，脸贴着被子。阿兰的一只手搭到他肩上，管凡夫只好起来正了正身子告诉阿兰：“你先去睡吧，我也要去冲凉，谢谢你的咖啡。”

“没关系，我等你，浴缸里的水我放好了，你先歇歇，再去冲凉。”阿兰的几句话细心又不失温情，也表明她对管凡夫的态度，冲破了他最后一道防线。

二十分钟后，两人再次相对。他看到阿兰的胸脯在均匀的呼吸中上下起伏着。阿兰率先打破沉默：“管，你知道吗？从你进店时我就注意到你了，你和那些人不一样，和老丁也不一样。”

“我哪里不一样？只不过在这里我算是个外国人，但也没那么明显吧！”管凡夫努力让自己显得平静一些。

“不，在这里，很多男人交朋友搭讪的目的都不单纯，而且心很坏。我能看出来你是一个细腻的人，是一个好人。”阿兰的语气很坚定。

“为什么今天你会主动来找我？不怕我伤害你吗？我们之前从未谋面，而且我才刚到这里。”

“我相信自己的直觉，之前从没有人让我有过这种牵肠挂肚的感觉，当时我只想着和你走。如果喜欢一个人，却因为怕伤害而压抑自己的情感，受委屈的是自己。”说完，她侧过身抱着管凡夫，把头靠近他的肩膀。

好吧，好吧，那就一不做二不休！管凡夫将阿兰紧紧拥入怀中，承诺会用一辈子的时间来记住阿兰跟他说的一句话：没有了爱，生命也就随之荒芜，不想付出真心去寻找真爱，那就只能用一辈子的时间来背负孤独的心。

接下来，两人开始热吻，伴随着阿兰逐渐急促的呼吸。她的身体就像一簇棉花糖那般的温软，又像是一根绷紧的弦，亟待松解。缠绵中，阿兰的锁骨垫到管凡夫的胸口，美人的身体毫无保留地袒露在管凡夫面前。她红润的嘴唇很具诱惑力，在管凡夫贴上去后，两人的舌头就交织纠缠在一起。阿兰的指甲紧紧扣住管凡夫的身体，两条腿缠绕在他身上。阿兰的睡衣如丝般滑落，这个异国女子的身体有一种自然的神秘感，神秘到令管凡夫思绪斐然。

她的肤色并不算洁白，而是那种充满光亮、透明、娇艳欲滴，流淌着一股健康而高贵的亚洲肤色。阿兰轻轻咬着管凡夫的肩膀，不断说着含混不清的情话。

阿兰那温顺、热烈、激昂、纤细的喘息声荡漾在房间中，温柔的发丝垂在管凡夫的胸口。管凡夫像一个鼓起的气球，从开始膨胀到爆发，直至一点点颓废下来。最后，阿兰倚在这个中国男人的怀里，两人彼此轻声互道晚安就沉沉睡过去。闭着眼睛，管凡夫听到阿兰小声地对他说了句“我爱你”。

第二天醒来，管凡夫感觉精神百倍，通体舒泰。阿兰坐在床边梳头，像极了20世纪80年代中国女人对镜梳妆的感觉。管凡夫伸了个长长的懒腰，本能地用毯子盖住自己的身体。很多本土人没有盖被子的习惯，如果在四星级以下的酒店，可能连毯子都没有，那该多尴尬。管凡夫还沉浸在昨晚颠鸾倒凤的美梦里，意犹未尽。

“我们起来晚了，酒店没有早餐了。你在这里等一下，我出去给你买早餐。”阿兰边说话边看着管凡夫的眼睛。

管凡夫享受着被娇宠的感觉。他穿上拖鞋，从阿兰身后抱着她绵软的腰肢，贴着她的耳朵说道：“我们一起出去走走吧！”

管凡夫一边穿衣服，一边心里怪老丁不和他联系，也没和他说什么时候来接他。虽然佳人在侧，但他来这里的目的不在于此。

他和阿兰穿行在熙熙攘攘的街道。在斑驳的墙面中间，管凡夫偶然发现一座写着汉字的庙宇抑或是祠堂。他不知道这些对仗工整的方块字在这里经历了多少个春秋。俗话说，入乡随俗。管凡夫和阿兰一起坐在街边，对着马路，喝一杯本地人的滴漏咖啡，点了一份牛肉粉、一份海鲜粉、一份春卷、牛肉串等，一边蘸着虾酱吃，一边看着来来往往呼啸而过的摩托车，它们几乎承载着A国普通百姓的一切，家人、货物、客人、生意；而坐在车后的A国女人显得非常温顺知足，这里的男人没有为彩礼和房车奋斗终生的苦恼。

“管，你准备在这里待多久？今年春节回中国吗？”

“看情况吧，如果能挣大钱，在哪里还不都一样！”

“不过做生意，到节假日的时候反而更忙。”

“现在就开始研究起了节日，莫不是想着早早和我一起回去见公婆？”管凡夫正开着玩笑，电话响了，是老丁。

“喂！我到宾馆接你，你不在。你小子跑哪儿去了？”

“和阿兰在街上随便走走啦，难不成要让我一直等你？”

“行啊，挺自来熟的嘛！我说，你没累坏吧？不要让我给你爸妈没办法交代。快发个位置，我过去接你！今天我这边有几单生意在等着你呢！”

没老丁的时候想老丁，老丁突然过来，管凡夫又觉得有些碍事。算了，要抓紧时间办正事。管凡夫跟阿兰说明情况，想先送阿兰回去，阿兰摆摆手说不用，这里打车使用Grab很方便。

真的是完全不一样！和国内那些求关注、求安慰、求存在感、求当老佛爷的女孩真的不一样！国内的女孩要求男人是老板、是服务员、是保姆、是快递员、是厨师、是育婴师、是心理关怀师、是可以与老婆一起并肩作战，甚至打败自己亲爹亲妈的战士。

管凡夫想：我们男人真是吃饱了撑的，有那么多钱躺着不香吗？难道是自己缺一个祖宗？上赶着要给人家做这么多的服务。真要娶妻，就娶阿兰这种的，不矫情，不多事，贤淑温柔。

他不知道的是，阿兰转过一条街，便有一辆雷克萨斯过来接她。她一改昨晚柔弱娇顺的样子，戴上墨镜，换了身衣服，很快就抵达了自己的私人庄园，开始运筹帷幄。

“今天情况怎么样？”阿兰问下属。

“兰总，还不错啦，有一个在线人数两千多人，留言很多的。”

“谁的？”

“吴嘉妹。”

“我知道了。她刚来没有几天，交代她不要紧张，越自然越好，最好像个淳朴的村姑，那种只会做菜，不会要钱的村姑。让她笑得呆一点，显得更清纯。”

“好的，兰总。”

第六章
非诚勿扰

老丁看着管凡夫似乎动了情的样子哈哈大笑，露出嚼着槟榔的一口黑牙。

“管凡夫，你个情种！你听说过月老还没给别人牵线，自己就先动心的吗？赶紧吧，今天的生意，你可得给我好好撮合，弄成了，少不了你的好处！”老丁拍打了一下管凡夫的肩膀，眼里有光，仿佛钱正在往他的兜里钻。

“我就是个翻译，人家说什么，我翻译什么。别的我也不会，你让我帮你什么忙？难不成你怕嫂子查你的账，还要我帮你管一管私房钱？”管凡夫调侃起来。

“我说你上班上得脑子锈掉了？把男女双方的条件和说出来的话升华一下知道吧？在实际的基础上增加一点……浪漫色彩！”老丁的意思很明确，管凡夫心领神会。

“哦……你还真是会扯淡，这操作和房地产商的套路差不多。在偏远地段叫远离闹市喧嚣，尽享静谧人生；挨着臭水沟，那叫绝版水岸名邸，上风上水；要是挖个水池子，就成了东方威尼斯，演绎浪漫风情；楼间距小呢，那是邻里亲近，和谐温馨；边上是荒草地，可以说成超大绿化，满眼绿意；楼顶圆的是巴洛克风格，楼顶尖的是哥特式风格……”

“对对对，就是这个意思。相当灵活！”老丁知道管凡夫聪明，管凡夫也知道自己聪明，关键是要用对地方。

“跨国相亲，说白了，就是冲动消费。他们本身来这里就是充满了期待，你把这些男人女人说得越美好，越给他们以希望，他们就对未来越是充满信心，成功率也就越高。良好的开端是成功的一半，他们牵手越快，我们的钱就赚得越快。”老丁说着，神情中充满了得意与自豪。

“哈哈，老丁。你还是我以前认识的那个老丁吗？你别以为我不知道，从1994年开始，咱们国家就严禁成立涉外婚姻机构了。你如今做这行生意不说，还添油加醋地做，不得了啊！”来之前管凡夫了解过，虽然这种生意在国内明令禁止，但在这边花个不到2000万本国币就可以摆平此事，相当于人民币6000来块钱。而牵线成一桩婚姻，至少也要中国男人花上人民币8万元才能领走新娘。除了给养妈三四成的利润，再给女孩娘家一两成的钱，剩下的可不就被老丁这类中介吞了去吗？老丁做这样的生意，还真是无本万利。

车子驶入市中心，再七绕八拐地进入一个巷子。

“下车！”老丁从车上下来，摘掉墨镜。

管凡夫这才发现老丁开的婚介所位置背离主干道，门头也不显眼，不注意的话，真的很难看清“天桥婚姻中介”这几个字，门可罗雀的，完全不像做生意的样子。

“开店怎么找这样的背街小巷呀？”管凡夫跟着老丁下车上楼，楼梯是旋转式的，虽然节省空间，但七拐八拐很难走。

“低调，低调啦！挣钱就好，要那么大的排场干什么？”

到了二楼，大厅里铺着席子，席子上有六七个年轻姑娘或躺或坐，看到陌生男人来访，赶紧起身。

老丁对她们解释道：“这是我国内的一个兄弟，不是来相亲的。你们不要紧张，空闲了可以帮忙打扫一下房间，这样中国男人过来一看，这里的姑娘们都很勤劳！就你了，哈哈。”那口气像极了老板给员工打鸡血。他坚信“只要员工够辛苦，老板早晚开路虎”的道理，并将之付诸实践。

老丁夸张地和姑娘们说着，便拉着管凡夫走进另一间办公室。他告诉管凡夫，等会儿会有十来个中国男人来相亲，让他看情况，如果碰上合眼缘的，尽量撮合撮合。

相亲？在异国他乡，语言不通、了解不多的情况下，通过中介的牵线搭桥，短则六天，长则个把月的时间里，将一个女人领回家。与其说是相亲，不如说是“拼婚”吧。更通俗一点来说，就是花钱买个媳妇，买个经过人家同意愿意跟着走的媳妇，相当于谈成了一单买卖。

管凡夫查过资料，前几年，仅国内一个省就有4万个无证的A国新娘，加上其他省份的，保守来讲，当时中国就有十几万个A国新娘。管凡夫赶上了两国婚介事业春末夏初的阶段，正是欣欣向荣之际。有市场证明有需求，来得早不如来得巧，可谓一切都是最好的安排。

过了一个多小时，阿金领来十多个中国男人。他们大都皮肤偏黑、长相普通，目光有些呆板。他们有的穿着仿制的LV、GUCCI、HERMES等品牌男装，但是错不在衣服上，错在这些长期从事体力工作的身体和沧桑的面孔以及内心的自卑，根本撑不起这样的牌子，突然穿在身上，显得颇为尴尬。即使他们穿的是一身正品，也会被误认为是假的，但管凡夫是有职业道德的，并没有因此而轻视他们。

流程是这样的：老丁先领一个中国男人来到会客室，再由养妈逐个安排本国姑娘进屋和男人见面，管凡夫在一旁帮两人翻译，老丁和养妈亦旁观，见机行事。

第一场：

中国男："我家里有父母和两个弟弟。我们靠种田为生，一般种的是稻米，还有甘蔗。"

管凡夫加工："我家是中国有名的鱼米之乡，家里有一大片庄园，由我的父母兄弟操持着，衣食无忧。"

姑娘点点头。

中国男："家里没有太多活儿，无非是一些应季的农活儿。你能干的话，就帮忙一起干。如果觉得农活儿重，周围还有一些做手工的活计，你可以做适合你的事情，我们一起尽快富裕起来，经营幸福的家庭。"

管凡夫加工："你可以和我家人一起享受采摘和编织的乐趣，也可以在家里做一个全职太太。但是，为了不让你感到太寂寞，还是希望你能做一些让你感到快乐的、有趣的事情。"

姑娘笑了笑。

中国男："房子是自己盖的四间砖房。一间用来做饭，一间我父母住，还有一间我两个弟弟住，然后我住一间。你要是嫁过来，有地方住，而且等生了孩子，我们可以再盖两间，就完全够用了。"

管凡夫加工："我家有独门独栋的房子，兄弟姊妹和谐地生活在一个大家庭里。父母想早点抱上孙子，会对你非常好。生了孩子以后，还会有更大的房子住。"

姑娘说："谢谢！这位大哥，我嫁到中国以后，需要每年回一次娘家。另外，家里要盖房子，弟弟妹妹还要继续上学，需要给娘家人一些贴补，你介意吗？"

管凡夫加工："阿妹说，她是个重感情的人，永远忘不了父母对她的养育之恩，她需要经常给家里打电话，会花你一点通信费。"

中国男点点头："好说，这没什么。"

养妈：“哎呀，阿妹好姑娘啊！她这么重情、顾家，到了中国也一定会孝敬你家父母的！”

管凡夫帮腔：“这边的女人把孝道看得非常重要，到哪里都是这样，她一定会孝敬你的父母的，就像对她自己的父母一样。”

中国男人开心地笑了。

别人是看到女人笑了，就坐不住了，而老丁是看到男人一笑，就坐不住了。因为男人一笑，就准备要掏钱了，谁看见别人给自己掏钱不开心呢？

“哎呀，蛮好，蛮好，蛮好！可以的话，你们就定下来，我跟你说，这位大哥不要错过了，像这么好的阿妹，那可是机不可失失不再来的！喏，这是健康证，你尽管把心放到肚子里。”老丁拍着男人的肩膀，意味深长地望着管凡夫。谁知，男人表示：不急，再看看。

“那你多见一个女孩，要多掏200块人民币，这个知道吗？”老丁说出行规。男人犹豫了一下，点点头，表示可以接受。

接下来，第二个阿妹走进房间……

一个小时后，第二个男人走进房间，第一个阿妹又走进房间……

一个下午的时间，有两个男人大方掏出了定金，可以算是成交。另外，七七八八的费用收下来，一共有6万多人民币了。被人看上且预定的女孩，第二天由养妈带领两人一起去女方家，看女方父母的意思，双方商量女方的彩礼钱，以及如何筹办婚礼等事项。

其他的女孩还是住在二楼的大通铺，有专门的阿姨给做饭。她们这段时间就在这里等，可能一天能见很多个男人，也可能一个男人也见不到，完全听天由命，只等有人能看上她，把她领走。

她们当中有很多人觉得自己只得到一两成的利润，实在太少了，所以发誓要多嫁几个人，直到达到“勤劳致富”的目标。

第七章

咸鱼翻身

“兄弟，辛苦了，辛苦了！走走走，带你回去休息。”老丁显然对管凡夫此次的翻译很满意。待一切安排完毕，他拍着管凡夫的肩膀上车准备回家。管凡夫怪老丁怂恿自己夸大其词，这样会遭报应的。

老丁笑了笑：“我们那叫夸大其词吗？老婆饼里有老婆吗？牛肉面里有牛肉吗？再说了，你去过男方家做过调查吗？知道他告诉你的话是不是真的？你知道现在A国有多少女孩只有初中文化水平？她们十几岁就出来闯社会，都做过些什么？经历了什么？和多少男人有过关系？生没生过孩子？有没有病？这些你知道吗？”

“唉！”老丁撇了撇嘴，摇摇头，感叹管凡夫的书生意气和少不更事。

“不客气点儿说，我们给他们翻译的也仅仅是量变。他们自己呢，他们到底什么情况也只有自己清楚。兄弟啊，生意就是生意，和感情是两码事。咱们在大学校园一起过了四年，我把你当兄弟，绝不会亏待你！”说着，老丁把他的破烂汽车开到一条僻静且干净的街道，拐了个弯，就到家了。

“嗯？这是哪儿？”管凡夫有点诧异。

“我家。”老丁说。

“太牛了！”管凡夫的思绪还没有缓过来，就被眼前的豪华震惊到了。

这就是曾经就着半碗土豆丝吃三碗米饭的老丁的家吗？虽然还没有走进去，富贵的光影却冲撞着管凡夫的眼睛。那白色的三层别墅优雅豪华，设计独具匠心，一丝丝绿色植物如帘子一样垂在超大的落地窗前。老丁挣了钱，在国外过得真是滋润啊！在中国，也没几家有如此气派的宅院。

随着老丁热情的招待，管凡夫走进大厅，看到客厅顶上无数个四叶草形状的水晶灯又冷又亮，两侧的高墙在柔软的地毯上投下阴影，穿过宽敞却空无一人的走廊。走廊上，油画上的女神半裸着身体，高贵又悲伤地俯瞰尘世。

“来，抽根！”老丁掏出一盒555，弹出一根，给管凡夫点上。

管凡夫坐在牙白色的全进口沙发上抽着烟，梳理着思绪。他面前茶几上的水晶花瓶内插着几朵含苞欲放的不知名的花，别具一格。再往前看，大理石楼梯通向二楼，那可能是老丁夫妇的卧室。

上大学那会儿，管凡夫就知道老丁对古琴比较感兴趣，别的不说，单就古琴那独特优美的滑音就足以抚慰老丁那颗粗粝的、满是伤痕的心灵。虽然他是个贫苦出身的粗人，却并不妨碍他热爱优雅的生活，这恰恰是生命中的互补，也是一种平衡。

他把自己的书房布置得充满中国古典气息，墙的东北角摆放着一个绛紫色的书柜，暖暖的阳光从朱红的雕花木窗透进来，零碎地洒在一把支起的古琴上，淡灰色的纱帘随风从窗外带进一些花草的芬芳，轻轻地拂过琴弦，像吻着情人的唇；另一个角落，香炉里升起袅袅的沉香烟气，卷裹着纱帘，弥漫在整个房间……

“这房子是去年新买的，还稍微贷了一点款，这个产权只有50年，不像这里的人，他们的土地是私有的。看我们生意的情况，我估计再过几年还能换个更好的。”老丁自顾自地介绍。

“老丁你可以啊！这才出来多长时间，就混得人模狗样的了！哎，你这行真的这么赚钱？”管凡夫拍了拍老丁的胸脯，一副不可思议的表情。

“不赚钱我喊你过来干吗？老实说，我到哪里请不来翻译？我永远也忘不了大学里头的事儿。”说着，老丁背过身去。管凡夫知道，老丁哭了。

老丁是个上学比同龄人晚很多的农村孩子，其实农不农村的并没有什么关系，有关系的是，老丁无时无刻不在提醒自己是个农村孩子，他自卑。

刚到大学的时候，宿舍打扫卫生的活儿他抢着干，同学的开水他帮忙打，大家都不想去的义务劳动，他争着报名。就连室友应急问他借几十块钱忘了还，他也不好意思问人家一句。他以为凭借自己的热情、勤快、实诚和大方，大家会喜欢他。老丁不太懂人性。自古好人难当，他不知道这种讨好型人格只会让别人以为你傻。

老丁那几年过得憋屈。

有一回，宿舍里有人丢钱了，大家私下将矛头一致指向他，疏远他。他不得不承受流言蜚语和异样的眼光。最可怕的是，这种默契的沉默带有隐晦的攻击性和侮辱性。其实说出来反倒好，老丁大不了和他们打一架，穷人家的孩子是不惜命的。但人家偏不说，就是冷漠和鄙夷地一笑，像是看着一个街边杂耍要饭的，看完了，不给钱，一哄而散，那滋味比吃了只苍蝇都让人恶心。

熙熙攘攘的大学食堂，老丁硬生生吃出了形单影只的感觉。这时，管凡夫端着饭盘正大光明地坐了过来，和老丁边吃边聊。老丁当时又激动又紧张。这一坐，可不是普通的坐。这一坐，代表信任，代表立场，代表支持。他和老丁一起打球，偌大的球场只剩下他们两个人；他和老丁一起吃饭，整条桌子就剩下他们两个人；他和老丁一起轧马路，用实际行动诠释了什么叫“横眉冷对千夫指”，他用无声的言语向那群人宣告：来啊！不服就干！

后来，偷钱的人抓到了，不是本班的。奇怪的是，那些人也没有去找小偷的麻烦，学校警告处理之后，谁也不提了。没有人安慰老丁，更没有人向他道歉。

是啊！人家又没有当面指认你是小偷，你压根就没有理由要人家跟你道歉。这口气，老丁生生地咽了下去。但他不会忘记管凡夫陪在他左右的时光，一辈子都不会忘。微信里可以有很多朋友，但像管凡夫这样的，一生难得。

“老丁，别老想着那些糟心事了，如今你咸鱼翻身了，住着大别墅，当着老板，那帮孙子可能还在押一付三地租房子、点头哈腰地找工作呢！”管凡夫拍了他后背一下，佯装轻松地安慰道。

老丁转头笑了一下，很牵强，很难看。

“老丁这人翻不翻身，都是个孩子。”这时，从楼上下来一个女人，身着淡米色长裙睡衣，微胖的身材，小腹微微隆起，身边跟着一名阿姨，小心地拉着她的手。显然，这就是老丁的夫人了。

“来，我介绍一下。这是我在南京最好的兄弟——管凡夫。”说着，老丁一把从管凡夫手里夺过香烟，连同自己的烟头一起熄灭。

“这是你嫂子，樊美琳。她怀孕了，不能在她面前抽烟。”

“嫂子好！”管凡夫起身，礼貌地打招呼。

“坐坐坐，来了就是自家人。听老丁说你要来，我前几天就让郑嫂把房间收拾了，让老丁带你去看看，觉得哪里不合适，或者缺什么就直说，老丁有哪里怠慢你，你也直说，千万别见外！”樊美琳大方热情道。

“嫂子太客气了！老丁，哦不，我这兄弟对我那是没说的！”

“英杰，你们好好聊，我让郑嫂先准备饭了。”樊美琳直呼老丁的名字，叮嘱他照顾好远道而来的客人，又和管凡夫客气了几句，就上楼了。

“对了，郑嫂，煮点白粥吧。我兄弟说他胃有点不舒服，街上又买不到这个，你给他多煮一会儿，熬得黏黏的。”老丁对管凡夫确实好。

“是的，先生。”郑嫂是樊美琳的亲戚，是他们生意做好以后，打电话让她从国内过来的。樊美琳怀孕了，更想念家乡菜，既然小时候就喜欢吃她做的菜，就高薪聘请她过来了。看，任何时候都是先有梧桐树，才能引来金凤凰。

吃过饭，两人在老丁的家庭KTV里唱了半宿。自从进入社会后，管凡夫从来没有放肆过，也没机会高调过，他兢兢业业、勤勤恳恳，装儿子、装孙子就为那一个月仨瓜俩枣的工资。就这点工资，刨去平时买衣服、电话费、吃饭、送人情等，赶上逢年过节和朋友一起出去小聚一下，花销确实不小，甚至都想着怎么逃单，要是能去KTV要个包间就是奢侈至极了。到了老丁这里，管凡夫才觉得自己活出了人生。

“老丁啊，你这是在我面前赤裸裸地炫富啊！”管凡夫像没见过世面一样，这样的家庭影音室从设备到隔音再到装潢，都非同一般，宽敞得十几个人能在这儿一起看电影。悬挂在墙上的TANNOY音响是最新款，音效相当感人。

“在你跟前我炫什么！在这儿只要住别墅，家里都有影音室好吧！KTV系统是标配。来来来，咱们合唱一首闽南歌曲《爱拼才会赢》！”

这一夜，两人的麦克风就没撒手，他们像孩子一样，顽皮地手舞足蹈，扭屁股装疯。他们唱留不住的青春，唱留不住的爱情，唱留不住的前女友，唱所有的过眼云烟……直到嗓子承受不住那些过往，略带嘶哑才肯罢休。

樊美琳让郑嫂从外面给他们买来两杯冰镇的Bia Hoi，管凡夫喝了一口，从嘴里冰爽到心里。

直到凌晨一点钟，管凡夫的兴奋劲儿仍然没过去。亲眼见识了老丁发迹的盛况，他不由感叹做这一行真的这么赚钱？那他是不是这块料呢？以后又会不会成为一个土豪呢？他不知道，自己以后能不能有这个运气或者说有福气过上老丁这样的日子；也不知道自己这次来A国对此后的命运意味着什么。人生苦短，今朝有酒今朝醉吧！两人唱累了，喝晕了，躺在沙发上就睡了。迷迷糊糊中，管凡夫嘴边冒出两个字——“阿兰”。老丁歪头看了看他，露出一个宽宏大量的笑容，自言自语道：“兄弟，你这才刚刚入行，对这里的女孩子不能当真。”

第八章
没那么简单

“哈喽，中国的各位哥哥，你们好！我是A国女孩吴嘉妹，今年18岁。在我身后呢，就是我家乡的农田和湖水。你们看这里美吧？我呢，每天在这里工作，我们家还有很多果树，在这里水果很便宜，欢迎你们来A国。我知道在中国女孩子需要满20岁才能结婚。中国的哥哥们，你们愿意等我两年的时间吗？你们喜欢我吗？谢谢哥哥的礼物，想听我唱A国歌吗？可以呀，那我还想再看一个我没见过的礼物呢！刷跑车可以点舞哦……”年轻女孩吴嘉妹操着不太熟练的中国话结束了两个半小时的直播。在总经理办公室，她领到了第一个月的工资。

“这个月表现还不错！不过注意点，不要只顾着表现自己，也要注意屏幕上的问题，及时回答。这样你才能留住那些男人，对不对？让他们在直播间里停留的时间越长，你就越容易成功。你可以不用那么刻意地要打赏，这样才会显得你更清纯，才会有更多的人主动给你打赏，而且你要学会拒绝，替他们省钱，越是这样，他们就越爱你。中国话怎么说来着？对，欲擒故纵。”阿兰给吴嘉妹分析着她的问题。

“我不知道说什么，怕自己说漏嘴，回答错了，他们会发现不对劲的。”

“不知道说什么就只说自己知道的。如果你是一个男人，你想要什么样的女人？你要多读书，要学会分析人性。人性都是利己的，都希望自己的伴侣能为自己服务。当然，每个人都有小缺点，这样才真实可爱。你要不经意露出自己那么一点点小缺点、小可爱，做个干净淳朴的邻家女孩，这样才能满足他们的好奇心，让他们对你有好感，生出保护欲，一步步地勾住男人的心。”阿兰说得语重心长又显得云淡风轻，也难怪她能在管凡夫面前举重若轻。

“兰姐，一个普通的A国郊区姑娘会说中文……这样直播会不会被人怀疑？”吴嘉妹走后，助理把憋了好久的话说了出来。

“没关系，不恰当的言行会替我们过滤掉一部分会思考的人，他们那么聪明，睡觉的时候安静地想一想就不会上钩。那么，剩下的就是能上钩的人，这才叫吸引精准粉，后面我们也加大引流和推流的力度，就要让剩下的这批人上头。”阿兰笑得得意而勾人，助理听得连连点头。

阿兰安排好公司的事情后，又准备出门了。今天，她挑了一辆白色的沃尔沃代步，这个颜色和她今天的衣服颜色比较搭。她每天雷厉风行，又善于伪装；她有十八般武艺、七十二般变化；她可以是人，也可以是鬼，所以她的生意可不止这一桩。

阿兰入此行五年，早就发达了。因为有需求，所以有市场。

两国相邻，同样是黄皮肤、黑头发，很多习惯、节日和观念都比较一致。两边一娶一嫁，比那黄头发的卷毛看着顺眼多了。

如今，中国的男女比例是2 : 1.6。按照这个数据来看，中国将有三千多万男性娶不到媳妇。

A国女多男少，相互调和一下，就阴阳平衡了，算是合作共赢。话说这

A国真是中国“屌丝男”的天堂。何谓屌丝男？就结婚而言，就是没房没车，拿不出像样的彩礼钱的单身汉。先不说在一线城市，仅三线、四线城市，买房首付加装修怎么也得五十来万才能打住，加上车，普普通通的也得十万。彩礼加上开席办宴，这一整套下来，又得十万到二十万。也就是说，男方家里从爷爷奶奶辈到自己，祖孙三代下来，你没个六七十万，就甭想把媳妇娶回家。有的父母辛辛苦苦干了一辈子，到了六十多岁的年纪还要四处借钱，给儿子娶媳妇，之后还不敢休息，继续起早贪黑地打工挣钱、还钱，照看孙子。活到老，节省到老，奉献到老，一辈子不得安生。

这让当初拼了命要儿子的父母悔不当初。生个儿子，将来就面临烧钱，然后为了娶个祖宗再生个爹。所以，当下一线、二线城市的人们更愿意生女孩。

上面这些在中国是问题，但在A国就简单多了。A国女人不要车，不要房。中国的人均GDP比A国高不少，本着“人往高处走，水往低处流”的道理，A国女人向往中国，渴望通过婚姻改变自己的命运。在A国，如果你说自己是中国男人，女孩看你的眼光就会充满倾慕感，希望对方可以带给她们想象中的力量感和安全感。那些中国白领女性看都不看一眼、没有稳定工作、没有固定收入、没有新房子、没有殷实家底的中国男人，在A国女孩眼中，却成了可以养家糊口的顶梁柱，可以改变自己命运的机遇。对她们来说，这就足够了。能赚钱养家，不打不骂，也就没什么其他要求了。

既然A国女人要求不高，就会有大批中国男人过来找老婆。通过婚姻中介相亲，双方满意后，给出不到十万人民币，就可以把新娘领回家。过程简单不复杂，开心又划算。当然，如果遇到条件很好的A国姑娘，中介也会适当提价，毕竟品质不同。还是那句话：有需求，就有市场。

那一年，在中部省份的天坑村，住着很多娶不起媳妇的光棍。由于地势险峻，不通公路，当地生活相当贫瘠。这里的女孩长大后都外嫁了，男人们急得不得了，看着石头都能想到女人。侯运生34岁了，是村里的标志性剩男。矮、矬、穷三个致命缺点，他一个不落地全部中标。运生妈李翠玲看着儿子娶不到媳妇，急得血压飙升，也不舍得吃片降压药。不吃药，坚决不吃药！她要攒着钱给儿子娶媳妇。眼看着儿子马上都35岁了，要是再不给他张罗，怕是这一辈子真要打光棍了。断子绝孙实在是有辱先人，李翠玲想到这些就头昏脑胀，血压飙升。

“姐，你也别上火，大外甥运生这事儿啊，我看在咱这里难办。现在这帮丫头瞅着村外的日子好，哪怕不要彩礼都外嫁了，没人愿意在咱们山沟里待一辈子。运生的条件又不好，咱又拿不起那么多钱，人家养的女孩子瞎了眼也不会撞到咱家门上啊！”运生的舅舅李发根试探着运生妈的话。

“急有什么用，我也想不出来办法，真是愁死个人啊……”

听李翠玲这么说，李发根心里就有了个七八分，继续试探：“我听说在A国娶个媳妇比咱这里容易得多呢！A国女人的娘家都穷，比咱这儿还穷。她们能干、保守、持家，花点钱娶回来，她人生地不熟的，也不会说中国话，还不是死心塌地地跟着运生过日子？”

“你这是开玩笑呢吧！那不是也得花钱娶？我们家哪有钱娶个洋媳妇呢？”

“咦，姐，你是不知道。娶A国媳妇比娶咱本地媳妇便宜多了。我听说七八万就打住了。要是能把A国女人娶回来，就等着让她给运生生娃，再把你伺候得舒舒服服吧。”

“真的？”李翠玲睁大眼睛，像发现宝藏了一般看着李发根。

“可不是嘛！姐，你腿脚不好，不经常出去。我经常去外面，听他们说了，这是真的！你这一辈子了，咋说也存个三四万吧？你再凑一凑。不行，就贷款，咋也得把运生这场婚事给办了，好歹弄个媳妇回来。”

“这到底好不好办嘛？”李翠玲的眼睛直勾勾地盯着李发根，将信将疑的，贫穷让她没有丝毫底气。

“唉，姐！我知道你难，运生这事儿，我出一万！运生长得那个样子，要是去相亲，怕人家女方嫌弃。你要是信得过我，我跑一趟A国，把这事给你办妥了！”

“真的？”李翠玲觉得不可思议，听李发根这样说，这跟天上掉馅饼也没啥区别了。李翠玲感激地看着李发根，眼泪在眼眶里打转转，就差给他跪下了。

“发根啊，我们运生可就全指望你这个当舅舅的了。”李翠玲眼泪汪汪，起来就要下跪。

“姐，姐，姐，你这是干啥？你再这样，我不管了！”李发根装得像个好人。

李发根走后，李翠玲求爷爷告奶奶东拼西凑借来三万块钱，又贷了四万块，凑够了整整十万块。她捏着自己这辈子榨干骨头的钱，看着在床上睡觉的运生。唉！说起来，这也不能全怪孩子。三十多年前，这偏僻的地方连个医院都没有，加上自己腿脚不方便，怀运生的时候不怎么走动，生他的时候难产，产婆束手无策，几天几夜生不下来，最后她豁出性命，总算是把孩子生了下来，可是孩子大脑缺氧，小时候没发现，长大后就显得痴笨。

借钱的这些天，李翠玲也想了很多，觉得还是让孩子和他舅一起去一趟合适。一来呢，也让女方见见运生，不要人家到家了再看不上咱，守不住，跑了！那自己也别活了！二来，运生傻得不明显，在钱上还是有数的，由运生拿着钱，也省得他舅万一耍啥心眼儿。毕竟，人心隔肚皮，虽然是亲舅舅，但谁知道会有什么变化呢？防人之心不可无吧。李翠玲思来想去，决定就这么办。

过了几天，当着李发根的面，李翠玲说道：“发根，还是让运生和你一起去吧。咱也不坑人家姑娘，到了那边要是还没人看上他，咱也就死心了。不然带回来，怕也留不住，都是女人，我哪忍心骗人家呢！”

李发根听李翠玲这样说，知道她是为了防着自己。他的眼皮稍微耷拉了一下，脑子一转，心想：这样更好办，我有办法堵死你的嘴，给你个完美的交代！

第九章
情绪价值

过了一段时间，管凡夫对老丁这里的工作已经很熟悉了。本来就不是什么高难度的工作，他学历高，脑瓜也灵活，一点就透，甚至可以在和老丁讨论之后进行创新加工，没几天就出徒了，可谓青出于蓝而胜于蓝。

就拿老丁刚开始掏钱让人搞的这个天桥婚恋网站来说，一个个秀色可餐的美女以“九宫格”形式呈现在首页上，有学生妹、小家碧玉、邻家女孩、性感少妇、田园少女，还有居家宅女等，唯一没有的就是高冷御姐型。这样也对，在中国连媳妇都找不到的男人，根本没有信心去驾驭一个高冷御姐。老丁吹牛，吹得还是有分寸的，但在其他方面，管凡夫就要操刀改一改了。

比如，首页上的标语。老丁请人弄的是：来到美丽A国，寻找美好姻缘，一个人的孤单，不如两个人的浪漫。

真是一个看似有文化，实则没脑子的口号。那些找不到媳妇的单身汉哪有心思管你A国漂不漂亮！女人漂亮就行。他们来这里可不是找真爱来的，压根就不要跟他们谈什么浪漫。绝大多数男人来这里就想找个女人传宗接代，反而是高知人群对婚姻采取谨慎和随缘的态度，有人还会选择独身和丁克，保持终生自由。没有精神文化的生活是粗糙的，尤其在贫瘠的农村里，单身汉的精神生活只剩下肌肤相亲和玩手机了，对了，还有喝酒、打麻将和吹牛。

话糙理不糙。他们没钱，没受过良好的教育，更没有广阔的视野，内心是自卑的、怯懦的，对外界的向往既热切又纠结。

“老丁，你请人写的文案没有直击灵魂深处哦。”

“可否具体些？击中灵魂，等于杀人诛心。说起来简单，做起来难啊！”老丁感慨道。

“那些男人想要的是什么？”

“一个老婆。”

“他们怕的又是什么呢？”

“女人看不上他，或者花了钱也娶不到老婆。”

“对嘛！他缺的就是一份勇气，对吧？人生苦短，谁能保证你的每次选择都是正确的？谁能保证你投资的每个生意就一定赚钱？既然是谁都没有办法保证的事情，凭什么让我们来替他们保证呢？努力了未必成功，但是不努力绝对没有可能！他其实就缺一句鼓励的话呀！让他们来到A国，坚定信心，体验在中国体验不到的人生，然后顺顺利利把这个婚结了，他们的目的就达到了。”管凡夫从心理上分析这些来A国寻找伴侣的单身男人的弱点与期待。不得不说，他真的很懂人性，也很懂得从源头寻找顾客的需求，满足他们的情绪价值。管凡夫真是个干事业的好苗子，却平白无故地在电视台浪费了两年多的时光，差点就荒废了整个人生。

“那……你的意思是？”老丁犹豫不决。

“A国之旅，婚恋之行。一次帝王般的体验，一场温情的跨国婚恋。”管凡夫脱口而出，直击目标。不愧是当年班里的大才子，文科考试第一名。

“这话牛啊！简单直白，直达灵魂深处，该有的都有了。”老丁激动地跳起来鼓掌，扯着嗓子还唱了起来。只有和中国人在一起共事，才有这种共同话题，更何况是曾经一起的兄弟。

来到A国这几年，钱是赚了些，可身在他乡的孤独感却越来越强烈。老丁是广西人，夫人是四川人。他跟樊美琳讲话都要讲普通话，跟其他人只能用半生不熟、断断续续的本地话加手语。有时候可能会碰到一两个中国人，在不知情的时候，又是用本地话加手语交流，浪费了半天感情。

在这个充满东南亚风情的国度，别说是有个能说知心话的人了，整天面对的都是那些无法正常沟通的人，那样的空虚又有谁会懂呢？这下好了，和自己有共同记忆的兄弟来了，这聊起来多带劲，可让老丁开心坏了。

人，是需要情绪价值的。就算这个人不能给他挣钱，能让他开心，那也是功德一件了！在获得满足感之后，他才能更好地去赚钱，去运筹帷幄，而不至于闷闷不乐。

接着，管凡夫把网站上的人工服务热线、流程费用和相亲报名等各个页面都改成双语版的，把业务扩大，中国男人通过网站来找女人，A国女人同样可以通过天桥婚恋网站来找男人，双向选择，只要他们心动一次，在上面的相亲报名表上填上自己的信息，客服小姐姐就会温柔地打电话去问候对方，根据对方的具体要求，推荐合适的梦中新娘。客服会对来A国相亲的流程和费用进行详细讲解，听不太懂也没关系，有一整套操作流程，先打来一部分的定金，其他的我们给您安排得妥妥当当，绝不让上帝费心。管凡夫不知道从哪里弄了些结婚照，把它们作为成功案例挂在网站上，给渴望结婚的人士以鼓励和奋进的勇气。

“老丁，老丁！你这段位不行啊！咱们的办公地址就这一个地儿，有些人要是暂时没办法来A国，或是怕跑空了呢？你不得在国内设两个点儿啊？而且A国的其他城市你有没有驻点儿？”改网站改到中午过头，管凡夫肚子饿得早已经开始抗议。他嘴里嚼着面包，立志要将这点事儿弄完再吃饭。

“我有小弟在其他城市，不怕去那边的人没人接待。另外，你说国内设点儿？你是脑子坏了吗？他们咨询是方便了，可那是相亲前，等他们结过婚，新娘万一跑了呢？人家不把你的办公室砸了才怪！再说了，你敢明目张胆地在国内弄这个啊？不怕帽子叔叔把你提溜进去住几年？”老丁看管凡夫还真是胆子不小，野心极大。

“老丁，你这狭隘了啊！”管凡夫看着老丁，像是慈父看着儿子，“咱不会把名字改改吗？改成旅游咨询中心！再说了，他们自己找老婆，心里没点儿数啊？什么相亲啊、婚恋游啊，不过是给‘买老婆’镀了一层金边，盖个合理的帽子，让这个事显得是流程合法化，那这买老婆是违法的，那些男人自己不知道吗？只要咱们不做得那么明显，那些看不住老婆的倒霉鬼就拿咱没办法。连自己老婆都看不住，那是他自己没本事，有几个男人愿意大声嚷嚷着自己的老婆跑了，再把这事情闹大？丢人不？”

“说得也是。”老丁觉得有道理。

“我大概估计了一下，在国内设两个咨询点儿，来咱们婚介所的人会比现在至少多出两倍！再加上旅行成团你从地接那边收到的提成和返点，这等于是多方盈利，百利而无一害！”管凡夫眼珠子转了转，比了个“赞”的手势，他十分肯定自己的这个想法。

“行啊你，学挺快啊，歪门邪道都能让你扳正了，真是前途无量。”老丁真是不敢小看管凡夫了。

管凡夫的突发灵感来自大学暑假期间勤工俭学的经历。当时，他去科技市场给人家卖学习辅导的机器。老板给每个光临柜台的家长保证：这位家长，请您放一百个心，用了我家的学习机，您的孩子要是考不上大学来找我，我给您退还全部的费用！乍一听，是不是对自己的产品很自信？

家长走后，管凡夫问老板：“考不上大学的孩子多了，你真赔得起？”

老板呵呵一笑：“小管啊，你可真单纯！他家的孩子考不上大学，他会不会来找我？”

管凡夫突然愣住了……

“拉不出来能怪茅坑？他只要丢得起这个人，我就舍得赔他这个钱。你想想哪个家长会气呼呼地到这里，嚷嚷着自家孩子没有考上大学，让我给他退费用？我要是不退呢？那肯定会吵起来。你确定，他要把自己孩子考不上大学的事情弄得尽人皆知？除非那家长脑子有问题。再说了，凡事都有概率，这年头上大学的多了去了，况且法律会支持他们的退款诉求吗？他敢告我，我还敢报警呢，敲诈勒索，寻衅滋事，切！”

管凡夫直呼：“老板，你真是个有大智慧的人。果然大隐隐于市，高手在民间！”

最后，老丁听了管凡夫的话，在网站上修订了“关于我们”“联系渠道”等板块，增加了智能客服以及智能报名等。在简介一栏写道：

天桥婚恋中心成立于2009年，多年专业从事A国新娘婚恋服务，本中心除自主报名外，区别于其他机构的一点在于，很多准新娘都是嫁到中国多年的A国媳妇做媒，这些人对当前的生活满意，自愿介绍自己的朋友或亲属参与两国婚介，资源真实，早已让很多国内单身男性成功脱单，娶回貌美持家的A国媳妇，过上美满幸福的婚后生活。

我们坚持不懈，诚信运营，以最真诚的服务、最优质的性价比赢得了客户的一致好评。

本中心介绍的每一个A国女生全是经过一对一相亲后，心甘情愿地跟客户返回中国，婚后请给她多一点迁就、重视与宽容，A国新娘会终生与您共谱美满幸福的婚姻生活。

我们服务承诺，您只需跟我们的相亲约会团光临A国，我们将为您全程免费翻译，吃住行游全程一条龙，且确保收费标准全透明，决不抬价，助您相亲约会取得成功，坚决不限定您能见到的A国女孩总数，直至满意为止。

最后还强调：保证办理两国的合法婚姻证明！这一条是给来A国找老婆的那些男人一颗定心丸。

“好，结束，吃饭去！”老丁准备设宴招待功臣。

“老丁，你先去吃吧。我下午还有事儿，给你请个假。”管凡夫说。

“什么事情啊？”老丁并不是不让他请假，只是好奇管凡夫要去干什么。他刚来A国，除了他，还会认识谁？见管凡夫不好意思地笑了，老丁明白了，他要去见阿兰。

“你俩就那么一次，你还真准备跟她处上了？”老丁这话其实是在提示管凡夫，这事儿不能认真。老丁有些后悔了，他真怕阿兰伤了管凡夫。

“她不是你熟人的侄女吗？”

“是……啊。”老丁一时语塞。但管凡夫并没有多想，他和老丁的友谊还是坚固的、可信的、毋庸置疑的。

“那怎么不能处了？老丁，我不像你，风流成性，阅女无数。哈哈哈……”管凡夫笑着走了，临走还顺走了老丁的车钥匙，准备带着阿兰去兜风。

“唉，灯下黑。”管凡夫出门后，老丁感慨道。不过，谁让阿兰是他安排介绍给管凡夫的呢？为的就是让管凡夫在短时间内觉得A国有多么好，留下来，为他和养妈阿金带来更多的效益。于是，这才邀请妩媚可人又善战的阿兰出场，迎接管凡夫这个祖宗，如今再说阿兰是个风骚女人，老丁不是在打自己的脸吗？

不过，他也确实没想到管凡夫跟她一夜春风，就动了凡心，看来阿兰这个女人真是不一般。

第十章

短暂的欢愉

阿兰很给管凡夫面子，说白了，都是合作关系，没必要得罪他。何况，今天风和日丽，有一位中国帅哥陪在身边，也对得起这样的天气，对得起这样的美好时光。人不能只顾着低头挣钱，还要抬头看路。阿兰的所谓看路，就是和觉得合拍的人共度闲暇的光景，有时候温暖的陪伴也是生活的甜味剂。管凡夫在中国男人当中算是长得出众的，加上他那一身的文学气质，是能让女人感受到内涵和浪漫的。阿兰很有钱，并不想和管凡夫结婚，但是玩玩是没问题的。人要不想活得太累，就不能太认真，否则会错过很多美好的惊喜和感动。归根结底一句话：人生得意须尽欢！

此时，天空碧蓝，云朵透亮又洁白，教堂庄严，牵手美丽又乖巧的阿兰，管凡夫此刻觉得自己离人生赢家也就差那么一小步了。这时正好是弥撒时间，两人说笑着走进教堂。这里的一切对管凡夫来说，仍然是新鲜的、饱含期待的。而对于阿兰，她对这一切早已熟视无睹，管凡夫牵着手，脑子还会时不时地想着自己的大生意。

管凡夫听着教堂悠扬的钟声，信徒们吟诵着经文。他似乎同这些信徒一样，心里熨帖着阳光的温暖，祈盼着命运的眷恋。

不知为什么，他突然感觉心里受到了强烈的冲撞，心底最柔软的地方如被神明之光唤醒一般。这也许是一种感动，也许是一种只有身临其境才能体会的既复杂又直白的灵魂体验。

“阿兰，你的宗教信仰是？”管凡夫问道。

“基督。”阿兰说。

“哦，这个咱俩倒是有差别，我是佛教徒。不过，没有关系，这并不能阻碍我们。信仰的目的并不是信仰本身，爱和慈悲才是真正的宗教。以仁观世界，以仁行世界。仁爱世间、仁爱世人，这是世界三大宗教的主旨教义，耶稣、真主和佛陀都不约而同地主张博爱、宽容、慈悲的仁爱观。可见，天下宗教是一家……”管凡夫抚摸着阿兰的头发，喃喃有词。

“管，不要这样……”

“佛教里说，人与人的相遇都是因为前世的缘和因，更有夸张的说法是前世的五百次回眸才换得今生的一次擦肩而过。阿兰，如果你特别介意，我可以为你改变，为了你，一切都是值得的，我愿意为你付出所有，以此来求得我们两人简单又平淡的幸福和彼此给予的温暖。”管凡夫深情地看着阿兰，诉说着内心的渴望，像喝醉酒一般唠叨。

殊不知，对于阿兰这样在社会上摸爬滚打多年的人物，这点小伎俩在她看来还是很可笑的，她觉得管凡夫的爱情观是极其幼稚和理想化的，不切实际。

“管，在教堂不要说这些话。你是个很优秀的男人！”阿兰及时制止了他。

“你说什么？”管凡夫还想听阿兰再夸夸自己，而阿兰接下来却说：“我饿了，我们去吃点东西吧。”

在一家传统的A国菜馆，两人点了春卷、烤香茅、酸汤、牛肉河粉、冰椰子。香茅是A国菜里最常用到的一种作料，那家的春卷不是浓烈的口味，而是带点柠檬酸的小清新，外皮香酥不腻人。而酸汤里面加了菠萝、罗望子、番茄、秋葵、豆芽、鱼，一口汤汁融合了甜、酸、辣多层次的味道。阿兰把鱼从汤里捞出来，放在一个单独的盘子里，蘸鱼酱吃。管凡夫看着阿兰那如花瓣一般的小嘴一张一合，忍不住要去亲一口。美食、美人、美景，都是那么秀色可餐，这一切都是真实的，是实实在在的体验，管凡夫真的希望时间能够停留在这一刻，让他再多享受一会儿。不巧的是，他刚刚喝了一口冰椰子，老丁的电话就打过来了，他总是在管凡夫乐不思蜀的时候，这么不合时宜地去打扰他，破坏了这么美好的氛围。

“老丁，你瞎叫个什么？”

“快点过来！有生意啦！”

“我都连续工作六天了，就不能休个半天假吗？你怎么比资本家还能剥削人呢？”管凡夫奚落着老丁。正是因为关系好，他们才会无所顾忌地瞎扯，管凡夫并不想从这样如梦幻般的时光中抽离。

“哎呀，紧急情况，赚钱第一！谁能跟钱过不去啊，没有什么比赚钱更重要的事情了。等赚完钱你再去卿卿我我，物质是第一基础。”

“你得给我加班费！三倍！”管凡夫不依不饶。

“三倍？生意谈成了五倍都可以！”老丁说的是真的，他对管凡夫不小气。

管凡夫无奈地看着阿兰。阿兰和上次一样，懂事地让管凡夫先回去，不要为了她耽误工作。她的含情脉脉让管凡夫从身体到心里都极度留恋眼前这个乖巧懂事的A国女人，充满着柔情和不舍。

第十一章
一出好戏

管凡夫急匆匆地赶回去，一进屋看到养妈阿金领着一排男人在等着，其中就包括李发根领着他的傻外甥运生。

“这么大的年龄，都快入土了，还来这里找老婆？”管凡夫看到李发根，感到很惊讶。

“这是舅舅，是来替他把关的。”老丁听懂了，接着管凡夫的话说，他也是从养妈阿金的信息表里知道的。

“哦，那赶紧开始吧。”管凡夫开始翻译。

在运生相亲的第二场，李发根悄悄将老丁喊了出来，给老丁透露出了“隐情”。

“丁总，有点事，我想现在告诉您。我们小地方出来的农村人，来到这里不容易，您别笑话我们就行。”李发根演得像是真的一样。

“有什么尽管说，我们这儿一定为客户提供超值服务，绝不泄露客户隐私，能办到的我们都会尽力去替客户办周全，从来没有出过纰漏。”老丁又强调了一遍公司的服务理念。

“你也看出来了吧？我那个外甥脑子有点……”

“还行，不仔细看，看不出来的。像他这样的情况，我们也遇到过，找个条件相当的姑娘，领回去踏踏实实过日子没问题的！”老丁说。

“不是的，不是的。我这个外甥啊他原来不这样，之前呢，他喜欢上我们山下的一个年轻女教师，可人家姑娘怎么会跟他好呢，是不是？他就一直想，转不过来弯地想，晚上整宿整宿不睡觉。白天见谁，都说自己娶了个漂亮的老师当老婆，可把他给美坏了。所以，你知道吧？这孩子就……他就魔怔了，因为太喜欢那个姑娘，他魔怔了就变成现在这个样子了。唉！可怜啊！本来好好一孩子。”李发根说着他构思好的故事，时不时地加上手语来表达，说着还用袖口擦着眼泪，表演得情真意切。

“哦。那老哥你的意思是？”老丁问。

“你看，我给您交个实底。其实呢，我们也没那么多钱娶媳妇儿，你想啊，娶回去了还得养着，这家庭条件和这孩子现实状况也不允许啊，你这里女孩子多，能不能行行好，在这里给他办一场婚礼。然后，让那女孩把他送到机场，圆这孩子一个心愿就行了，后边的事儿您不用管，交给我来办！”

“如果仅仅是和一个女人办个婚礼，就能把他的魔怔给治好了，那你们还用跑这么老远吗？在你们那儿不就能把这事儿轻松解决了吗？还省钱。你们这大老远折腾过来干吗？”老丁一眼就看出端倪，这老小子是要私吞外甥娶媳妇的钱啊！

“哦……是这样，你看啊，这坐飞机，呼呼地来了，再呼呼地走了，孩子就像做了场梦一样，把心里头的疙瘩给解开了。嘿嘿，嘿嘿嘿……”李发根尴尬地笑着，老丁盯着他不笑，李发根有点慌，不敢看老丁的眼睛，可老丁就这么一直盯着他。

“老弟，你别误会。我是心疼这孩子，我说的都是实话。我不会少给你钱的。”李发根开始磕磕巴巴地去解释那神话故事一般的爱情。

老丁没有理由拒绝，他要配合这个老小子演一出戏。本来嘛，红尘来去一场梦，谁认真谁就输了。

按照李发根的要求，老丁给侯运生找了个“夜之蝴蝶”（坐台小姐）。运生没有意见，坐台小姐更没有意见。为了给运生的人生留下一个美好的记忆，老丁特意挑选了一个“大安”（吉祥）的日子，雇了七个未婚男青年和七个慈眉善目的老人，分别坐在七辆三轮车上。老人手里的托盘放着茶叶、饼干、槟榔等喜礼。其中，新娘的父母、妹妹都是群众演员。他们说什么、要求什么、祝福什么，全部都由管凡夫事先给排练好，然后在当天翻译给侯运生，侯运生迎着灿烂的阳光，笑得跟孩子一样。他从小卑微，从来没有受过如此的礼遇，更别说是如此隆重的礼遇，他惊喜得有些惶恐。他从内心感谢母亲，感谢舅舅给了他这么一个“美好的人生”。

高兴了，满足了，就要掏钱。虽然一个个红包礼钱给出去了，但侯运生认为值得。转头，侯运生给群众演员的礼钱，自然都进了老丁的腰包。

到了晚上，李发根想省下入洞房的环节，这样，他就可以落下更多。老丁劝道：“花不了几个钱，这孩子来世上一回，你是他舅，你就让他做一回男人吧。”李发根没有理由拒绝老丁这番诚恳的话，点点头同意了。

侯运生这几天从早到晚都笑着，那是他人生中为数不多的、被人看得起的日子。他结婚了，他要带着新娘回家了。

到了机场，新娘登机前指了指厕所，李发根意会，摆摆手，意思是去吧，我们在原地等你。可是五分钟过去了，十分钟过去了，二十分钟过去了，半小时过去了，新娘始终没有回来。侯运生急得像热锅上的蚂蚁，李发根也装模作样地跺着脚。怎么办？侯运生出来前听李翠玲交代，万一自己走丢了，找穿制服的工作人员帮忙。这回是自己没丢，媳妇倒是丢了。他慌乱中拉住一个身穿枣红色制服的空姐开始比画，空姐吓得花容失色，另一些人冲了上去，撕扯了半天，才明白这个小伙子的新娘丢了。

这在A国已经不是什么稀罕事了，可是侯运生的情绪过于激动，李发根的情绪……过于激动。那就只好叫来警察解决。警察一时间也找不到那个逃跑了的女人，一看侯运生和李发根的签证，时间正好到期了，必须赶紧回国。签证刚办下来的时候，李发根并没有急着过来，而是算准了时间，故意等到临期再来。如此一来，要是他们还想继续找人，或者打官司，那就只能等回国后，重新申请签证，才能再来。

侯运生说什么也不回去，是警察把他强制送上飞机的。侯运生最后哭号得异常惨烈，那种声调真的是只恨自己还活在这个世上！

回去的路上，侯运生的眼睛像死鱼一样，这个刚刚才尝到一点人间美好的大男人，以后再也不会相信任何人了。真是“东风吹破少年梦，从此再无赤子心”。这话有些美化了侯运生，可是人的感情真的是不分贵贱的。那是一种原始的冲动，伴随着人类的进化，演化成丰富的喜怒哀乐、悲欢离合，演化成高贵的感情。而这样的感情，一些麻木的、恶毒的人是压根没有体验过的，比如说毒贩子，比如说人贩子，比如说李发根。

回到村里后，李发根还给李翠玲三千块。

“就剩这么多了。”李发根说道。

“买来的媳妇呢？”李翠玲眼睛瞪得比牛都大，有些难以置信。

“跑了。”李发根没敢抬头。

“你问运生，每一笔钱，都是从他手里边花出去的，这他都知道。”

“你说什么？”李翠玲感觉有一股热血往上涌，顿时如五雷轰顶，一口气上不来，眼前一黑，接着软软地晕了过去。

侯运生大喊：“妈……妈……”

李发根大喊："姐……姐……"

两个人赶紧轮流背着李翠玲往医院奔去。一路上，李发根也良心发现，自己找什么人下手不行呢？非要找自己的亲姐姐下手。姐姐从小照顾他，把饭吹温了再喂他吃；把好东西省下来给他用；自己不上学去打猪草，供他上。小时候，他在学校受气了，姐姐还去给他出气。这份恩情不报答也就算了，怎么能对姐姐下手呢？真是猪狗不如啊！他只能尽量自圆其说，将一切归咎于一时糊涂。

戏已经演到这个程度了，你说还能怎么办呢？人生路上，有很多事情是不能回头的。当然，作恶也是。说什么"放下屠刀立地成佛"，你放下屠刀，就是佛了吗？你放下屠刀，人家不砍死你！光是唾沫星子都能淹死你！

李发根背着李翠玲，虽然气喘吁吁，也不耽误他一路杂七杂八地想了这么多。

第十二章
不自量力

李翠玲被送到医院后，捡回来一条命，却因突发脑梗，导致半身不遂，不能再干一点农活了，让这个本就破败的家雪上加霜。借给她钱的亲友们纷纷上门讨债，结果看了看情况，也都摇摇头回去了。

李发根给了姐姐一万块钱，说道："运生的事情是我没有办好。我是好心办坏事，我要是没俩孩儿呀，就死到你面前，也算是给外甥赔罪了。现在，小敏、小春正上着大学，我也就瞒着你弟妹，自己私下存了这么点钱，都给你，可别让你弟妹知道。"其实，去A国这一趟下来赚了三万多，他不敢说，这钱甚至连他老婆都不知道。从他回来以后，他老婆整天埋怨他"多管闲事，不落好"，为了给他辩解，还得在村里人面前说："后悔死了，真是后悔死了，没有那金刚钻，就不要去揽那瓷器活儿。现在倒好，落一个猪八戒照镜子，里外不是人。"

这事情不知道被谁给放到社交媒体上，越传越广，引起了社会舆论的关注，电视台的记者也来采访。面对记者，说不出什么话的李翠玲拄着拐杖泪水涟涟，实在可怜。他们的故事上了市电视台，又上了省电视台，又在互联网上大面积传播开，警方也开始重点关注并且调查此事。

李发根见事情已经失控，尤其是警方关注以后，他有些后怕，在被窝里瑟瑟发抖。老家的人也给管凡夫和老丁都打来电话，问他们在A国是干啥呢，是不是干这一行？不是就放心了。面对这些关心和询问，两人都矢口否认。

管凡夫回头就开始埋怨老丁："我当初就说这钱不该赚，连喘气都困难的人，你还敢打他一拳？这不是把人往绝路上逼吗？"

老丁吐了一个烟圈，不紧不慢地说道："还真不是我狠心，是他不自量力。"

"他们本来就没钱……"

"没钱？没钱就应该恪守本分，在老家过成什么样算什么样。在中国娶不上老婆，以为到A国就能娶到了？物竞天择，适者生存。就这样我还算是仁慈，是我替那傻子说的情，这才让那个姑娘跟他睡了一晚，否则剩下的钱还不是他那个黑心舅舅的？兄弟，你尽管放心，中国的警察在A国是没有执法权的！A国这边对这类事情都见怪不怪了。咱们的保护费也不是白交的。"不等管凡夫说话，老丁抢话先说。有时候，吵架和辩论看的就是气势，不管有理没理。

"老丁，我没有不让你挣钱，只是觉得他们这种人禁不住……"

"禁不住什么？我上大学的时候，那些杂种往我头上泼脏水的时候，有人问过我禁得住禁不住吗？有人向我道过歉吗？我像个奴才一样给他们拖地，给他们打水，他们是不是觉得理所当然啊？咱们班的男生捉弄我，女生也没一个正眼瞧过我！有公平吗？有天理吗？这就是现实。"老丁只要一回想起过去，就像一头发疯的狮子，无法控制自己的情绪。那段过往在他心里就是一根始终无法根除的刺，是一辈子的伤。

管凡夫张开双臂，抱住老丁，拍着他的背。异国他乡，两个灵魂相互安慰。两分钟后，老丁直起身：“在这里，只要别人不找我们的麻烦就没事。我这个人很低调，门面找最不起眼的，门头做得半新不旧的，对外总说生意难做，勉强糊口。尽管这样，每年还要给他们交不少保护费，我们的开支也大得很，经不起太大风浪的。”

管凡夫点点头，他理解老丁的不易。毕竟，他俩是绑在一条绳上的蚂蚱，共同的命运，共同的利益，谁也不比谁高尚多少，又有什么资格揪住对方的错误不放？

“哦，对了，老丁，就是咱班那个沈铎，你还记得吧？安徽人，在学校老爱吃泡菜和臭豆腐那个。”为了缓解老丁的情绪，管凡夫岔开话题。

“我知道啊，就是你偷偷替他考古代汉语，然后他替你做PPT的那个嘛。那时候你俩好得跟同性恋似的。怎么了？”

“他来A国了，好像是来玩的，顺便和别人谈点生意什么的。你知道吗？他在家族企业里做事，以后那产业就都是他的了，现在富得都往外冒油。他今天下午四点半飞机落地，咱们一起去接他？”

“人家跟你联系的，又没给我打电话，车子给你，你去吧，我才不去呢！”老丁敏感地说。

沈铎曾是妥妥的学霸，一个文科生偏要选修数学，参加竞赛的时候，愣是把数学系的人给干趴下了。但凡是人才，眼光也高得要命。在学校好多女生追他，他觉得这个脾气不好，那个个子不高，谁的皮肤不白，谁的身材又不好，谁家条件又不行了……毕了业，他在自家公司当部门总监，一上班就被几千号人众星捧月地巴结着。公子哥的脾气就是这样养成的。多少提亲的都扯长脖子想来高攀，还真不乏坚持不懈提了几十遍的姑娘，遇见这种，如果还算顺眼，他就勉为其难地谈一谈。

谈恋爱确实不太好玩，门当户对的女孩当然也是自带几分傲娇和高冷。

你让我顺着你，凭什么？我家条件不比你家差，我在家也是千金大小姐一个，我还觉得你应该顺着我呢。

谈个条件一般的女孩吧，是没那么矫情，可沈铎总怕人家是图他的钱，图他的房，图他的产业，怕对他不是真爱。这种难伺候的性格，就快上天了。

陆陆续续地谈了十个八个以后，沈铎就想玩点更新鲜的。他想去一个大家都不了解他的地方，偶遇一个心仪的姑娘，女孩自然不知道他的底细，于是成就一段与物质无关的爱情。他想追求的是干净、纯粹、不带一点杂质和目的性的爱。这次正好公司新进了一大批原材料，乙方盛情邀请他们来A国玩。沈铎就跟公司和家里人说，他自己去，到了再给家人打电话。

其实，老丁挺不喜欢沈铎这样的人，说他的眼睛长在脑门上。

“哎呀，过去的事情都过去了。临睡前，原谅所有人和事，OK？有朋自远方来，不亦接乎？咱还能找到个喝大酒的理由，哈哈哈……”管凡夫是个润滑剂，老丁和他在一起既开心又放心。就是有点后悔，那天为了给管凡夫接风洗尘，找个最漂亮的阿兰陪他睡觉，让管凡夫动了凡心。今后该怎么跟他说清楚阿兰的真实身份？老丁怕伤到管凡夫，人一旦动了真心，最后一定会伤心的。

第十三章
非你不爱

当晚，三人相约共进晚餐。这是当地的著名米其林餐厅，典型的A国小楼，还带些法式风，显得典雅高贵。餐厅是沈铎订的，不知道这小子从哪里听说这里的环境好，不过，这是事实。这家餐厅确实能给食客带来最正宗的本土菜的精致体验感。三人一边吃着顶级菜肴，一边欣赏目光所及之处，餐厅外喧嚣，且灯火绚烂。

“有钱人就是会享受啊！不像我，来这里这么多年了，也没有来过这家餐厅。”老丁习惯性用低调来掩饰自己，又不忘带点酸意。

管凡夫愣了一下，也低调地配合老丁：“是啊是啊，咱们两个每天灰头土脸地工作，也没时间欣赏这繁华的夜色，更主要的就是钱没到位，还不敢乱来。”

“嗨，你们俩别装了！这里边有多少利润，我懂！你们现在不说多，至少也是个小土豪吧？”沈铎一下子戳穿了他们生意的本质。

“赚钱没错，但是不能不择手段。不过你们想翻身嘛，可以理解。”沈铎又不识时务地追加了一句。

管凡夫和老丁顿时无话可说。他们明白，人家沈铎做的是正经生意，压根看不上他们的买卖。那又如何？你如果是白手起家，敢保证你的第一桶金是干净的吗？你沈铎如果是创一代，可还真不一定能干得过我们，让你自己创业，说不定比老丁还要卑微。老丁从心里最恨这种踩在父母肩膀上装巨人的家伙，内心幻想着一百个如果。

管凡夫努力活跃着气氛："老沈，你是不知道，我和老丁干这个呢，不是单纯为挣钱。这第一呢，能积功累德；第二呢，工作环境好，轻松自在；这第三嘛，为的是养养眼，你知道和美女整天打交道多有意思吗？老丁这里美女资源多到你想象不到，让他把他这儿最好的姑娘介绍给你！"

"哦……你俩算了吧，这事我就不劳烦二位了！女人我见得多了，应付都应付不过来。再说了，你以为我不知道中介里都是些什么女人啊！"沈铎这次来好像并不是来看老同学的，合着就是来A国玩一玩，然后在他俩跟前炫个富。简单来说，他的初衷并不友好。这让老丁内心里很是愤怒，这就是典型的钱多时间多，吃饱了撑的没事干，来这儿刷存在感呢。

"吃饱了，你也早点回去歇着，明天忙你的大生意。我们呢，明天还要继续做我们的小买卖。买单。"管凡夫也看不下去了，道不同不相为谋，不如早早地散了。

"我来，我来。你们呢，好好攒钱。为了我们早日实现共同富裕加油。"沈铎叼着雪茄去付账了。他身后，老丁责怪地盯着管凡夫，只差说一句：看你接来个什么东西！

没想到沈铎这一去，就难再回头了。付账的时候，他也不长眼睛，手里的雪茄碰到一个女孩的胳膊。女孩"啊"地叫了一声，沈铎望去，女孩身材匀称、面目姣好、皮肤雪白，是东方最美的鹅蛋脸形，眉清目秀，端庄大方，嘴角还有两个漂亮的梨涡。她身穿一袭黑裙，素雅又性感，裸肩被披肩长发遮盖着，只是胳膊上被烫了一个红红的印子。

“对不起，对不起。这位小姐，没有伤到你吧？”对待美女，沈铎还是很绅士很有教养的，不过他一着急，说出来的都是中国话。

“没事。”女孩也回应了一句中国话。

“你是中国人？”沈铎好奇。

“我是A国人，在中国留学，放暑假回家。”

“今天不小心烫到你，真的抱歉。要不，我带你去医院看看吧？”沈铎那色眯眯的样子就差把人家拽上车了。

“不用了，没多大事。再见！”美女拒绝得很得体。

“要不我陪你去买个烫伤药？哎——”沈铎纠缠不休。美女走了，他又追上去。在异国他乡的好处就是，可以不顾形象地厚脸皮。他递给女孩一张名片，希望这个总经理的身份能给自己添加光环：“我叫沈铎，是和盛纸业公司的总经理，这次过来是谈生意的，你在中国哪里留学啊？能不能有幸知道你的芳名呢？”

“广东，南方大学。我叫黎盛琼。”经不住沈铎的死缠烂打，女孩简单介绍了自己，并同意加上沈铎的微信，然后挥手离开。

等沈铎转头回到原地去找管凡夫两人，发现他们早走了。算了，无所谓了。有钱人最不缺的就是朋友，他们对待友谊的态度和对待爱情差不多，都是吊儿郎当的。电影和小说里，什么富家公子、千金小姐爱交朋友，在旅途中和谁一见如故，邀请他（她）来参加自家的宴会了，那都是瞎扯。有钱人的朋友不要太多，他们往往害怕陌生的朋友利用自己的身份去做一些其他事情。或者单纯地想和他粘在一块儿，指不定遇到什么事情能用得上他。这些富二代对交友这件事情拒绝都拒绝不过来，哪有什么“爱交朋友”这一说。偶尔有看对眼的，也不过是图个新鲜罢了。

沈铎什么都不在乎，和美女道别后轧着马路，吹着东南亚的暖风，享受着异域风情带给自己的新鲜感。自由、爱情、金钱万岁，现在的他，十分热衷于这三要素。他准备在著名的豪华酒店住上一晚，第二天他将飞往别国，谈完生意再联系黎盛琼。如果幸运的话，还真能勾搭上这个异域风情的美人。

与此同时，老丁和管凡夫迎来了今天最倒霉的事情。

第十四章
惊心动魄

天桥中介的门被撬开了。老丁急忙赶到，和管凡夫一起被人痛打一顿后，被棍子勒着脖子，跪在地上。黑社会老大杨燔用厚厚的手掌拍着管凡夫的后脑勺。

“去你妈的！”他一棍子捅在管凡夫的肚子上，紧接着就是一顿拳打脚踢，管凡夫疼得乱叫，直冒冷汗。一个书生哪里受得住这样的毒打？话又说回来，谁让他不远几千里跑到A国去干买卖人口的勾当呢？

“轻点打他。”看着这个文质彬彬又帅气俊朗的中国男人被打成这样，杨燔的妹妹杨潇璇心生怜爱，劝哥哥下手留情。

老丁吓坏了，和杨燔哇啦哇啦说了一通。

管凡夫听得懂，他们就是不知道从哪里了解到最近店里生意爆火，没有及时上供来孝敬他们。老丁担心对方把兄弟打残废了，索性直接让对方开价。只见杨燔张开一只手。老丁暗骂道：这帮孙子也太离谱了吧？隔三岔五地给他们钱，加上房租和给养妈的利润，挣的钱全分了，那生意就别干了！

再说了，老丁的老婆快生了，他要存下更多的钱来养孩子。他自己出生在一穷二白的家庭没什么，可今后要为孩子的未来着想。人生如一张白纸，能书写最美的文字，也能画出最具有艺术魅力的画作，关键是——穷人家的孩子只有白纸没有笔。当人家都在奋笔疾书的时候，自己却要费劲拧巴地去干活挣钱，再买笔。等你买来笔准备去画的时候，人家生来有笔的孩子早已经完成精美的画卷了。

现实，总是残酷而骨感的。

基础差的人，一辈子都在不停地追赶，吃时代的灰，吃同行的灰，吃别人跑在前面、甩在脚后跟的灰。老丁自己吃过这样的苦，绝对不能让儿子像自己一样出生在一无所有的家庭，以后走出来没有任何底气，弱者是没有跟人讨价还价的余地的。他真的是受够了！

想到这里，老丁定了定神，拿出一个亿A国币，给杨燔做了一个拱手礼，然后示意他过来一下。

“这里是一亿现金。另外，我给你一个消息，送你一个很值钱的中国人，你看怎么样？”老丁问。

杨燔突然眼睛一亮，嘴角轻微上扬，很是动心。

“我知道他的航班。他叫沈铎，他的电话是……”老丁将沈铎的电话和航班时间告诉杨燔。

此话一出，管凡夫挣扎着大叫：“老丁你不能这样！他是中国人，他是我们的同学，老丁！他们要多少钱，我以后给你挣，我使劲给你挣回来！老丁你不能这样！”啪！管凡夫又重重挨了一记耳光，杨燔手下打得很重，管凡夫的嘴角流血，耳朵嗡嗡作响，眼里看出去漫天繁星。

管凡夫这番言论有些不合时宜。在这个地方，他敢耽误黑老大挣钱，那就是找死！

“管凡夫，你给我少说话！他拿我们当同学了吗？他恨不得骑在我们脖子上炫耀自己。你看到他那副高高在上的样子了吗？让他趾高气扬！”老丁一直提醒管凡夫要少说话，少挣扎，在这些人手里你唯一的活路就是顺从。老丁出卖了沈铎，竟生出一种大仇得报的快感。

见老丁无动于衷，管凡夫就用A国语哀求杨燔，恳请他们放过沈铎。以后，如果有用得着他管凡夫的地方，他上刀山下火海、肝脑涂地，在所不辞！杨潇璇好像很是钦佩他这一举动。管凡夫本身人长得不错，书生发怒也有一种玉树临风的感觉，在杨潇璇眼里，管凡夫很是可爱。

杨潇璇走过去轻轻拍着管凡夫的脸，拿出纸巾给他擦净嘴边的血渍，管凡夫则生气地把脸一甩，尽是不甘心。

杨燔立马打电话让人通过电子技术查到沈铎的信息，等一切消息确凿后，示意给他们松了绑。在A国的邻国北部，一个健康的中国男人可以卖到30万人民币的价格，可以做工，可以做狗推，可以做猪仔，再不济，也能割腰子、献角膜……总之用途多得很。女人的价格则会更高。所以，中国人在那边被称为“行走着的人民币”。

其实，老丁可以告知黑老大沈铎的家庭情况。那么沈铎就不会吃什么苦，只等着家里掏钱赎人就行了。如果家里掏的钱多，说不定他还能在那边吃上几顿好饭。可老丁偏偏不说，他就是要让沈铎尝尝人间疾苦。

“我们走！”杨燔感觉今天收成不错，带着众小弟高高兴兴地回去了。管凡夫和老丁看着门口的三辆黑色宝马依次开走，终于松了一口气。杨潇璇在上车前竟然意外地朝管凡夫抛了个媚眼，管凡夫触电般激灵了一下，却面如死灰。他不知道这个黑老大的漂亮妹妹究竟是什么意思。

他们走后，管凡夫开始收拾自己的东西，公司被他们砸得乱七八糟，电脑里的很多数据都需要请人修复。管凡夫没有心情在这里干下去了，开始找自己的护照。

“你这是要干什么？”老丁问道。

“干什么？我还能干什么？收拾收拾回国，我怕你哪天也把我给卖了。”管凡夫不看老丁，甚至有些厌恶他。

“管凡夫，你可真是不知好歹呀！我刚才还不是为了救你？”老丁大怒，刚才吓出了一身冷汗，到现在头发都还湿着呢。

“救我？你这么一搞，沈铎会死的，你知道吗？他那么一个细皮嫩肉的家伙，根本吃不了那个苦！我回去告诉他的父母，让他们想办法把儿子捞出来！这个钱，我还不起的话，就卖一个肾。”管凡夫一意孤行，他知道沈铎一旦遭到毒手，必然万劫不复。

“你傻吧！”老丁一巴掌打到管凡夫脸上。管凡夫措手不及，他很委屈。今天这是怎么了？明明我自己是个好人，杨熵打我，你也打我？

“你去告诉谁？你去告诉沈铎他爸妈，是我把沈铎出卖了对吗？他们会第一时间报警。然后呢，警察先抓你，再抓我。可你想想，我为什么出卖他呢？是因为我们一起干的生意，没有给够人家钱！那我们干了什么生意呢？有些跟买卖人口也差不多的跨国婚姻介绍，是会让人家财散尽的卑劣勾当。管凡夫，你以为你比杨熵他们高尚很多吗？你我手里只不过是没有人命罢了。我告诉你，有些A国女人在中国像狗一样被拴着，她们生不如死！有些A国女人跑了，而那些中国男人和他们的家人一辈子抬不起头，一辈子穷困潦倒，他们没有能力，更没有动力去还娶媳妇欠的钱，一天天生不如死！而造成这些悲剧的原因都是因为我们，因为有我们的存在，是你和我造成的……”

“别说了！”管凡夫将收拾好的东西又摔了一地。他清楚知道自己已经走上一条不归路，这不是0和1的区别，而是0和深渊的区别。

老丁叹了口气，无奈地把东西一件件捡起来。

“我知道我对不起你，是我把你叫过来的，但是我不能让杨熵把你打死啊！我死，我都不能看着你死。你曾经冒着千夫所指力挺我，在这世界上，除了我的家人，我最不能辜负的就是你！”说到这里，老丁哭了。他不是在演戏，是真的珍惜管凡夫当年对自己的好，不带一丝虚情假意。

看着老丁在那样为难的境遇中选择搭救自己，管凡夫也无可奈何，只能表示理解。

“回去吧，我困了。”管凡夫沉沉地说道。

“好。”老丁拍了拍管凡夫的肩膀，挤出来一丝生硬的笑。

天色已经很晚了。

两人开着那辆低调的面包车行驶在回家路上，行至半路紧张的神经才放松下来，觉得有些饿了，吃点东西压压惊也好。随后又把车开到夜宵街那边。一下车，管凡夫远远地看见了一个熟悉的身影，是阿兰。这对于他来说仿佛是个安慰。他让老丁停车，老丁停下车把脚伸到方向盘上，在车里抽烟。

“阿兰——”管凡夫摇下车窗喊，但是太吵了，阿兰没听见。阿兰身边好像有几个朋友，她在和他们说话。他下车，正要走向阿兰。如果现在能和她拥抱一下，也许他会感到无比放松，晚上睡觉便不会做噩梦了。

“阿……”突然，管凡夫的脚步僵住了。他看到阿兰旁边有个对她毕恭毕敬的小弟，手里拿着几包药片还有一个黑色箱子。小弟一手接过明显是用袋子装的现金，一手把东西交给其余两个人，里面的美金在传递的时候掉下了几沓，小弟捡起来，再装回去。管凡夫心里清楚，那不是一般的箱子，应该是……毒品。管凡夫虽然不吸毒，但没吃过猪肉也见过猪跑。他顿时愣在那里，嘴巴张得能一口吞下一个鸡蛋。

“管？”阿兰这时回头看见了管凡夫。

管凡夫扭头就跑，迅速冲上车。阿兰瞬间了然，脸上闪过一丝释然的微笑。

“老丁，快走！”管凡夫如惊弓之鸟。

“怎么了？”老丁的一根555还没抽完，根本不知道发生了什么。

“别啰唆了，快开车！”管凡夫愤怒地命令老丁。

第十五章
深陷困境

“阿兰怎么会是干这个的呢？”管凡夫感到不可思议。之前看着乖巧得像只兔子的阿兰，竟然和毒品有关系。

“唉，别想了。只要你和她没有领证，就没什么大不了的。领了证也没有关系，你丢下她回中国就是了。在A国办的结婚证，在中国不算数。她卖毒品，和你没有半毛钱关系，除非你们在中国也登记结婚，警察才会调查你。”

“都是你干的好事。你看你交往的都是些什么人！”

“行，这事怪我，谁知道你这么容易上头。那天就是看你大老远过来，我才交代阿金给你找个高级美女陪陪你。人家阿金也是看我和她一起合作，相互帮忙挣了钱的分上，舍得让自己的侄女来陪你，让你在A国定定心，好好干下去，而且说实话，你和阿兰确实挺般配。她知道你是我的朋友，根本不会拿毒品害你的。我们虽然坑了外人，但对朋友都很好。如果是普通朋友，怎么会舍得让阿兰这个大美女陪你？不过，阿兰是真的喜欢中国，而且她双商都在线，只是万万没想到你居然是个情种，这么容易沦陷。”老丁摇摇头，看着自己的兄弟。

“什么破地方！”管凡夫开始反感这里。和他一样反感这里的还有沈铎。

昨天晚上，沈铎还在超五星级酒店住着，而今天刚下飞机，他就接到一个电话，说是合作伙伴派来迎接他的司机，为了表示对贵客的欢迎，要先带他到店里做个按摩缓解一下旅途的疲劳，体验一下当地的风情。谁知还没到地方，他就被人冷不丁按到地上，套上黑色头套。车子又开了许久，沈铎才重见天日。他被押送到一个厂区，厂区外是园区。在这里，苍蝇、蚊子和狗都活得比人有尊严。

沈铎先是吃了十几棍的杀威棒，浑身青一块紫一块的。他愤怒地大吼：“你们是哪来的小崽子，知道我是谁吗？知道我爸是谁吗？”不吼还好些，他这一叫唤，换来的是更厉害的毒打。沈铎的手机、银行卡、身份证、护照统统被没收。他现在一无所有，每个月需要完成500万元起的诈骗任务后，才会有饭吃。

刚到这里的前两周，沈铎有创伤后遗症，手和嘴唇都会不自觉地发抖。他打电话不自信，手在键盘上不听使唤，一天也赚不到一分钱，活得人不人、鬼不鬼的。看到可以用工资在周围小超市买烟、买啤酒的同事，看到可以拿到老板给手机的同事，看到在这样乌烟瘴气的环境里还可以泡到妞的同事，沈铎第一次感到自己的笨拙和无力。怎么说自己也曾是数学天才，更是自家集团的高管，怎会连这里初中毕业的打工仔都不如?

沈铎只想尽快联系到家人，不管花多少钱，只要能离开这个破地方就行。他知道，再这么下去，自己活不了多久。他还是挺有信心谈成这笔交易的，便鼓起勇气敲响了经理办公室的门。

“进来。”经理正在里边打游戏。

“经理，你能不能把手机给我？我想跟家里联系，让我爸给我打钱。你们说要多少？多少都行。我家有钱。”沈铎战战兢兢地对经理说。

“想要回手机是吧？”穿着花衬衫、头发蓬乱的经理斜眼看了他一眼，从柜子里翻出他的手机，放到桌上。

“喏，你的手机。”经理用下巴点了点。

“谢谢经理！”沈铎喜出望外，当他伸手要拿手机的时候，一把锤子挥了过来。沈铎来不及缩手，只听啪的一声，手机顿时粉碎，沈铎的手鲜血直流。还好，只砸到皮肉，没伤到筋骨。

“这次碎的是你的手机，下次碎的就是你的膝盖。滚吧！”说完，经理把手里的锤子一扔，继续打游戏。他的语气中没有愤怒，表情却冷漠、从容，像是身经百战。在他眼里，沈铎不过蝼蚁。

沈铎吓了个半死，龇着牙，捂着手，哆哆嗦嗦地走了出去。出门的那一刻，绝望如海水般铺天盖地地涌来。他瘫坐在走廊的墙角，泪水喷涌而出。家，一个熟悉又遥不可及的地方。在这样的环境寻找活路，简直比荒野求生还难。

他知道如果再不出业绩，自己可能就会被卖到另一个园区，或者直接被割腰子。据说，为了确保器官不受任何损伤，这里割腰子是不打麻药的……沈铎下意识地看了一下自己的身体，身体发肤受之父母，如今却成了别人想拿就拿的赚钱工具。

他不敢再往下想了。

他知道自己必须开始工作了，但也有点晚了。月底，沈铎因为没有完成业绩而被关进水牢。水牢对人的身心具有双倍的摧毁力。一般的牢房里，你可以坐，可以躺，可以到点等着饭来；水牢中，冰冷的污水漫至沈铎的胸脯，他不能坐，不能躺，整晚整晚无法入睡。绝望和羞耻折磨着他，水里的小虫叮咬着他，奇痒难忍，他的精神临近崩溃，只觉得眼前一黑，双腿酸软，脏水渐渐漫至他的脖子……

不知过了多久，他被人从水牢里拽了出来，发着高烧，全身抽搐，嘴里说着胡话。接着，他被人塞了两颗白色的大药片，又灌了一些水，在宿舍昏睡了两天。梦中，他爸来接他，妈妈抱着他，泣不成声，他躺在自己改装过的阿尔法商务车里，身上盖着薄薄的、散发着淡淡香水味的毯子……这时候，管凡夫和老丁朝他挥手作别，两人脸上洋溢着邪魅的笑容，手里提着装满了美元的大箱子，那是沈铎爸爸给他们的赎金。他忍无可忍，满腔愤怒地盯着这两个混蛋大骂道："王八蛋！你们出卖我！"

其实，沈铎并不知道是哪个环节出了问题，才会使他最终来到这里。如今他形如蝼蚁，是不可能问出任何端倪的。但冥冥之中的第六感告诉他，他的遭遇与老丁和管凡夫脱不了关系。

第十六章
一丘之貉

“嗨，哥们儿，醒醒，醒醒。”

沈铎被人拍醒。他睁开眼，看见同宿舍的张盼递给他一瓶能量饮料。他接过来一口气喝完，又舔了舔干涸的嘴唇，面容憔悴。烧刚退，浑身的肌肉都是酸痛的，悲惨得不成人样，乞丐都不如。

谁能想到，就是这样一个人，一个月以前还在用着DIOR护肤品，穿着一身国际大牌，伺候他的阿姨每顿饭拿着菜单让他点，当地的女孩为了追求他，开着奔驰大G接他去红酒庄园。他坐在欧式的皮椅上，品尝着红酒，美丽的女孩坐在他身边，投怀送抱。突然之间，他像是乘坐时光穿梭机一般，来到另一个世界，连小命都朝不保夕。

“兄弟，别做梦了。我告诉你，来到这里啥也别想，该吃吃，该喝喝，有事别往心里搁。该干活，还得干，你得抓紧时间和机会创造业绩。就这么跟你说吧，你这辈子是出不去了，既来之则安之。”张盼劝他。

“我是被人骗来的，我不属于这里。”沈铎看着已经熟悉的环境，远处依然是高高的围墙，墙上布满碎玻璃、高压电网。围墙内外都有拿着电棍甚至枪支的保安在看守，他们身强力壮、表情凶狠，看起来就像影视剧里的刽子手。

“废话！谁一出生就在这个鬼地方？谁是属于这里的？谁不是被骗来的？这些都不重要，懂吗？这些已经都过去了，那都是你的前世，这儿才是你的今生。就算你过去是个没长大的孩子，现在也该长大了！这里没有爹妈，没有兄弟，没有人关心你的死活。当然，你也不用为了继承遗产、看孩子这些事情和家里人吵架，和兄弟姊妹反目了。这里不是人间，是给暴君修建陵墓的工地，是人间炼狱。你现在只能安安心心地活在这里，老老实实地干活。否则，你就会变得不值钱，你不值钱了，他们就只有卖掉你的器官来赚钱。”

“别说了！”沈铎喘着粗气，想到这里，冒出一身冷汗。

他没有时间了，必须从内心把自己打成一堆烂泥重塑生命，重塑成一只无孔不入的蚊子，去吸血；重塑成一只嗅觉敏锐的野生动物，察言观色并且有效地捕获猎物；重塑成一只癞蛤蟆，放低姿态去想象天鹅的样子。他逼着自己沉下心来接受这一切，这俨然已经是自己的人生。他开始学着别人的样子给“客户”打电话，把链接发到他们的手机上，再装作诚恳耐心的样子让他们点开；他以“低利息、高额度、不看征信”等噱头吸引一个个冤大头前来贷款，等提现时以交会员费、输错提现账号解冻费、刷流水提高征信等理由诈骗他们的钱财；他冒充客服拨打电话，谎称快递丢失、商品问题要退赔，或者实习生失误给顾客办理了会员要取消等，诱骗受害者将钱转到指定账户；他还按照组长的安排偷偷潜入家长群，复制班主任老师的头像和信息，在老师上课的时间段以收取学杂费为由，假冒班主任在群内发二维码或者银行卡诱骗家长转账；或者冒充地方政府部门和国有企业领导的身份添加好友，关心他们的工作和生活，给员工受到领导器重的感觉，然后，“领导”找人帮忙向他人转账，制作假的转账凭证，称钱已经转给他，他往其提供的账户转账，引导他们一步步走向自己设定的圈套，套干他们的银行储蓄……但是，一个多月过去了，可能是沈铎说话语气的原因，他挣来的钱非常少。以前没有卑微过的人，是不知道底层人困难时候的样子的。

尽管男人到了这里有一万个不适应，最痛苦的还是女人。

对面是女生宿舍，年轻貌美的女孩子刚来到这里也是一百个不服，她们当中真的不乏高学历、高颜值的主播，甚至是家庭条件还不错的独生女以及来东南亚旅游的有情怀的女大学生。可到了这里，人就变得卑贱至极，陌生男人把她们的衣服脱光，晒个几天。这就像扒了她们的脸皮一样，把脸面和羞耻心都扔在地上踩踏。有不服的，不是惨遭蹂躏，就是用细牙签一个个扎进她们的指甲缝里。这些男人给她们拍裸照，各种姿势的照片和视频，然后嘴里咬着一颗颗葡萄，喝着单一麦芽威士忌，闭着眼睛陶醉地欣赏她们的惨叫；第二天，让人给她们再做个美甲，一点都不影响她们的美丽，并要求她们继续工作。

如果碰到想寻死的，那么成全你。但是死之前，也要赚够钱。方法很多，蒙着脸去卖器官，或者露着脸去卖身。很多女人刚开始来到这里活不下去，慢慢地她们认清了现实，也就无所谓了，变得好管理了。“肖申克的救赎”只在电影里发生，现实中有几个肖申克？自由的羽毛散发着光芒，但她们一来到这里，就已经被剪掉了翅膀。

这些女人最好的下场就是在电脑前做美女荷官，以姿色吸引赌徒。当然，这需要脑子。不太聪明的女人被安排去当裸聊。仅仅聊天还算好的，如果业绩提不上去，可能会送她们去做一些特定人群的性伴侣，或是满足某些有钱人更加变态的需求。

无论在哪里，都有混得好的，混得差的。这里业绩做得好的，能给老板赚上几千万元，自然会得到善待，工资也会翻倍地往上涨。可是，在哪里挣来的，也只能在哪里花出去。园区有超市，水果食品、衣服包包，KTV、桑拿房什么的应有尽有，价钱都非常高。说白了，你辛辛苦苦挣的钱，他们再以这样的方式收回去，最大限度诠释了什么叫“肥水不流外人田”。你的钱、你的人、你的声音、你的思想，都别指望出这个园区。

虽然大家在这里身不由己，言不由衷，可毕竟干的都是丧尽天良的事情，谁都别指望站在道德制高点上去评价别人，大家都是骗子，谁也不比谁高贵。

而管凡夫和老丁不一样，他们比沈铎要幸运太多。首先，他们是自由的；其次，他们是富有的。来到A国一年，管凡夫连工资带提成从老丁那里领走了150万人民币。老丁不是小气的人，对管凡夫是真的好。第一个春节，就让他带着比自己承诺还高出30万人民币的薪水衣锦还乡。

在网购很方便的时代，管凡夫算好时间，他和给家人买的奢侈品几乎是同时到达南京。他给妈妈买的HERMèS丝巾和CHANEL包包，给爸爸和弟弟买的GUCCI皮带和鞋子，还给亲戚好友带了进口食品，还有便宜又好喝的A国咖啡。

过年时，大家围在一起，七大姑八大姨都夸管凡夫挣大钱出息了。她们中甚至有人说，在管凡夫小的时候，就看着他和别的孩子不一样；还有的故意不显山不露水地提醒管凡夫，说小时候经常带他玩，给他买过什么奶粉，出去给他买过什么衣服、什么玩具等，陈谷子烂芝麻有的没的事情都想起来了。管凡夫对此都是一笑了之。当年，他父亲开卤味店的时候着急用钱，话说得那么卑微，最后跟家里这帮亲戚是一分钱都没借来，现在一点特产送上，就一个个笑容可掬，好一个世态炎凉。

真正疼自己的只有父母，他们不看儿子给自己买了什么，而是拧着眉头担心管凡夫在国外这样待下去，电视台的工作还能不能保住。若真是丢了国企的饭碗，那也是一辈子的遗憾。

夜晚，管凡夫和弟弟管俗子商量，要带着他一起去A国发展，说那里已经不同往昔，虽然目前和国内还没办法比，至少在首都你会找到在北京的感觉，如果去一趟南方都市，更能体验到小巴黎的感觉……

“哥，我想知道的不是这个。”管俗子打断哥哥的话，“我想知道你在那里究竟做的是什么工作？”

“我不是跟你说了吗，保媒拉线。就是咱中国人说的媒婆、婚介。这不是什么高大上的职业，但是比这里多赚十倍的钱，是轻轻松松的。”管凡夫说话很保守，并不想挑战弟弟的底线，但管俗子已经不是小孩子了，没那么好糊弄。

“没有那么简单吧？那些女人来到中国，十个新娘最后跑九个，这里边有多少是重新回收再利用的？”管俗子直入主题，盯着他问道。

“你既然都知道了，还问我干吗？你如果觉得跟着我干屈才，那我不勉强。我这里庙小，容不下你这尊大佛。”管凡夫点燃一根南京九五至尊站在窗边，略带讽刺地说道。窗外，金陵夜景映入眼帘，高楼鳞次栉比，灯火辉煌，一片繁华。

管凡夫从小在这个城市长大，这个城市养育了他，但严格来讲，这个城市始终没有真正接纳他，很多人往往是最深沉的爱和最刻骨的恨都发生在故乡，故乡是个充满熟人的地方，而仇恨、敌视和误解也往往发生在熟人之间。所以，故乡对他们来讲既熟悉又陌生。

“我没有怪你的意思，哥。我知道我们小的时候，爸妈带着我们做小吃摊有多难。虽然那时候我还小，可我记得。”管俗子的话只说了一半，没有继续往下说。他也知道，哥哥在电视台没有后台，也没有多少钱去活动关系，是个身处低位的老好人，于是处处被人拿捏。两年多的时间，别人都步入正轨了，只有他还在给领导端茶倒水，做一些琐碎零散、费力不讨好的工作。

管凡夫惊奇地发现，没有能力的人，直属领导不仇视；有能力、有关系的人，领导会尊重和重视。在单位最不受待见的、两边像煎鱼一样难受的是什么人呢？就是有那么一点能力却底气不硬的人，谁来了都敢踩你一脚，谁都眼红你有点本事，所以都要打压你，说你的坏话，不给你机会，生怕你露出来那么一点尖尖角让大领导看见了，提拔了，那其他同仁该有多不爽，他们指挥起你来，该有多不得力。弄不好，就长江后浪推前浪了。所以，去A国是管凡夫更好的选择，时间宝贵，他不想把精力和思想都浪费在不值得的地方。对于漫长的人生来说，那段时光毫无收获、毫无意义，纯粹是在浪费生命。

“那时候，我们想吃一顿排骨都要等上几天，吃点贵的水果都得算计算计。”管俗子回忆着小时候家中拮据的日子。

“过去的事不提了，千家万户谁还没有个糟心事。你我是亲兄弟，说话用不着煽情，你直接说你的意思就行。我就问你一句话，去还是不去？”管凡夫就想知道弟弟愿不愿意跟着他干，其他说再多没用。

“去，我跟你去A国。”管俗子顿了顿，又说，“我们挣几年钱就回来。拼命挣钱，尽快收手。回来以后，我们至少比别人少奋斗二十年，谁也不敢看不起我们了。”想必，管俗子也经历了一些难堪的过往，只是哥俩都已成年，这些过往不用语言来表达，而是转化成了性格和行动。

“俗子，选择一条路有好处，也有为难的地方，哥不逼你，你自己想清楚就行。”管凡夫走到弟弟跟前，两人已然站到同一个战壕。

“我们以前穷，不是因为我们差，是因为我们挣的钱太干净了。干不干净从来都是相对的。”管俗子的认知只是简单停留在“唯有物质富足，才是成功的唯一标准”的层级上，殊不知真正的成功人士的定义是在实现个人成就的同时，能够对社会产生积极影响，而不是做一只迷途的羔羊。其实，成功不仅仅是追求个人利益和财富，更是一种担当、理性思考和社会责任，这也是人区别于动物的本质。可当人急功近利时，容易被猪油蒙了心，导致自认为走在正确的道路上而最终却在深渊中越滑越远。

管凡夫听了弟弟的一番话后，并没有多说什么，但是他放心了。有管俗子相随，管凡夫不仅在工作上多了个帮手，最重要的是有家人在身边，能缓解一下刻骨的乡愁。当然，这样做也有点不厚道，毕竟父母也需要身边有人照顾。等再赚些钱吧，等赚够了钱，带着父母移民国外，也让他们二老享享福。老两口一辈子克勤克俭，不容易。管凡夫终究没有想过一个问题：钱，什么时候算是够呢?

叔本华有句名言：财富就像海水，你喝得越多，就越感到口渴。

而欲壑，永远是难以填满的。

老丁早已经给管凡夫另租了豪华公寓，等着他拉着弟弟过来一起扩大公司规模，一起腾飞。管凡夫没有女朋友，所以暂时不准备买房，等有了女朋友，才知道自己以后要在哪里扎根，才知道未来的发展究竟是走向哪个方向。

当时，略带迷茫的管凡夫并不知道，把亲弟弟拉进深渊，这是他日后最后悔的一个决定之一。

第十七章

贪婪的代价

管俗子口中说的，中国人娶的A国新娘里，十个跑了九个。其实，就这数据还是保守的说法了。在暴利的刺激下，为了促成一段婚姻，养妈和中介大多夸大男女双方的条件，很多A国女人嫁到中国本是为了通过婚姻的形式“重新投胎”，彻底改变命运。可是，中国也有穷乡僻壤，优秀的男人不会娶不到老婆，更不会去A国花钱买老婆。不少A国女人到了中国以后才发现男方家庭情况和自己的期望值落差非常大，自己的命运仍然是躺在板凳上睡觉——翻不了身，毕竟双方的国情、语言、生活习惯等都不一样。这些矛盾中，最现实的一个就是语言不通。日常生活中，她们仅靠简单的肢体语言交流，没有深层次的情感沟通，又如何能够成为厮守终生的夫妻呢？只有肉体欲望的交流，是根本无法维系正常夫妻关系的。

那么退而求其次，就算中国男人只要老婆，而非人生伴侣，那么这个老婆也需要和娘家保持联系，在网络尚未普及的时代，每年往家里打电话的费用也是很高的。每年她们还要至少回一次娘家，给娘家带的礼物、来往路费等里里外外也要花销一万多块人民币。另外，很多A国女人嫁到中国是为了改变娘家的生活，娘家盖房、弟妹上学都需要夫家来补贴。以上种种，都让本就不富裕的中国男方家庭吃不消。

那么，A国女人来到中国能做些什么呢？由于语言不通，她们大多只能做一些体力劳动或是手工类的工作。这样的工作大部分都是季节性或者短期性的，不但收入少，也不稳定。可以说，这样的老婆能给你做饭洗衣、生儿育女就不错了，就不要指望人家为家庭的经济建设添砖加瓦。

再退一步讲，不少中国男人的初心只是想要一个能生儿育女的女人。可是，人性是贪婪的，于男于女来说都一样。有些A国女人会想尽一切办法，尽可能赚更多的钱。养妈阿金曾经这样教育她们："过得好就过，过不好就跑，再嫁下一家，资源再利用就能不断变现，梦想中的生活都是靠自己奋斗出来的，办法要自己想。"

而老丁这边呢，和大多数中介一样，打出了所谓"三保"招牌，即"保证A国新娘都是处女，保证十万彩礼娶到家，保证跑一个赔一个"。这让不少中国光棍趋之若鹜。中国客人从最初的边境地区开始往广西、云南、广东等南方省份扩散，后来连遥远的黑龙江省也不断有光棍跟随相亲团到A国来寻找新娘。

很多中国男人因为相亲过后不放心，出于安全考虑，也出于礼节，是一定要和相亲女孩一起去她的娘家看看的。有的女孩家里还好，和中国农村差别不大，父母种田，日出而作，日落而息。而有的家庭就奇葩了，没钱不说，还酷爱吃野味，那饮食习惯，中国人根本接受不了。江西男子蔡振兴就跟着女方杜萌萌来到她的奇葩家庭。他说想去女方家看看，老丁他们如实告知了女方家的地址。管凡夫随同而去，为的是给他们做翻译，方便沟通。

走过几条山路，又坐船，最后可算是到了女方家，别说把没见过世面的蔡振兴给惊呆了，就是管凡夫也被吓了一跳。

一个男人带着几个小孩在院子里兴高采烈地烤老鼠吃！只见男人用锤子往吱吱乱叫的老鼠脑袋上一砸，老鼠立刻毙命。接着，他开始剥皮，画面惨不忍睹，然后用稍微粗点的尖头木棍戳着老鼠，把它放在炭火上烤。杜萌萌父亲手法娴熟，慢悠悠地在老鼠身上抹油，细心地撒上调料。烤好以后，孩子们竟然争相拿起来啃着，一哄而散。蔡振兴看了当场就要吐了，但是出于礼貌，几经挣扎，终于忍住了，确切地说是咽了回去。

看到未来女婿到来，这个A国岳父热情地招呼蔡振兴进屋来坐。没有办法，蔡振兴只得硬着头皮进屋，脱了鞋，坐在席子上。他和管凡夫不知道是怎么象征性地吃下这顿饭的，同时就彩礼多少、女方多久能回娘家以及其他情况谈了谈。这样的家庭本就不会对男方要求太多，所以话也不多。谁知，蔡振兴的牙口比较稀疏，走到哪里都有带牙签的习惯。他自己吃完饭剔剔牙，管凡夫一个没看见，蔡振兴顺手递了一根牙签给杜萌萌。好家伙，这A国老丈人不愿意了，立刻火冒三丈，上来抄起家伙就给蔡振兴脑袋上一锅盖，杜萌萌和管凡夫根本都来不及拦。

蔡振兴一头雾水，压根不知道是怎么回事。管凡夫对杜萌萌的老爹又是赔礼道歉，又是递烟，好说歹说，终于让他熄了火。原来在A国，夫妻之间是不能互递牙签的。

“屁大点地方，都穷成这样了，本事不大，讲究不少。”蔡振兴一脸的不屑。幸亏这话只有管凡夫听得懂。其实，到这样的家庭一看，蔡振兴也不想娶杜萌萌了，觉得以后一定不好沟通。再说了，家里经常吃这个东西，都不知道杜萌萌有病没有。

还是管凡夫情商高，安慰蔡振兴说：“女方家庭条件这么不好，到了你家，但凡过个人过的日子，她都会死心塌地地跟着你。没有得到过幸福的人，才最珍惜幸福。”蔡振兴一想，确实有道理。管凡夫接着说：“你看刚才老家伙打你，杜萌萌一直拦着他，多护着你啊。放心吧，这种女人以后很顾家的，你要是心里犯嘀咕，我明天带她去医院做个全面体检，什么微生物、寄生虫、肝炎、艾滋、性病什么的都查查，要是没什么事儿，你就放心地领回去！”

管凡夫看蔡振兴没说什么，继续“话痨”起来：“其实啊，吃这些东西是这里的民俗，这跟咱们中国吃炸知了、醉虾、生腌螃蟹是一个道理。东西都在火里油里翻来翻去的，哪里还有什么细菌啊，你这纯粹是心理作用，不习惯罢了。”

三天后，杜萌萌的体检结果显示各项指标都正常（天桥婚介中心与当地的私立医院合作，可以随时出具健康证明，这里面也包括一些原本体检不过关的女孩，为了促成生意是可以出具合格证明的），蔡振兴最终高高兴兴地把新娘领回了家。

按理说从小生活在这种家庭的女人嫁到中国，蔡振兴和他的爹妈又对她不赖，过着虽然不富裕，但不用为吃喝发愁的小日子，一定是不会跑的吧？可是，千万别小看了人的欲望。

既然可以获得多家的彩礼，那就没必要只在这一家过一辈子。何况，这个家又不是什么殷实的家庭，没有世代享不尽的荣华富贵。最好的方案就是多赚几家的钱，直到赚够了钱，真正想停下来的那一天，或者是遇到了真正能让自己心动的人，再老老实实地过日子也不迟。杜萌萌才23岁，不想就在这个落后的村子里过一辈子，她就是典型的资源循环变现型的A国新娘。

A国女人的逃跑是有一定路线规划的，管凡夫和老丁这边主要盯男人，养妈阿金那边主要收集女人。她的手下，甚至包括她的侄女阿兰，都无时无刻不在物色A国女人。谁离异了可以过来相亲；谁丧偶了可以过来相亲；哪个坐台小姐想从良了，可以过来相亲；谁日子过得不开心了，也可以先领着她过来相亲，再给他们拆散了。抢客户，大多要费些心思，这些人集合在养妈的手里，在无数次的相亲或是结婚后，她们之间仍然相互保持着联系，甚至建有微信群，养妈会告诉她们如何找机会逃跑，在中国哪些省份的逃跑路线该怎么走。在离A国比较近的地方，有人专门接应这些逃跑出来的新娘，然后再相亲，再嫁到别的省份，无限循环，无上限更是无底线地赚钱。

杜萌萌就是婚后一个月不到跟丈夫说自己要出去买衣服，蔡振兴点头同意，然后和父母先去田里干活了，而过了半个多小时，同村的老太太走过田里，见到蔡振兴随口问了一句："你家媳妇这是要去哪里啊？出远门啊？我看她背个大包，正往外走呢。"

蔡振兴突然意识到不对劲，赶紧跑回家一看，结婚时东拼西凑给她买的金项链、金戒指、金手镯，平时也不见杜萌萌戴，现在连同她的随身衣服和家里的现金一起不见了，家里丢得乱糟糟的，一看是走得匆忙。

蔡振兴脑子里"嗡"的一声，一片空白。

"振兴，还不快追啊！"振兴妈大喊。

蔡振兴反应过来，提着锄头就往村头的方向跑。

村子里的人很团结，基本上遇到什么事情都一致对外。经济越落后的地方越会用一种愚昧且凝聚的力量来进行自我保护。振兴妈一句"追啊"，让所有知情的村民都提起锄头一哄而上，一股同仇敌忾和兴高采烈同在的情绪蓄势待发。

山路很长，弯弯曲曲，当一群人追到往村头拐的小路上时，终于看见杜萌萌。

"在那里，在那里！"振兴爸喊着。

十几个人一下子把杜萌萌团团围住，杜萌萌自知插翅难逃，跪在地上连连求饶。

"振兴，你可不能饶了她！"乡亲们你一言我一语。他们那里有A国新娘逃跑的先例，所以对杜萌萌这样的人，村里人都充满了仇恨和唯恐天下不乱的矛盾心理。

蔡振兴夺过杜萌萌的背包，抖搂出来金银首饰和一万八千元的现金。

“你说出去买衣服，就带着我的全部家底去买衣服啊？你是要把我们全家逼上绝路啊！”蔡振兴一个巴掌打在杜萌萌的脸上，气得头发都要着火了。

这时候，不知道谁说了一句：“这种女人不得好死！打啊！”

蔡振兴的怒火被彻底点燃，他和村里人的拳头一起打向杜萌萌。杜萌萌用双手护着头，可她那柔弱的双手怎么抵得住庄稼汉的拳头？只有振兴妈不断拦着，她阻拦是因为对身处绝境的女人有着天然的同情心。

“不要打了，不要打了，她知道错了！”

在群情激愤的打骂声中，振兴妈的阻拦根本没有人在意，也起不到任何效果。过了差不多十分钟，村里人闹得差不多了，准备质问杜萌萌的时候，发现人已经站不起来了。有人用指头往她鼻子上一放，发现人已经没气了。

这可咋办呢？有的村民自知理亏，瞟了蔡振兴一眼，看人家的态度。毕竟杜萌萌是人家的老婆，人家打，别人不能说啥，那自己也打了，就怕主人家有意见了；有的人更是无理强占三分，用看似了不起的话以遮掩内心的恐惧。

“振兴，这口恶气叔伯们替你出了，要这种女人辱没先人啊！我们先走了啊，接下来的事，你看着办。有叔们在呢，没事啊，咱们都看好你，不能给咱老蔡家祖宗丢人。”说完，背着锄头一溜烟地跑了。

第十八章
什么是人性

杜萌萌的事情是在众目睽睽下发生的，遮掩不了。村里人推卸责任说：“谁让她拿了人家的钱去跑路的，活该！”所以，说到最后，这事压根就没有人报案。而这事情，在A国新娘的微信群里却传开了，她们说：“难道他们不知道这是买卖人口？把蔡振兴抓起来判刑！蔡家人财两空，断子绝孙，也是活该！”

由于村里人“团结一致”，这件事情最终采取私下和解的方式了结。蔡振兴反过来去找老丁和管凡夫，说女方是骗子！杜萌萌的父亲也找老丁和管凡夫，要让男方偿命！

干了这么久，管凡夫也是老有经验了。无论如何，逝者为大，蔡振兴打死了人，说什么他也要出点血，拿钱来摆平这件事。刚开始，蔡振兴当然是不情愿的。从他的角度出发，钱花了，人没了，自己本来就够倒霉的了，还要他再花钱，那可真是太憋屈了。再说了，是女的逃跑在先，他们才动的手，人又不是他一个人打死的，为什么要让他赔钱？

管凡夫给他这样解释：一般情况是案发地的公安受理此事，现在替你追女人的都是你的亲戚和乡亲，没有人告发你，仅仅是杜萌萌的父亲在单方面追究你，由于是跨国，目前立案、侦察、审讯、起诉都需要很麻烦的流程，他不是不找你的事，他只是在等着找你的事，换句更通俗的话就是：不是不报，是时候未到，一切都要走流程的。

其实，管凡夫已经说服杜萌萌的父亲，因为是他女儿有错在先，所以他自己的脸上也挂不住，愿意私了。这事情如果真的闹上公堂，不是判个故意杀人，最起码也得判个激情杀人。管凡夫继续从司法角度来劝蔡振兴，说他如果按法律处置，那一定是主犯，坐牢是肯定的了，耽误整个后半生，更让祖宗的脸没地方放，说不定他进监狱了，父母在外边有个三长两短，最后都无法尽孝。再说了，杜萌萌的父亲要的也不多，区区八万块，了结这么大一桩命案，是划算的。

蔡振兴被管凡夫说动了，害怕事情拖延久了，惊动公安、检察院和法院。于是，他东挪西凑，找到村支书开了个会，由他和几个参与打人的男人一起掏了些钱，他自己掏得多一点，总算是凑够了八万块，交给管凡夫，让他去摆平命案。

管凡夫接了钱回到婚介所，给老丁三万，自己留三万。之后，他开车去杜萌萌家。这次，他带上管俗子，想让他也跟着熟悉熟悉业务，并把剩下的两万扔给杜萌萌的父亲。

“拿了人家的钱就想跑？还想再嫁给别人？你女儿还要脸啊？在中国这样的女人是要去坐牢的！”管凡夫厉色呵斥，一时间吓得杜萌萌的父亲无话可说。

“看你女儿跑了，蔡振兴的妈去追，你女儿为了逃跑把人家推下了土坡。村里人把老太太送到医院以后，单是抢救就花了好多钱，断了一条腿和四根肋骨，现在还在医院里躺着。”管凡夫随便拿着一张中国医院的住院报告单在杜萌萌的父亲面前晃悠。杜萌萌的父亲看不懂，但有些害怕，看着管凡夫的表情又深信不疑。反正自己也没有钱和精力去查清楚这件事情。

“人家还算是仁义，怕你伤心，又东挪西凑给你们两万块的抚恤金。你就知足吧！”杜萌萌的父亲收了钱，不再作声。在他的眼里，女孩子本就是养大以后收回本钱就可以了。他继续抓他的鱼、鸟和老鼠在火上烤，继续这样养活其余三个孩子。杜萌萌的母亲在屋里哭得泣不成声，但她也没有走出过自己的村镇，更没有什么应对问题的经验。管凡夫听着哭声，也不敢往屋里看，生怕触动了自己的良心，一旦心慈手软，就赚不了钱了。

“哥，行啊你！奥斯卡欠你一个小金人。”回来的路上，管俗子对哥哥危机公关的能力佩服得五体投地。

“哈，那得看是什么人。有的人没见过世面，好说话。有的人就不好说话。在A国，最不好说话的有两种人：一是同行，看不得你好过；另一种人就会找个理由以打抱不平、惩恶扬善为名，让你出钱，养着他们。”来到这里两年多了，管凡夫身上的匪气渐增，但斯文的气息依然存在，属于“双剑合璧”的状态。

“有人的地方，就有江湖。自古如此，到哪儿都是这样！我听老丁说，那个杨燔的妹妹杨潇璇倒是对你有点意思，她可盯你挺长时间了。御弟哥哥，今晚你就从了我吧。哈哈哈哈……”管俗子学着《西游记》里女王调戏唐僧的样子取笑管凡夫。

“你拉倒吧！什么乱七八糟的女人都来打我的主意？这不可能！绝对不可能！”管凡夫自小就有女人缘，但是他绝不滥情，并且意志坚定。稍后，他补充道：“我最近倒是听说，她哥打打杀杀的时候，经常都是杨潇璇在中间拦着，多少人就是因为她的救场，才没被打残废。不过，有这么个哥，她肯定也不是什么好鸟！她花的钱难道不是她哥抢过来的？”这个“不过”足以说明管凡夫的矛盾心理。杨潇璇是善是恶确实不好下定义，她的行事风格确实是黑中带白、白中带黑、趋近于灰色的女孩，这样的人，内心可能还有一丝尚存的人性。

第十九章
惹祸上身

本以为杜萌萌事件就这样结束了，可不知是谁在杜萌萌死的时候拍了张照片。照片先是在A国新娘的微信群里引发了激烈的讨论，随后就在各婚姻中介的老板口中传开了。有些生意冷清的中介看着老丁他们干得火热，而且马上又到交保护费的时候，就对着杨燔透露老丁的天桥婚姻介绍中心出了命案。这下，杨燔又有理由去“行侠仗义”了，他们还自封为当地的“地下出警队”。

老丁的店面又被砸了个稀巴烂，杨燔绑着老丁、管凡夫和管俗子，让他们为自己的罪行买单。这一次，杨燔他们只打老丁，因为知道妹妹喜欢管凡夫，所以手下留情。老丁苦苦哀求，说自己的小生意真的赔不起杨燔这样的大神。杨燔哼哼一笑，阴森恐怖，抓起老丁的手放到桌上，拿出一根中指那么长的钉子，正要扎向老丁手心的刹那，“砰”的一枪，杨潇璇的车停在门口，她击碎了老丁店里的座钟。

“哥哥，听说你来这里了，我就赶紧过来。以后不要和他们过不去了，你和他们过不去，就是和我过不去！”杨潇璇责怪道。

杨燔挺大一老爷们儿，又是个社会大哥，底下那么多小弟看着，被妹妹这么拦一下就收手，脸上有点挂不住，于是恶狠狠地说道：“呸！这个小白脸有什么好的？凭什么让你这么痴迷？你们又不熟。”

“他身上有中国男人独有的优雅和义气，我很喜欢。”老丁没听懂，但管凡夫知道杨潇璇表达的是这个意思。

管凡夫悄悄看了一眼杨潇璇，皮肤白嫩，容貌姣好，一个健康且有力量的年轻女孩，穿着一袭卡其色的Burberry风衣，戴着墨镜，曼妙的身材和爽朗的英姿中还透着一股温柔，外表高冷却又不失可爱。她唇上涂着偏橘红色的口红，青春的气息无法抵挡。这是杨潇璇第二次当着这么多人的面夸管凡夫了。他听了其实很汗颜，内心惭愧。他充其量不过是一个高级骗子，杨潇璇竟然用这样的词语来美化他，这也只能用“情人眼里出西施”这句话来解释了。

中国几千年来尊崇的是儒家思想，管凡夫也确实出落得眉目清秀，再加上肚里有些墨水，说话办事不仅斯斯文文，而且“有理有据”。这几年虽然跟着老丁混，修炼得满嘴跑火车，但是多金的收入不仅带给他外在的光鲜，更带给他由内到外的自信，也让他经常出入各种高档场所，开阔了眼界，遇事更加从容干练。这样的中国男人让杨潇璇惦记很正常。她周围本就是些打打杀杀的人，她内心渴望的正是中国式的郎才女貌、相敬如宾的生活。

“放开他们！你忘了妈妈临死前对你说的话了吗？现在除了打人杀人，你还知道什么？”杨潇璇大声对杨燔喊道。

杨燔没有忘记，母亲是个善良的女人，跟着酗酒嗜赌的父亲过日子，被活活气死了。杨燔性格强势，下手狠毒，少年时就组织了帮派，后来经营赌场，只有他找别人麻烦，没有别人找他麻烦。那时候，杨潇璇还小，母亲对杨燔说：“每一个在赌场的人都罪孽深重。我不在了，你要照顾好你妹妹，赎清罪孽。”

母亲一走，兄妹二人相依为命。妹妹喜欢什么，杨燔都会尽量满足；妹妹喜欢的人，杨燔也不舍得打。如今，妹妹让放人，杨燔一定会放，但他还是要维护一下自己的颜面。

“人可以放，钱必须交！”杨燔厉声厉色地朝老丁看去。他其实并没有强逼的意思，只不过骑虎难下，样子要做足给人看。

“三天时间，给我100万人民币的等额美金或者A国币。”杨燔拿着匕首从老丁的鼻子上移到脖子，再从脖子上移到锁骨。老丁吓得尿了裤子，管凡夫大喊：“手下留情！他孩子还小，不能没有爸爸！求求你们！”

杨燔的心突然被揪了一下。爸爸？有的人配当，有的人可真不配。他怀着往日的仇恨在老丁的锁骨上划了长长一道，鲜血滴在他的鞋上。

“三天后，钱没到手，就别怪我不客气了！”说完，杨燔带着一帮人呼呼啦啦地走了。

杨潇璇那纤长的手指抚过管凡夫的面颊，然后抬高他的下巴，像好色之徒调戏美人一般道：“小哥哥，做我男朋友吧。我是不会亏待你的，有惊喜给你哦。”

管凡夫本要脱口一个“滚”字，又立马控制住自己，然后尴尬地朝杨潇璇挤出一个非常不自然的微笑。他自知这个勉强的笑容难看极了。

“我等着你教我说中国话，等着你带我回中国。你，是我的。”说完，杨潇璇踩着高跟鞋走了，留下鞋跟与地面碰擦发出的清脆声。

第二十章
和亲

“100万人民币！就算是天桥婚介公司给得起，也不能三天两头给呀，这谁吃得消啊！”照此下去，公司迟早被杨燔吃干吃净，嚼得连骨头渣都不剩。管凡夫突然察觉到老丁那不怀好意的目光，即刻打了个激灵，用沙发上的毯子裹紧身体，惊恐地警告：“你……要干什么，老丁！你别往歪处想，你也别在我这儿打主意，我告诉你不可能，绝对不可能！”管凡夫抱着抱枕往后退缩，一脸惊恐和抵触。

“老丁，你这是要让我哥去和亲吗？这倒也是个好办法。弱国无外交嘛！”管俗子边开玩笑边说。

“这不是因为咱们挣的钱不够杨燔他们敲诈的吗？他妹妹长得漂亮，又喜欢你哥，你哥要是娶了她，他还能问咱们要钱吗？别说要钱，连同行都不敢惹咱们，遇到生意，还不得先让着咱们？逢年过节的都得给咱送礼，一个桌子吃饭，这第一杯酒一定是留给咱天桥的，这能算和亲吗？我这是为大局着想，为你哥的终身大事着想。”老丁倒是想得长远。

“你说，我一个外来户，无非是这几年在这儿跟你当月老挣点钱，那杨潇璇又漂亮又聪明还有钱，人家为什么会看上我？不会是又要把我转手卖去外国的园区吧？”管凡夫把最坏的结果都想到了，漂泊异国他乡，最后死无全尸。

“不会，不会！兔子不吃窝边草，盗亦有道。杨燔他们要是想卖你，早把你半道给劫去了，还能等到现在？”老丁很笃定。

“哥，你可能对你自己的实力不太清楚。说实话，你长得吧确实还行。做事儿，也还行。谈吐，更是行……不过，和人家豪门大小姐比，的确勉强了点。说实话，你还真是有点配不上人家。”管俗子把两人放在一起比较，也弄不明白杨潇璇到底是哪根筋搭错了，要勾搭管凡夫。

“滚！早知道就不该带你来。我配不上人家，你要是觉得自己了不起，可以替我去啊！你看那女土匪看得上你吗？”管凡夫不遗余力地讽刺着管俗子。

“我？我不行，我更不行！”管俗子一脸认真地回答。

三人就这件匪夷所思的事情讨论了一宿，最后得出一条结论：杨潇璇很可能就是喜欢中国，所以爱屋及乌，碰到一个各方面都看着顺眼的中国男人，就想收编了。

正准备睡觉的时候，管凡夫收到一条短信，居然是杨潇璇发来的：“明天十一点，我在咖啡馆等你。”管凡夫吓得一头冷汗。杨潇璇的葫芦里卖什么药？他并不想去，但老丁和管俗子都建议他去，光天化日之下，喝杯咖啡怕什么？而且是和这么漂亮的A国姑娘，抛开她哥是黑社会不谈，就杨潇璇这长相，放哪里都属于顶级的美，皮肤白皙，目光灵动，高冷的气质中透着一丝可爱，既可做御姐，又能当邻家小妹。老丁、管俗子保证会一直在外面守着，一旦有什么危险，他们会立即赶过去。

管凡夫瞪了这两个叛徒一眼，果真出了事，谁都指望不上！管凡夫不敢不去，不但要去，而且要沐浴更衣，穿上ARMANI衬衫，喷上HERMES男香，隆重且礼貌地过去会面。相反，杨潇璇的打扮很随意，一件舒适的裸肩连衣裙，一双真皮拖鞋，显得青春且松弛。

“杨小姐，中午好！”

“谢谢你今天能陪我来喝咖啡。”杨潇璇用生涩的中文和管凡夫对话。

这看起来还算和谐客套的对话，在下一秒就让管凡夫直入主题：“我问你，沈铎现在在哪里？你们到底要怎么样才能放过我们？”

“一句话不要说两件事情。管凡夫，这不是你的风格。”杨潇璇看着管凡夫就像看着砧板上的鱼。

“我着急啊！我们赚钱不容易，别把人往绝路上逼。”管凡夫虽然气愤，依然维系着风度。

“管凡夫，你难道没发现我哥对你已经手下留情了吗？如今，最简单直接的方法就是你来做我的男朋友，哪怕是……装。”杨潇璇的眼神含情脉脉，那一抹柔情绝不是可以轻而易举演出来的。

“装？能装到什么时候？什么程度？你哥是傻子吗？”管凡夫压根不理解。

“我哥愿不愿意相信你我的关系，全看我。你以为他稀罕找你们去要那点小钱？不够他浪费时间的。”杨潇璇不以为然地摆弄着刚做的美甲，眼皮都不抬地说。

“什么？你说什么？他问我们一次要100万人民币是小钱？而且不是一次两次，这还不算平时孝敬他的苛捐杂税。”管凡夫睁大眼睛看着这个不识人间疾苦的美人。

“无聊。A国境内的大型赌场几乎都是他的，你们的那点肉跟蚊子腿一样，他看不上的。他能光顾你们那儿，全是看我的面子。”杨潇璇得意地笑了笑，露出整齐又洁白的牙齿，笑容甜美，志在必得。

“果然是你！你……你到底要怎样才肯放过我们？我们这点小生意你们既然看不上，那就别跟着搅和了。”管凡夫气得身体有些发抖，面前的咖啡也跟着在抖。杨潇璇以为他接下来要发飙，谁知管凡夫下一句是：“沈铎在哪里你一定知道。能不能把他救出来？已经这么久了，算我求你的。他是我的同学，我不能看着他走向地狱，这不是我们想要的结果。”

“我就喜欢你这点，重情义，如今这样的男人可不多……都自私得很。”杨潇璇对自己的眼光深信不疑。

“杨小姐，哦！不，璇，你值得更好的男人，而不是我这样一个……平庸的男人。”这是男人拒绝女人通常的表达方式。不是我不爱你，而是你那么优秀，我配不上你——这理由真够虚伪的。

而这一招对杨潇璇来说没用。

“平不平庸你说了可不算。今晚你是我的，明天我就让我哥给你捞人去。”这生猛和直白还真不愧是管凡夫口中的女土匪。

管凡夫心里一激灵。

这件事情如果让老丁知道了，会不会恨死他？老丁那么照顾他，天桥的收入几乎给了他们兄弟一大半，属于难得的良心老板。是他出卖了沈铎，而沈铎是管凡夫接过来的，不救沈铎对不起沈铎，救了沈铎对不起老丁，沈铎出来会不会报复老丁？那自己该怎么面对老丁？就算沈铎愿意放老丁一马，沈铎的父亲可不是好惹的，他能不能放过老丁和自己……当前这形势，也确实考虑不了这么多了，不管了，有机会先救人，其他后面再说。

“沈铎的事情不能让老丁知道。你答应我，我就答应你！”

管凡夫语气坚定，并用柔情的目光看着杨潇璇。杨潇璇会意，直接打电话安排手下定了最好的酒店套房，然后起身出门。走前，她对管凡夫勾了勾指头。管凡夫直接快走两步，给杨潇璇开车门，然后两人同坐一辆车离开。

“什么情况？”守在外面角落里戴着墨镜喝咖啡的管俗子十分惊讶，就这么一会儿，管凡夫怎么就上了杨潇璇的车？

“没看出来吗，你哥成功了！”老丁有些开心，应该说是十分开心，只是在管俗子面前不好意思表现出来。他在心里默默期盼着，如果管凡夫和杨燔最后真的攀上关系，今后就可以高枕无忧了，不但没有人会来骚扰他们，生意还会越做越大，涉及的门类也会越来越广。到时候，再不用夹着尾巴做人了，真的可以扬眉吐气了。归根结底，赚钱是为了什么？不就是为了理直气壮地花吗？老丁盼望着属于他的春天尽快到来。

老丁不知道的是，由于其他A国新娘举报了杜萌萌事件，国内警方已经在密切关注跨境婚介事宜了，并紧急联络了A国的警方，在尚未查清楚之前，暂时不想打草惊蛇，一切都在谋划布局当中。

第二十一章
夜曲

房间里，放着肖邦的E小调夜曲，优雅唯美的音调包围着两人的身体。此时，再美好的音乐都让管凡夫感到力不从心，他有一种被奴役、被裹挟的感觉。于是，他深吸一口气，极力调整心态。沈铎的事自己有百分之八十的责任，而老丁又是为了救自己才出卖了沈铎。

“自己作的罪孽，自己承担。”管凡夫在心里默念着这些，继而转身，微笑面对杨潇璇，开始了自己的服务和表演……

“管，你给我讲个故事吧。讲一个你们中国最美好的爱情故事。”杨潇璇在沐浴之前，坐在梳妆台边卸掉耳饰。她居然要听管凡夫讲故事，这个女人真的不简单。管俗子猜得没错，她的确是个十分钟情于中国文化的女人，是骨子里的喜欢，她是因为喜欢中国而爱屋及乌地喜欢管凡夫。管凡夫不仅长得帅气，应对女人深情的时候，眼睛里都会拉丝。而且，他的嗓音很好听，低沉的男声却又不失穿透力，讲起话来很有代入感，直抵对方的内心。这样的男人在杨潇璇眼中是理想的伴侣，既有才华，模样又俊，满足了她对未来另一半的所有需求。

“这个世界上，最美丽的爱情故事莫不过像罗密欧与朱丽叶、特里斯坦与伊索德……而在中国，以梁祝化蝶最具代表性。”一提起与中国古代文学相关的事情，管凡夫顿时进入了状态。

“是个悲伤的故事吗？管，我不想听太过悲伤的故事，你们中国人不是都喜欢大团圆的结局吗？”杨潇璇未经过社会毒打，内心依然是个天真纯粹的女人。

“不，不是的。最传统的中国人其实并不喜欢喜剧。”

“为什么？”

“因为悲剧比喜剧更有力量！悲剧更能撼动人心！有些人活着就是个悲剧。众生皆苦，唯有自度……”

管凡夫略带忧郁地在房间里走着，多愁善感的毛病又犯了，用伤春悲秋的口吻把梁山伯与祝英台的感情讲得凄婉哀伤，感天动地。这是古人无法自己掌控的命运，只能用故事来控诉命运和制度。管凡夫今日也无法掌控自己的命运，只能用这样的方式顾影自怜，既是挽救同学，同时也是在帮助自己和老丁的事业。

人，为何要受制于人？祝英台的才情难以在那个社会得到施展，梁山伯的挚爱在金钱面前不值一提，一个外穿红装、内穿孝衣的女子对爱情的坚守和执着，是每一个男人心中永远期待的白月光。再看看自己如今干的是什么营生？如果管凡夫的才华能得到重用，有机会在自己擅长的领域施展，他还会来A国吗？这个问题始终萦绕在管凡夫的心头。

管凡夫讲故事的时候，其实讲的是自己，怜悯的也是自己。杨潇璇却哭了，她哭的是祝英台，怜悯的是梁山伯。带着温度的泪水从她那美好而又精致的脸庞滑落，一点也不骄傲，一点也不可恨，反而有一种卸下伪装后的孤寂、无助和小女人的等待……女人，终究还是感性的。如果说之前杨潇璇对管凡夫的印象是浅浅的好感和向往，那么通过刚才管凡夫深情地讲述这个凄美的爱情故事，杨潇璇是真的爱上了眼前这个莫名其妙被强行拉进自己生活里的男人。其实，人和人之间的感觉很重要。这并不是管凡夫多有魅力，只能说是杨潇璇对他产生了感觉。

“管，在中国有很多祝英台这样的女孩吗？”

“呃，如今……估计不多了。”管凡夫回答得很犹豫，因为不能盲目地否定。

“为什么？”

“你以为谁都像你那么衣食无忧吗？现在的中国，房价、物价都压得年轻人喘不过气来。为了在大城市里安居，为了一辆稍微好点的代步车，人们起早贪黑，加班加点，相互攀比，你挤我扛，内卷严重。在中国，女人工作起来宁可累死自己，也要卷死男人。有一种情况跟部分A国女孩的想法差不多，一些家境不好的女孩为了自己的人生着想，还是想找家境富裕的男朋友，以此来满足自己甚至是家人的需求……”

“好了，别说了。我知道你在中国肯定不容易。管，来我这里。”杨潇璇打断了他。

管凡夫身不由己，这是一次有偿性质的服务，与之前跟阿兰的动情一夜有所不同。面对杨潇璇，管凡夫努力让自己显得温柔、深情。可是再强大的女性都有被男性征服的欲望，这是天性。只要是面对自己爱慕的男人，卸下面具，脱掉外衣，同样柔情似水、秋波照人。

沐浴后的杨潇璇裹着浴巾，依然能看出姣好的身材，头发和身体散发着芬芳，让人迷醉。性感的锁骨中间，Van Cleef & Arpels的宝石吊坠偶尔闪烁，把她的皮肤映衬得更加白嫩。她不再有之前孤傲冷峻的姿态，此时的杨潇璇是甜美动人的，对着管凡夫微笑，像个小姑娘一般，能看到她的眼中满是爱意，连空气中都多了一丝甜美的氤氲。她光着脚，一步步走向管凡夫："管，你不用紧张，我又不会吃了你。"她的食指在管凡夫赤裸的身体和胳膊上画圈，一直画到脖子上，再用纤细的手抚摸着管凡夫的脸庞，光滑细嫩的脚趾在他腿上轻轻滑蹭。

"你看你，只知道工作，也不知道放松一下，肌肉都是紧绷的，我都心疼你了。好啦，别想那么多，抱着我，放松一点。"说完，她搂住管凡夫的脖子，一下将他拉到自己身边。面对这赤裸裸的诱惑，管凡夫抛去内心所有的顾忌，一股热流不断在身体里上蹿下跳。

一番云雨之后，管凡夫疲惫地躺在杨潇璇身旁。从今往后，两人的关系变成一种牵扯。有了这层关系，管凡夫也不觉得杨燔有多么不可一世了。

这还真是个说不清道不明的下午。管凡夫走到窗边，外面没有下雨，也没有阳光，整个城市被一层雾霭笼罩，就像他此刻的心情，忧郁却无法消散。

他和杨潇璇共进晚餐之后，被她的豪车送回住处。老丁和管俗子急忙以最高礼遇迎接他。

"哥，你回来了？回来就好，辛苦了。"管俗子说道。

"兄弟，我知道你这次牺牲很大。天桥不会忘记你的付出，我替天桥所有员工感谢你，替这里的姑娘感谢你，替我全家感谢你！"

管凡夫的脑子很乱，也很疲倦。此刻，他内心对跟杨潇璇产生了一种莫名情愫，根本听不进老丁和弟弟说的话。他劝自己别想太多，最紧要的是赶快从杨潇璇那里得到沈铎的消息。当然，有一点他敢确信，杨燔不会再问他们要钱了。

就在大脑即将放空之际，管凡夫耳边又有肖邦夜曲的音符在跳跃，顺着全身的血液流淌，似乎在预示着什么。他的脑海里，突然浮现出杨潇璇那张充满柔情的面孔。

第二十二章
偎依

在安徽，沈铎的父母已经心力交瘁。他们经常收到儿子的微信，就是听不到他的声音：“爸妈，我一切都好，勿念。”“妈，我最近很忙，没时间打电话，但是我很开心，你们不要担心我。”“爸，我要努力做出最伟大的事情，向您学习！”沈旧恩确信这绝不是儿子的正常语气。这小子要么是被绑票了，电话不在自己手里；要么就是人不在了。可不在了，发这些消息还有什么意义呢？所以，极大的可能是儿子被绑架了。

那些以电信诈骗为生的老板，手下多的是IT高手，登录他人微信，并给对方常用联系人发个报平安的消息，易如反掌。

沈旧恩先去公安局报案，由于沈铎并没有中断和家人的联系，报失踪不合程序，所以立不了案。

那该怎么办？

这确实是让人急火攻心。

管凡夫在三天后给杨潇璇打去电话，追问沈铎的消息。杨潇璇开始说先别急；过了三天再问，她说你再等等；又过了两天，打电话问，杨潇璇说，哎呀，你烦不烦呀！

管凡夫意识到自己也许被耍了，索性直接找上门去。杨潇璇似乎早有准备，不慌不忙道："管，不是我言而无信，而是事情过去太久，现在没人知道沈铎在哪里。"

"怎么可能！一个有名有姓、有护照、有签证的中国公民，只要没死，怎么会找不到呢？你骗我！你在骗我，对吗？"管凡夫激愤不已。

"管，我没有必要去骗你。我哥打电话到他原来所在的园区，可人已经不在那里了。经理说他被卖到另一个叫作'费庄'的园区，我哥和那个园区的人不熟，托人问了一下，说是沈铎逃跑了两次，费庄园区也不敢留他，又转手把他卖了。至于他如今人在哪里，真不知道。你知道他们买卖人都是成批成批的，证件丢了也很正常。其间，人病了、死了也是很正常的……"

"你们居然说人死了正常！"管凡夫一时冲动，竟然伸出双手掐住了杨潇璇的喉咙。奇怪的是，杨潇璇并没有反抗，只是紧闭双眼，随后一滴泪顺着眼角滑落。

管凡夫并没有用力，他的双手没过两秒就松懈下来，无力地问道："你为什么不反抗？以你的能力，杀死我就像杀死一只蚂蚁一样容易。"

"管，我对不起你，我情愿死在你手中，就当是我替我哥赎罪了。"她的声音不高，却直击管凡夫的心扉。正可谓杀人诛心啊！

"那也得继续找啊！他来A国是我接的他，我回国怎么向他父母交代？他们家三代单传……"管凡夫开始如泣如诉地编故事，必要的时候来个抒情，只想让杨潇璇再帮帮忙。

"他爸爸是个大善人，乐于做公益，捐助了很多希望小学。他妈妈吃斋念佛，扶贫助弱。沈铎是沈家的独子，他回不来，他们家族也就断了香火了。"

"管，我也没说就这样放弃。我哥的脾气你也知道，他每天那么忙，让他去费力地寻找一个猪仔，如果两个电话问不到，就不会再去做了。而且在那里也不是他说了算，目前只能等机会，如果再有弟兄往那边送人的话，倒是可以好好查查。”

“还要往那边送人？造孽啊！他每天忙着挣黑钱，我看他时间挺多的！”管凡夫骂道。

“管，你不要这样感情用事。你和我，我们都是一样的人，都高尚不到哪里去。我已经尽力为你和你的朋友做事了，你不要老是这样看我，难道我们就不能和谐共处吗？我爱你，你知道吗？真的很依赖你。从见你第一面，我就对你一见钟情了，我渴望得到你的温暖和爱。”杨潇璇一语点醒梦中人。确实，管凡夫也高尚不到哪里，压根没有批判的资格。

杨潇璇把头贴在管凡夫的胸口，轻轻握着他的手说道：“我们都没有回头路可走，可我就是喜欢你身在淤泥、心若莲花。”

管凡夫又被杨潇璇的那双眼睛淹没了。不知何时，两人又缠绕到一起，专注地拥吻。窗外很配合地下起大雨，给两人制造了浪漫且良好的氛围。

第二十三章

消失的他

沈铎的确尝试逃跑了两次。他当时忍辱负重，充分发挥了自己的数学优势，给老板完成了十分难搞定的数据系统，获得了老板的赏识，给他升职加薪。没想到“好日子”刚开始，沉不住气的沈铎就想趁机逃跑，让之前所做的努力全部化为乌有。

那天，他们团伙的诈骗金额突破5个亿人民币，老板很高兴，不年不节地搞起了庆功大会。天空中礼花绽放，园区内十二层的大蛋糕、香槟、果品、自助大餐，几麻袋美金现钞从空中往下扔，员工们捡到多少算多少。在这个举杯欢庆的时刻，沈铎趁门口保安去拿啤酒之际，从自己偷偷挖了几个月的“狗洞”里钻了出去。这个洞平常不大可能被发现，洞口有繁盛的花草遮掩，沈铎能这样豁出性命赌一把，也是受到电影《肖申克的救赎》的强烈影响。可他并没有主人公安迪那么幸运，跑出去还没有一里地就被跟猎狗一样的园区巡查队抓了回来。当时，沈铎的脑子一片空白，不知道等待自己的将是多么残酷的刑罚，这比知道后果更加让人感到恐怖。

他当场就被丢到庆功宴的会场中心，被当成反面教材进行训诫。该团伙有一种很严厉的刑具叫“龙鞭”，是用竹子做的一节一节的长鞭，竹筒里灌满水泥，拿起来十分沉重。身强力壮的管事挥起来，一鞭子打在地上，地面的瓷砖瞬间粉碎。沈铎被几个人按在地上受罚，龙鞭结结实实地打在他身上，一下、两下……打到第五下的时候，助理提醒老板再打下去，就不好转手了，老板这才让停下。

“大家看到了，这就是不忠于公司的下场！我们的司训第一条是什么——忠诚！忠诚！绝对忠诚！我对你们这么好，可照样有人背叛我，既然忠诚不绝对，就是绝对不忠诚，别怪我手下无情！”老板趁机又进行了一番洗脑教育。

沈铎浑身血迹斑斑，小腿骨折，肋骨也断了两根。幸好这东西主要用来打屁股，要是打到脊柱上，整个人就废了。沈铎又被关了起来，各种飞虫不断叮咬着他。此刻的他，从内到外再也没有一丝骄傲。这也让他下定决心，下次有机会再逃，就得往死里逃。向死而生就是最好的结果，也许能够逃回国内留个全尸。

三个月后，腿上的伤刚刚恢复，沈铎借着手臂上缠着的厚厚的胶布条压在墙上的碎玻璃上，从墙沿跳了下去。这次，他成功了！可是在被当地警察抓住以后，他又被卖到另一个园区。那个园区的老板比较谨慎，一看这个逃跑的家伙不是什么老实人就直接转手，平价让给了别人。就这样，沈铎几经辗转颠沛流离，来到一个新的园区。园区的小老板没有太多经验，比较好说话。

沈铎知道这回绝不能暴露自己想逃跑的想法。他在恶劣的环境中变得聪明冷静了，打算利用自己的经济实力跟对方谈判。他鼓起勇气对新东家说：“老板，我可不是普通的猪仔，我是个‘金猪仔’。我爸很有钱，我出国原本是他让我去谈合作的。我和谁合作都是合作啊，不如咱们合作合作，您觉得如何？”

这次，沈铎把在这里学到的本国语，夹杂着部分别国语全部用上了。老板笑了一下，看着他，将信将疑。沈铎知道有希望了。对方竟然同意他给家人发信息，这是沈铎在园区生活中里程碑式的进步。

他给父亲发了几个字：爸，我是沈铎。先打50万过来，急用。卡号：××××××××××××××××。

沈旧恩当时正在午休，没看手机。两个小时快过去了，不见回复。老板以为沈铎在玩他，怒不可遏，喊人过来准备剁掉他的手。沈铎整个人被按在桌上，吓得魂不附体，大叫着："相信我，再等等！求你们了，相信我！"

沈旧恩醒后看到信息又惊又喜，又疼又怕。这才是他的儿子，这才是沈铎说话的语气。他来不及多想，赶紧回复："好，我这就转。"他等了这么久，连个绑匪电话都没有等来，这个信息就像是救命稻草，这钱花得值了！

很快，钱到账了。

沈铎逃过一场劫难。他又累又怕，瘫倒在地上。老板笑开了花，让人特意给这个"意外之财"安排了个单间，住的规格要比其他猪仔好很多。

这次，沈旧恩立案成功了。由于涉及跨国办案，从程序到时间都比普通案件要长很多，过程复杂，还需要两国相关部门及外交部门进行交涉。沈旧恩只有拿出他六十年来修炼的好脾气，隐忍下内心的焦灼、焦躁、焦急，耐心地等待。

第二十四章
白昼与黑夜

与沈旧恩那热锅蚂蚁一般的心情不同，管凡夫和老丁这边是喜事连连。俗话说，男追女隔层山，女追男隔层纱，尤其对于来自漂亮优秀的女人的仰慕，很少有男人能不为所动。管凡夫和杨潇璇由直来直去变成一来二去，从一来二去变成眉来眼去，又从眉来眼去变成常来常往。随着相处日久，两人对彼此都有了更深入的了解，杨潇璇在管凡夫心中由起初的女土匪变成温柔贤淑且热爱中国传统文化的小女人。

两人确定了恋爱关系，并且陷入了热恋期。两个人的世界，日光倾城。

对此，杨燔骂骂咧咧地被迫同意。其实他也管不着，更不敢管，他就这么一个妹妹，从来是要星星不敢摘月亮，又怎么能让她失望呢？

从此，众婚介所都不敢跟老丁他们抢生意了。就算知道他们有猫腻，其他人也不敢议论，生怕得罪了杨燔这样的亡命之徒。不仅如此，有些经营一般的婚姻中介还希望依靠天桥走得更长更远。天桥婚姻介绍中心开启了并购和招安之路，那些小公司中介可以分得一点股份也自认不错，因为无力和天桥抗衡，再干下去，风险且不说，说到底也没什么意义了。

管凡夫一天天忙里忙外地谈起了收购的事情。公司的队伍不断壮大，由起初的两层小楼变成一个在高端写字楼注册的大企业。项目部、策划部、财务部、人事部、业务部、公关部、拓展部、客服部、新媒体中心等一应俱全，天桥婚介公司因为有了杨燔这把保护伞，一跃成为行业老大，而这一切距离管凡夫初来此地，仅仅过去四年多的时光。

事业做大了，管凡夫也就能风风光光地把杨潇璇娶回家了。他是个讲究人，必须带着未婚妻回到中国，见见自己的父母。细心的管凡夫先是在电话里跟父母介绍了杨潇璇的基本情况，表明两人之间的爱是纯粹的、坚定的，这才领杨潇璇回国。回到南京后，他没有着急回家，而是在洲际酒店住下，带着杨潇璇饱览金陵美景，领略风土人情。

这样做的目的，一是让杨潇璇感到自己对她的一片诚心和足够的爱意，让她玩得开心，然后高高兴兴地去见自己的家人；二是家人知道自己和杨潇璇身在南京而不回家，肯定急得不得了，这时再带着杨潇璇上门，即便他们有意见也不敢多说。

杨潇璇喜欢听中国故事，迷恋中国传统文化，管凡夫就带着她游览夫子庙、莫愁湖、玄武湖、秦淮河、鸡鸣寺、阅江楼等古迹，以及传统意义上游客来南京必逛的一系列独有的景点和地标建筑。当然，他们还去了南京大学的鼓楼校区，那里有管凡夫的青春印记。让杨潇璇感到印象最深刻的居然是莫愁湖。

莫愁烟雨自明代以来就被称为“金陵四十八景”之首。这是一座有着1500年悠久历史和丰富人文资源的江南古典名园，有“江南第一名湖”“金陵第一名胜”等美誉。在莫愁湖公园的大门上，写着一副对联：南邦何事最风流？乐府新诗唱莫愁。管凡夫带着杨潇璇来到这里，是觉得她会喜欢莫愁女的故事。

关于莫愁女的故事，其实有两个版本。

一个版本是勤劳善良的莫愁姑娘卖身葬父，后被某官员买走，给自己的儿子做媳妇。后来皇帝到官员家做客，欣喜于官员家里花草树木被打理得井井有条。官员告知这都是儿媳妇操持的。皇帝见到莫愁女，惊艳于她的曼妙身姿，于是起了贪念，当即下圣旨让莫愁的夫君去参军，并设计他死于阵前，然后强娶莫愁。莫愁守身如玉，投湖自尽。

第二个版本是老官员死后，莫愁因出身低微，没有娘家庇护，后遭到男方姑舅亲人的排挤。几个长舌妇商量好，造谣说用莫愁的眼球做药引，才能治好老祖的病，进而逼迫她挖去双眼，连莫愁的夫君也保护不了她。莫愁不堪欺凌，其夫君为了永远和妻子在一起，二人双双投湖自尽。

两个版本表达的都是对感情的忠贞以及坚定的爱情与内心纯洁的信仰。这样的女主人公要是搁到现在，那就是没有社会功能和还击能力的弱者，既没有女主光环，也没有雷霆手段，是活不下去的，这样的人设在法治社会、文明社会，并不值得推崇。太纯粹的人往往不知世间险恶，她的善良容易被人利用，甚至遭人毒手。有句话说得好，好人不知道坏人有多坏，坏人也不知道好人有多好。

杨潇璇被管凡夫讲的故事感动得稀里哗啦："真该让那些骗中国人钱的A国女孩听听这个故事。她们有的嫁了多少个男人，十个八个的都很多，只为钱啊！"

"她们即使在中国没有受到公平的待遇，也不值得可怜。谁说我赚的是昧良心的钱，我肯定不认可。这些人都是什么人？男人几乎是要被社会淘汰的人，无论是身材样貌，还是赚钱能力都不达标，没有物质基础，没有稳定的收入来源，这样的人娶老婆干什么？完全就是不负责任，也没有什么值得可惜的。而女人呢，十个有七个骗子，剩下三个也是拜金女，只希望依靠男人改变命运。他们都是当下这个社会中定义的失败者！是我想赚他们的钱吗？明明都是他们上赶着组团来找我们的。”管凡夫如今财大气粗，说话和以前很不一样了。他手下掌管着大大小小上千号人，专职的、兼职的、黑色的、白色的、灰色的，干什么的都有，他当然也免不了有几分老板的气势。

“我哥也是。他是个非常好、非常有原则的人。他赚的钱大多是亡命赌徒的。他们赌起来六亲不认，即使砍断他们的手脚，让他们倾家荡产，也根本不值得可怜。”杨潇璇望着莫愁湖波光粼粼的湖水说道。两人如今真是同仇敌忾。过去许久了，管凡夫也不再想沈铎的事情，终归是生死有命，富贵在天，每个人都有自己的人生剧本，相信一切都是最好的安排。

几天后，他们玩够了，买了一些东西回家。管凡夫正式向家人介绍这位来自A国的未来儿媳妇。进门之前，杨潇璇还是有一点紧张。这紧张并不是来自不自信，而是来自对管凡夫的爱。爱情是两面性的，能给人带来巨大的喜悦和满足感，同时也可能让人感到不安和担心。一个人如果真的爱了，难免患得患失、小心翼翼，或者对自己是否足够好而产生怀疑。这些感受是人类情感的一部分，几乎每个人在深爱时都会经历，所以初次登门的紧张在所难免。

管凡夫给杨潇璇一个浅浅的拥抱，轻吻她的额头，安慰道：“我爸妈都很好，人很和善，这辈子没经历过什么富贵生活，只希望孩子能够身体健康、平安幸福。你放轻松点，只要我拿定主意，他们不会有什么意见的。他们非常尊重我的想法和决定，不然你想，我怎么能跑到A国去遇见你呢？乖，放心啦。”

杨潇璇瞪着大大的眼睛看着管凡夫，然后乖巧地点点头。管凡夫摁响门铃，杨潇璇下意识地挽紧管凡夫的手臂。

管凡夫的父母给杨潇璇的完全是最高礼遇，把她当作贵客来招待，水果是进口的，连泡的茶都是新加坡的TWG品牌。他们不知道，在A国水果的种类要比这里多得多。老两口担心未来儿媳的第一顿饭在家吃显得没排场，于是定了南京环境最好、价格最贵的淮扬菜餐厅。虽然管凡夫给足了老两口钱，甚至劝他们买个大别墅住，但老两口节省惯了，认为这样的生活就已经很好了，多了都是浪费，奢侈的日子根本过不了，俗话说：没有吃不了的苦，只有享不了的福。

“叔叔阿姨，你们辛苦了，请放心，我一定会好好对凡夫，让他一辈子幸福。我在A国会把他照顾好的，也希望你们能随时搬来A国住。”几句话聊下来，杨潇璇一点也不怯生了。当然了，她自己的娘家势力和实力都很强大，又见惯了大场面，这点底气她还是有的。

老两口看着眼前这个乖巧貌美、说着蹩脚中国话的A国儿媳妇，她的真诚确实打动了他们。儿大不由娘，两人很快就将亲事提上日程。管凡夫的父母比较传统，虽然儿子和这个女人确定了关系，晚上还是必须分房睡。管凡夫心里知道母亲这样说只是借口，因为在他们表示认可的时候，他注意到母亲眼中闪过一丝不安。

夜晚，母亲忧心忡忡地跑到管凡夫的房间，她放心不下儿子。

“小凡。”

“妈，怎么了？这大半夜的，你怎么还不睡？”管凡夫翻了个身，拉开床头灯。他知道这场谈话是不可避免的。

“杨潇璇的娘家你真的了解吗？我听说，A国有很多家庭很穷，她娘家那边会不会是个填不完的坑啊？”管凡夫有点想笑，原来母亲担心的是这个。

“哪里都有穷人，也有条件好的。就像你儿媳妇，她在A国当地可是标准的富家千金，人家能看上你儿子，是你儿子的福气。”管凡夫说。

“敢情你是去她那边做上门女婿吗？咱可不受那个气，生了孩子也不能跟她家姓，咱们家就是比不过她家，这种事情咱也不能干，不行你就还回来吧！你这弄个A国人回来，不知道的还以为咱们怎么了呢！”

管凡夫笑道："妈，看你说到哪去了？现在还分什么上门不上门呀！我俩结婚，只是我俩的事，跟两边家庭没关系。况且，A国现在发展得也很好啊，关键是我在那边抓住了发展的机遇。这几年下来，势头非常不错，往后肯定是在A国的时间长，潇璇又对我很好，我没有理由辜负人家，我们是纯粹的爱。我很爱她。"

"有媳妇就没爹妈了？怎么这还跟家庭没关系了呢？"母亲显然不同意儿子的观点。

"另外，电视台那边你别再提了。我走的时候已经办了辞职，根本回不去了！"

"什么？你真的辞职了？哎呀，那么好的工作多可惜啊！还指望你和俗子将来能够回来呢！我和你爸就养了你们两个儿子，结果都跑那么远，一个都不在身边。唉！真是应了那句话了，老无所依啊……"

"好男儿志在四方。只要能赚钱，哪里都是家，我们都还年轻，需要机遇，更需要继续努力奋斗。在家乡能怎样？在电视台又怎样？赚不到钱，在哪里都要被人踩，让人看不起。妈，你这思想得与时俱进。等我们结婚了，有孩子了，再把你和爸接过去。你们就在那里享享清福，安享晚年！"

"妈是担心你的生意，要是以后赚不到钱，还不如在电视台上班，毕竟是个铁饭碗，怎么说也是个体面单位。"母亲不无担心地说道。

"放心吧，你就别操这个心了。我都这么大的人了，我的人生我自己掌控、自己负责。我现在困了，有什么事明天再说吧！"说着，管凡夫盖起被子，等于下了逐客令。

母亲意犹未尽，走出房门的那一刻还在念叨："唉，出去跑了几年，把心都跑野了，这是真的不想回来了……"

金陵城的夜更深了，黑夜又多了一抹黑。

第二十五章
饮水思源

管凡夫当然不想回来。如今，他管理的不仅有和老丁合伙的天桥婚介公司，还有杨燔给他独自经营的游戏公司（各种赌博机）、洗浴中心、夜总会和蜜儿媒体运营中心（直播征婚、带货外加套路男粉丝），再加上和其他小婚介所的合并，照此运行下去，一年赚上几个亿的人民币轻轻松松。

这怎么可能回去呢？除非是疯了。

管俗子到这里算来也有两年多了，手头的存款达到了人民币七位数，即将突破八位数。这是他在国内循规蹈矩、辛辛苦苦奋斗一辈子都不可能企及的巅峰。管俗子始终认为公司的扩张和里程碑式的进步完全是靠他哥管凡夫独自撑起来的，没有老哥，老丁很可能就干不下去了，或是早被杨燔给埋了。

如今，老丁的老婆樊美琳养尊处优，这个富婆流连于各种奢侈品店和各大养生美容会所。听老丁说，她天天泡牛奶浴、花瓣浴、香草浴，整个人的状态比刚来A国时至少年轻了五岁。的确，女人的日子过得开心不开心全都写在脸上。有时候，夫妻俩闲了，就一起送他们的宝贝儿子丁义宣去幼儿园。丁义宣在当地最好的国际幼儿园上学，每天由司机专车接送。老丁也不再低调，懒洋洋地坐在黑色镀金的迈巴赫后座到处玩，他要做的仅仅是接打电话、签字、按手印、对接银行、对一些事情点头同意或者否决即可，其余更多具体的工作是管凡夫在管理和操作。

乍一看，突然觉得老丁显得多余、碍眼、没用了。

其实，老丁无论在智商还是情商上，都输给管凡夫一大截。如今，管凡夫又有了杨燔这座靠山，凭什么每年在分红上与老丁四六开呢？就凭他来得早？没这个道理。

于是，在管凡夫和杨潇璇从南京回来后，管俗子悄悄向哥哥透露了自己的想法："哥，你觉得天桥现在的分红模式合理吗？"

"怎么了？不一直都是这样吗？"管凡夫用奇怪的眼神看着弟弟。

"一直是这样就是对的吗？正因为一直是这样，咱们才一直吃亏！"管俗子知道哥哥和杨潇璇已经订婚，且名正言顺地同居了，自己还住在这里很不方便。虽然管凡夫和杨潇璇都没说什么，但强烈的自尊心告诉管俗子，他需要有一套属于自己的房子。

"俗子，我知道你的意思。在天桥呢，老丁是创始人，没有他，我哪里会去找这门路啊？说不定还在电视台受着夹板气呢！"管凡夫实在地说道。

"如今天桥的里里外外都是你一个人在操持，以前的咱就不说了，以后的分红总该重新分配吧？否则不合理啊！"

"别说了，千万别谈钱，伤感情。咱们不是还有其他公司的收入吗？又不缺钱。没有人家老丁，我会有机会来这边吗？"

"其他公司？那是你的公司，是你和杨潇璇的事业，和我有毛关系！"

管凡夫意味深长地看了弟弟一眼，叹了口气："我的就是你的。我们一家人什么时候分得那么清楚？俗子，我知道你在想什么。"管凡夫掏出一张A国银行卡递给管俗子。

“我和你嫂子是希望你住在这里，一家人在一起不好吗？晚上吃饭、打牌还有个伴儿，两个人也有无聊的时候。你就安心住着，等你谈恋爱了再搬出去。如果你真的不想在这里住了，就去买一套别墅，离我这里近一些就好。另外，游戏公司也给你，法人和股东都变更成你的名字。别担心，你嫂子那边没意见。”

“哥，我不是那个意思。要你给我？你再给我钱，那不还是咱们的钱吗？倒来倒去的有什么意思？有出息的人从来不伸手问自己人要，而是去挣别人的钱。”

“老丁也不是外人。我还是那句话，真论起来，他应该是我来到A国的贵人。”管凡夫拍了拍管俗子的肩膀，叮嘱他，“别再提这事儿了，再提就没意思了。你要记住一点，饮水思源。”

管俗子愣在原地很久，抽了五六根烟。他想不通哥哥怎么就那么轴，甚至在他看来，他哥这是傻，是软弱，一点都不硬气，按他自己的想法，就应该踢掉老丁。

第二十六章
是谁在触犯天条

在天桥的事业如火如荼的时候，另一个A国女人黄秋正在水深火热中挣扎。

黄秋是在半年前被一个叫王小筑的男人从A国领回去的。和大多数跨国新娘一样，黄秋也是抱着先挣些彩礼钱，过得好就过，过不好再换一家的想法。她跟着王小筑来到老家黑龙江。从亚热带地区到严寒的大东北，且不说气温差异、生活习惯不同，黄秋是真没想到自从来到王小筑的篱笆院，她的噩梦就开始了，再也没出去见过天日。

起初，王小筑领外国媳妇回到家，仅仅是出于怕她心不在这里，说不定哪天跑了，这钱就白花了的思想，对她看管得很紧。他白天出去干活，就把黄秋反锁在家里，计划直到她怀上孩子的那一天才让她出去。面对这样的不信任，黄秋有苦难言。可谁让自己是人家买来的媳妇呢？不信任也是正常的。

她的手机被王小筑收走，没法和娘家人或者朋友倾诉自己的苦闷，要打电话也只能等王小筑回来以后，在他的监视下才能给家人聊两句，简单问候一下就赶紧挂断。

尴尬的日子就这么过了一个月。一天，王小筑干活没有回来，他爸倒是先回家了。老头儿经过儿子的厢房，透过窗户看着炕上坐着正在弄手工制品的黄秋，动起了邪念。王小筑他妈死了四五年，这些年，他偶尔在镇上拐角处的洗头店里解解馋，因为怕花钱，也很少去。现在，家里炕上坐着这么一个长得还不错的女人，她没有自由，而且还算干净，便不由得掀开棉布帘，打开了黄秋的房门。

“在干啥呢？”小筑他爸一脸坏笑地问道。

所有女人对心怀不轨的男人都有一种天然的防备心理，黄秋看着公公那不怀好意的笑，不由得往后缩了几下，用警惕的眼神望着眼前这个老头，这反而更加激发了小筑他爸体内的荷尔蒙和肾上腺素。一个矜持的女人对男人来说，更能助长征服她的欲望。

“你看你来了这么长时间了，还没见过人民币长啥样吧？来，给你，一会儿，等完事了，我带你去下馆子，去买好吃的……”说着，小筑他爸就把鞋脱了，扑上炕去，奋力撕扯着黄秋。黄秋反抗不了，由一顿“哇啦哇啦”的外国话变成只有“啊，啊——”的尖叫。外面的人即使听到了，也不知道说的是什么，索性不管，所以悲剧就这么发生了。

晚上，王小筑回来以后知道了一切。那又能怎样呢？一个要脸皮的男人能出去说自己被绿了？还是被自己的老爹给绿的？除了让人家看笑话，能有啥好处？他和他爸冷战了几天，其间也想了很多。出去单住？不行，村里还没有给他单独划院；即使划了院，盖房子难道不需要家里再掏钱？算了，事情就这么不了了之了。家丑嘛，关起门来谁也不知道这事。

王小筑父子怕黄秋经过此事后跳墙逃跑，于是残忍地在她脚上拴上铁链，铁链的另一头拧在床腿的螺丝上，十分牢固。他们坚信只要不让黄秋走出这个门，别人就什么都不会知道。

但在王小筑心里已经开始嫌弃黄秋了。他连小学都没有上完，男人心中那种粗犷、愚昧、要面子和耻辱统统叠加起来，形成了一座火山。他无法朝自己的亲爹发泄，就只能朝黄秋发泄。有时候一晚要折磨黄秋几次才肯罢休，甚至要她满足他的其他需求，来疏解心中的恨意。而在他出去做工的时候，小筑他爸仍时不时来侵犯黄秋，黄秋的脚链从来就没有解开过，她求生不得，求死无门。

然而，黄秋的厄运仍不止于此。

一天，王小筑的姑父来他家喝酒，也看到这个脚上拴着脚链、躺在床上的美人。

“这就是你们去A国买回来的媳妇？”小筑的姑父问道。

“是，赔钱了。不怎么会说中国话，也不会做菜。除了晚上办事，别的没啥用。”小筑他爸回答。

“只要晚上能用，那就不算赔钱。”小筑姑父不紧不慢地说。

黄秋已经被这样的生活折磨得没什么精气神了，眼神呆滞地靠在被子上，衣服凌乱不堪。就是这样一副样子，恰恰激发了某些男人的兽性。对于小筑父子而言，她除给他们提供性需求以外，没有任何价值可言。她不再清白，不再能获得一丝尊重，也更没有自尊。就这样的女人，给自己的亲戚行个方便，又有什么不行呢？于是，小筑姑父也侵犯了黄秋。

两个月后，黄秋发现自己怀孕了，她也不知道这个孩子是谁的。也许是做母亲的本能想保护自己的孩子，黄秋开始好好吃饭，小心翼翼地讨好王小筑，并对王小筑表达出自己怀孕了，而且孩子是他的这样的信息。

王小筑知道以后感到有些蒙。毕竟，一个不负责任的男人突然被告知自己当爸爸了，还是很有冲击力的。小筑他爸回来以后，王小筑把这件事情告诉了他。

“啥？真的？”老头瞪着个牛眼不敢相信。

“那还能有假？她好像两个多月没问我要卫生巾了。”王小筑非常肯定。

“不会是你那个王八蛋姑父的吧？”小筑他爸有点生疑。

“不可能，我姑父这辈子跟我姑都没生出孩子来，他今年多大岁数了？活该断子绝孙！”王小筑恨姑父，也恨眼前这个亲爹，这也是骂给他听的。

“那……这孩子是你的？”老头又试探。

“那肯定啊！怎么着，还能是你的啊？你配吗？”此时，王小筑有了一丝霸气，他要当爸爸了。

“行行行，是你的。是不是你的，都是你的！”小筑他爸当然知道，从情理上，他也不能跟儿子较劲，于是选择避让，一家人看似和谐的生活开始了。

黄秋有了孩子，待遇要比以前好很多。王小筑给她多买了不少好吃的，又把脚链给去掉，让她能够自由活动。这女人跟着自己从A国来到东北，也没有享过一天的福。王小筑目前能为黄秋做的，也就只有这些了。

第二十七章
不是不报，时候未到

东北屋外头的气温零下二十几摄氏度，黄秋穿着王小筑的棉大衣久久地在院子里站着，不肯回屋。王小筑的理解是，憋屈久了，总得让人家透透气吧！由于孩子的出现，让王小筑对黄秋多了一丝关心和理解。

有了新鲜空气的滋养，黄秋和以前不一样了，毕竟还年轻，经过调整，她的面色逐渐变得红润，嘴唇变得饱满。偶尔有心情了，还用最有限的食材给王小筑他们做一道A国菜让他们尝鲜。王小筑心里高兴，坚信这个孩子会让黄秋从内心安定下来。他已经是个要做父亲的人了，一定要和他爸划清界限，从此不准他再欺负自己的老婆。过去的事情一笔勾销，不再提了，就当没发生过……

其实，黄秋一直站在院子里并不是真的想透气，而是在观察逃跑的机会。怀孕又如何？跟这对畜生父子在一起过日子，孩子也不会好到哪去。她被束缚的这半年时间，王小筑父子为了防止她逃跑，早就把低矮的篱笆院修葺成高高的红砖墙，有三米高，上面还抹了一层水泥，水泥上布满了玻璃碴子。黄秋失望了，肚子一天天变大，行动也渐渐不方便了。这样的高墙，不要说孕妇，就是普通人也难以翻越。

她不会用中文写“救命”二字，否则写在物件上扔出院墙也是个不错的办法。求助无门之际，黄秋并没有表现出焦虑，在A国长期从事农业劳动和手工编织的她有着超强的韧性。

一天，电闸跳了，王小筑从柴房里搬出个梯子检查线路。这一幕被黄秋看到了，她的眼前一亮。家里竟然有梯子，有了梯子，她就可以翻过那堵墙了。在黄秋最初来到王小筑家的时候，她记得很清楚，他们院子外面有一个高高的草垛，翻过去以后，可以顺着草垛滚下来。只是，她现在不知道草垛的准确位置。于是，聪明的黄秋开始捡石子玩，而粗心的王小筑父子当然不觉得这有什么猫腻。

王小筑父子出门干活的时候，黄秋开始往院子外边扔石子，石子落在地上和落在草垛上的声音是不一样的。很快，她摸清了草垛的位置。第二天王小筑父子上工后，黄秋用锤子敲开柜子的铁锁，翻遍家里的东西，把王小筑娘生前留下的一对金耳环、金手镯和三千多元的现金揣在兜里，然后爬上梯子，顺着外面的草垛滚了下来。一个怀有四个月身孕的妇女从草垛上滚下来的时候，本能地伸开胳膊，双手着地，这样可以护着肚子不被撞击。逃出院子后，黄秋只身走在东北农村的小路上，谁都不认识她，因为语言不通，和谁都说不上话。

半路，她拦住一辆封闭的农用三轮车，指了指前面的路，递给人家100块钱。好在那人也比较朴实，没什么心眼，以为自己遇到一个哑巴，就收了钱，让她上车。100块，这个价格足以带着她跑好远了。黄秋一路疯狂奔逃，直到她看到有警徽标志的派出所，才拍打着三轮车的门，示意要下来。

黄秋跌跌撞撞地跑到镇派出所，说着警察听不懂的话。基层派出所的工作人员虽然不会说多少外语，至少会说一句英语：Where are you from?（你从哪里来？）

黄秋听到后泪如雨下，挺着大肚子跪下磕头，颤颤巍巍地用笔在纸上写下自己国家的名字。这一幕让派出所的民警，尤其女民警十分同情，判断这十有八九是个拐卖妇女或是家庭暴力的案件。于是，镇上派出所向县公安局请示，县公安局又向市公安局请示，他们最终找到一位懂A国语的大学老师，通过视频和黄秋通话了解情况，并现场给公安民警翻译。通过细致了解，黄秋的事情从民事案件转为刑事案件被立案侦查，公安机关立即对王小筑父子和王小筑的姑父进行刑事拘留。

讯问的过程中，王小筑父子老实交代了一切，包括畜生老爹对黄秋的猥亵等不法侵害以及王小筑限制黄秋人身自由的行为。王小筑的姑父矢口否认自己曾侵犯过黄秋，但是三天后，黄秋所怀胎儿的鉴定显示：孩子的父亲正是王小筑的姑父。

此案和之前的杜萌萌事件（未报案）、侯运生的案件，甚至沈铎失踪的案件，都与A国天桥婚介公司有着直接或间接的关系。

由于案件涉及范围广，取证难度大，且又是跨国案件，中国公安在A国不具备执法权等重重条件限制，单是前期侦查工作就用了将近一年的时间。一年后的1月10日，黑龙江省公安厅派遣由网安、刑侦、法制等多部门民警组成的先期工作组，在经相关部门报备批准后，由部里出面与A国警方联系，同时联系了此类案件高发的个别省份的公安部门，最终由部领导协调，组建海外行动组，确定好目标和任务，随即赶赴A国，协同A国警方进行调查和缉捕。

而此时，远在A国的管凡夫他们的生活依然祥和且奢靡，处处莺歌燕舞、纸醉金迷。

当天，是管凡夫成亲的大喜日子。

第二十八章
花开富贵满堂彩

管凡夫和杨潇璇的婚礼盛大而隆重。

他本就是一个浪漫且富有诗情画意的人，做婚介多年的他更加懂得揣摩女孩的心思。他知道每个女孩都有一个公主梦，在结婚前的半年，管凡夫斥巨资买下了这套城堡式的别墅，为杨潇璇圆了一个童话中的公主梦。

管凡夫没有邀请父母来国外参加自己的婚礼，他是怕吓到两位老人，因为他们当天的奢华场面是让人无法想象的。

这座城堡式别墅占地面积20亩，室内面积3600多平方米，用管俗子的话说就是："大得从门口到卧室都要用车子，在家里说话，都要用对讲机……"

杨潇璇原本不知道管凡夫的安排，婚前两天熟悉流程的时候才知道。她大为感动，坚信自己没有嫁错人。杨燔就这么一个妹妹，婚礼当天，他本想让妹妹和管凡夫穿戴各种金器，豪横地、闪亮地走向亲朋好友。这个主意被管凡夫严词拒绝了。

把大金镯子一堆堆地套在脖子上，跟上刑一样，确实落俗了。但是作为哥哥杨燔自然想让妹妹风风光光地出嫁。于是，结婚当天，这个大舅哥当着所有人的面送了新人一辆劳斯莱斯幻影的定制款，以表祝贺。当汽车从地下室缓缓升起在台上时，现场爆发出一片惊叫声、欢呼声和赞叹声，艳羡的目光甚至比劳斯莱斯的光芒还要闪亮。要知道，像这样的豪车在当地并不多，婚礼上的这台劳斯莱斯甚至会被传为千古佳话。

为了在这天以最美的姿态出现，管凡夫提前半年就让人设计了七套本土服装和七套婚纱，带着杨潇璇到欧洲各地拍摄婚纱照。婚礼当天，杨潇璇穿着那件镶着999颗水晶和99颗钻石的莎拉·伯顿婚纱出现在亲朋面前。这套婚纱是管凡夫为她私人定制的，价值80万美元。

当天，交响乐队用隆重且庄严的音乐奏响了他们的婚礼赞歌。杨潇璇在杨燔的搀扶下，深情款款地向管凡夫走来。杨燔将妹妹的手交给管凡夫，并用眼神告诉他，敢有丝毫对不起杨潇璇，有你好看。管凡夫并不介意，都是当哥哥的人，他十分理解杨燔的心情。

当天，老丁作为证婚人上台为新人祝福："于茫茫人海找到她，分明是千年前的一段缘分，祝二位新人幸福美满，共偕连理！从此月夜共幽梦，双飞效彩蝶，千古知音此心同，一切尽在不言中，红烛高照盈笑意，真心祝愿管先生和杨小姐百年琴瑟，百年偕老！"台下掌声阵阵，台上新人娇羞。

"管，这一切是真的吗？我好怕是一场梦。"婚礼上，杨潇璇把头凑到管凡夫的耳边，轻轻地说着。

"是真的，笨蛋，别担心，有我呢！璇，相信我，相信我不会让你失望的，我会一直在。我永远只爱你一个人，以后的每一天、每一分、每一秒，我都会陪伴在你身边，不离不弃。"管凡夫说着肉麻的情话，安慰着杨潇璇，努力打消她的担忧。他其实只觉得是女人多虑敏感了。

如今的他们在本地的势力已经无人可比，坐上首富交椅无非是时间问题。无论从财富、资源，还是公司经营的涉猎面上，管凡夫的名气都远远大于老丁。不仅因为他是杨燔的小舅子，还因为他善于经营，他为人处世的方式以及独特的经营模式和管理制度，让行业内外的商界精英都交口称赞。他的口碑很好，为当地拉动了就业，为税务做出了突出贡献，也为A国的经济添砖加瓦，赚钱以后还成立了慈善基金。在很多女孩看来，杨潇璇能嫁给管凡夫，是她前几辈子修来的福分。

为了庆祝这来之不易的幸福，管凡夫在婚礼上决不将就。现场的鲜花是进口的，光是鲜花就花费了150亿A国币。婚宴中的菜品大多是进口的山珍海味，有燕窝、法国鹅肝、挪威的帝王蟹、上等的黑标5J西班牙火腿、顶级的鱼子酱和黑松露等名贵食材。为了满足各位宾客的饮酒需求，婚宴用的白酒选用茅台50年，本土最好的红酒，洋酒Louis XⅢ，啤酒全部是空运来的精酿鲜啤。管凡夫原计划婚宴一连三天，给爱人一个轰动且体面的婚礼，绝不给自己的人生大事留下一丝遗憾。

婚礼进入互换戒指的环节，管凡夫与杨潇璇相互为对方戴上戒指。杨潇璇的钻戒是罕见的蓝色钻石，足足有12克拉，她拥抱着管凡夫的身体，钻石的光芒在他的身后熠熠生辉，两人在众人的掌声和喝彩声中动情地亲吻。

“这一定是今年整座城市最耀眼的婚礼了！”

“何止啊！我看在全国都是数一数二的吧！”

“真是天作之合，郎才女貌，太般配了！”

“新娘怎么不扔手捧花，好想来一个互动的环节，我也沾沾喜气。”

“哈哈，我看你是想结婚想疯了吧？想嫁中国男人，找老丁给你介绍啊！”

就在万众瞩目、万众羡慕的时刻，警方赶到婚礼现场。台下的来宾不明所以，敏感警觉的老丁立马发现了异样。

第二十九章

再见了，兄弟

“管凡夫，有警察！快跑啊！”老丁大喊。

管凡夫拉着杨潇璇向后面奔跑。杨潇璇的高跟鞋足有十厘米高，情急之下，她甩掉鞋立马飞奔上车。

“不许动！”警察向天空放了一枪，众宾客顿时大惊失色，有的蹲在桌子下，有的大声惊叫捂着脑袋乱跑，无不狼狈不堪。慌不择路中，男人踩到女人的裙子，女人摔倒碰翻桌子。几辆车子急忙启动，开出去的时候还发生了剐蹭，鲜花、蛋糕、海鲜、美食、各种名酒打翻了一地，哗啦啦如大树将倾、猢狲逃散，如此盛大而奢侈的婚礼现场陷入一片狼藉。

管凡夫确实给自己留下了一个终生难忘的婚礼。这时，他的脑子里竟然闪过一丝庆幸：幸亏没有叫来自己的父母。

也许是杨潇璇多年来在娘家养成的习惯，也许是危急时刻的本能选择，她和管凡夫上的是杨燔的车，管俗子跟着他们，也在一辆车上坐着。老丁则坐上另一辆车，带着妻子樊美琳和儿子丁义宣，他们信任的老司机老黄，不仅驾驶技术一流，最主要的是绝不会出卖他们。两辆车一前一后朝同一个方向拼命逃窜，飞驰而过的路面几乎能擦出火星。

警车紧随其后，车里有中国警察。他们这次过来代表的是中国人民的利益，一定要给受害群众一个明确的交代。同车的A国警方的两个队长范东升和潘子辰认得杨燔的车，不仅认得，而且相当熟悉，熟悉到曾同坐这辆车出入高档会所。若不是与中国警察同车，他们只会做做样子，追到半路就折回去了。既然中国警察千里迢迢过来办案，总得给人家一个交代。

“啪！啪啪！”范东升一枪击破了老丁车辆的轮胎，再两枪打碎了他的车窗玻璃。老丁、樊美琳捂着儿子的头，趴在车子后座上，等他们抬头看时，司机已经命丧黄泉了。

“老黄！老黄！老……”老丁眼睁睁地看着老黄就这么死了，无能为力。车内血花四溅，老黄的喉管被打穿，吃力地吐着血，翻了白眼。老丁意识到自己的末日已经不远了。如果警察想留活口的话，通常只会瞄准轮胎，不会往车里开枪。他的大脑开始飞快运转，做好濒死的打算。

“老丁！”管凡夫看着老丁的车大喊，“杨燔，停车！老丁那边出问题了，我们下去救他！”

“哥！你疯了？”管俗子第一个反对。

杨燔坐在副驾驶上，假装没听见。司机也遵循杨燔的暗示奋勇地往前开着。这个节骨眼上，只有傻子才会折回去。

“混蛋！我让你停车，你听见了没有！”管凡夫一怒之下拽起杨燔的领子，要决一死战。

“去你妈的。”杨燔叫骂着，转头一个耳光下去，把管凡夫打得嘴角流血。

“停车！我让你停车！你聋了吗？”管凡夫也不示弱，揪着杨燔的头发和这个大舅哥拼了。杨潇璇和管俗子死命把他俩拉开。但杨燔的力量非常大，两人扭在一起，管凡夫显然趋于弱势。

“哥！你理智一点，现在根本救不了老丁。这个时候，谁都救不了他。”管俗子气得唾沫星子都喷到管凡夫的脸上。

杨潇璇心疼得用婚纱给管凡夫擦拭血迹，一面气愤地瞪着杨燔一面安慰管凡夫：“管，你现在不要意气用事，我哥和中国警察不熟的，你和他们熟吗？”

要不然怎么说还是杨潇璇在关键时刻保持清醒能镇得住管凡夫呢？道理确实是这样。他和中国警察不熟，极有可能他就是中国警察要带走的要犯，折回去非但救不了老丁，更是自投罗网。就在这短短的两分钟内，车子已经开出了两公里。

“管，我离不开你。我们已经结婚了，你现在不是一个人了。”杨潇璇哭得梨花带雨。

管凡夫看着老丁离自己越来越远，那种无力感、挫败感充斥着内心，如同他当初救不了沈铎。他恨自己，也瞧不起自己。他觉得自己不是个男子汉，辜负了一个又一个朋友。想到这里，管凡夫竟然哭起来，哭得耳朵都红了。

本来追击的警车有好几辆，中国警察郑凤桐的意思是两辆车盯着老丁，另外的车辆紧追杨燔的车。而A国警方的意思是，集中警力对付老丁这边，毕竟他是天桥的法人，擒贼先擒王！老丁这边供出了谁，再顺藤摸瓜有针对性地抓人。郑凤桐明显察觉到一丝异样，无奈这是在人家的地盘，只有他们才有执法权，自己的意愿再强烈，也要尊重A国警方的办案方式。

警车就此停住。

车内，樊美琳抱着儿子吓得面无血色，蜷缩在角落里。丁义宣只有四岁，怎么会经受住这样的场面。孩子在母亲的怀里哇哇大哭，樊美琳紧紧抱着儿子，等待着上天的裁决。

此时，最沉重的是老丁。他已经明白自己下一步该如何去做了。

“老婆，照顾好义宣。床下的睡衣里有一封给管凡夫的信，你帮我交给他。不要担心我，我会看着义宣好好长大。”老丁看了儿子最后一眼，脑海里刻上了他小脸的模样，来不及抱一抱他，就开门下车了。

“丁英杰，老丁！”樊美琳不舍地喊着，老丁却毅然地关上车门。他迅速朝着另一个方向飞奔，来不及告别了，一切都来不及了！如果还有那么一点点时间，就是要在最后让他的妻子和儿子安然无恙，继续过美好的衣食无忧的生活。也许在他的脑海里，已经演绎了无数次这样的诀别，他是有心理准备的。

“站住！”中国警察郑凤桐、周梓霆等人立马下车，和A国警察范东升等人一起追赶老丁。老丁跑到一个废弃的烂尾楼里，更准确地说，跑上了一条不归路。他精疲力尽地喘着粗气，藏在顶楼的一角。

“丁英杰，我是中国警察郑凤桐。你不要执迷不悟，我们来就是请你回国配合调查，没有什么太大的问题。如果你下来如实交代，我保证可以帮你争取宽大处理。”楼下，郑凤桐拿着喇叭喊着。

“你不要激动，你没有杀人放火那样的恶劣罪行。如果你能认识到自己的错误，如实供述，即使在牢里，按照政策也是可以定期会见家人的，你还有老婆和可爱的孩子，你不为自己，也要为家人着想……”话说到这里，老丁心动了。即使在牢里也能定期看见自己的儿子，管他十年、二十年的，只要罪不至死，那就有希望，毕竟儿子是他生命的延续，是他活着的动力，能看见儿子，一切都有盼头，在牢里怎么改造，怎么表现都行。想到这里，他探出半个身子似乎要出来，这时范东升一枪击中了他的膝盖，这让郑凤桐始料未及。

“啊！”老丁一声惨叫，鲜血顺着腿流到水泥地板上。他的头上疼出大颗大颗的汗珠，除了疼，更多的是恨。

“你怎么能开枪呢？这……他还什么都没有交代，我们必须把他活着带回去，我能够说服他。”郑凤桐觉得范东升执法有问题。

“他再跑了怎么办？你能负责吗？”范东升说。

“他还往哪跑啊？他已经跑到房顶上了，万一跳楼，线索就中断了，怎么办？”郑凤桐很着急，范东升却不接他的话。两人就此产生分歧。

此时，老丁有一种上当受骗的感觉，说好的坦白从宽呢？还没等他说话呢，腿就给打残了，这明显是要灭口啊！他再也不相信警察说的“鬼话”了，甚至想用自己残存的力量将案件复杂化，他要努力保存实力，继续和他们周旋。

“你们想知道什么？我是天桥的大老板，我告诉你们可以，但有个条件，你们别上来，否则我分分钟从这里跳下去。你们不让我好过，那就谁都别想好。”老丁靠在水泥柱上和警察谈条件，话语中竟然带着一丝凛然。是的，他不想活了。一个负罪的残废之躯还能有什么尊严？他不想这个样子出现在儿子面前，这样活下去，没有意义。不如就趁现在，竭尽全力把要做的事情赶紧安排了。

老丁在确定警察没有上来的短暂时间里，通过给助理潘波发暗语消息来安排公司事务。潘波是他和管凡夫多年来比较信任的得力干将。当潘波在手机上看到“沉舟”二字后，立刻叫人把公司里的电脑硬盘破坏，所有纸质资料都焚烧掉。这些资料不过是很少一部分，无足轻重，那些经年累月的重头记录，他和管凡夫每隔半个月一拷贝，埋在杨燔姑姑家的荷花池下，密封完好，不会有任何闪失。而且杨燔姑姑早年患上阿尔兹海默症，连自己是谁都忘记了，其他的更是什么都不知道。所以，没有任何人会泄露这个机密。

而且，管凡夫和老丁联手做事有备无患，未雨绸缪。早在一年前，他们就开始逐步洗钱了，将部分拿不上台面的收入通过投资股票、工厂、地产，甚至是拍电影的方式进行合理化。别说警察查不到什么，就是查到什么又如何？这些钱来得光明正大。

接着，潘波收到“秦始皇”三个字，随后心领神会，把公司的打卡机砸碎，人事档案焚烧，该遣散的人立刻遣散。发工资的账户是用一个隐秘账号进行的，表面上与他们两人都没有关系。

安排完这些之后，老丁给管凡夫发的最后一条消息是：“再见了，兄弟！帮我照顾好义宣。你嫂子要是想改嫁，别拦着她。”让他万万没有想到，管凡夫可没工夫看这条消息。

杨熷被管凡夫的兄弟义气感动了。管凡夫能对自己的朋友两肋插刀、重情重义，也绝对会爱护杨潇璇。他感叹妹妹确实是好眼光，于是临时改变决定。他们远远望着已经爬到顶楼的老丁，杨熷心生一计。他知道那幢楼下有一个地下停车场，既能保证妹妹的安全，也许还能救老丁一命。

他让车子绕了个道，停在烂尾楼的地下停车场里。管凡夫从烂尾楼的另一边上去，偷偷找到老丁。这个停车场连本地人都很少知道，更别说从中国来的警察了。

管凡夫幸运地早到了两分钟。郑凤桐看老丁隐藏在水泥柱的另一面没有动静，怕他有什么猫腻，于是安排周梓霆带着部分警力将烂尾楼悄悄围住。如果管凡夫晚两分钟上去，就会被警察发现，从而失去老丁为他辩白的机会。

第三十章
演员

“老丁——老丁——”一个熟悉的声音从他背后传来。老丁回头一看，竟然是多年风雨同舟的兄弟管凡夫。当年在大学，他不顾别人的风言风语，帮助老丁；今天在这样的情况下，他依然不顾危险，甚至不顾新婚妻子，不顾自己的未来，毅然决然站到老丁的身边，这让老丁觉得死而无憾了。

“你怎么来了？滚！快滚！”虽然老丁此时被悲壮的友谊感动着，然而，从他嘴里却说出这样的话，这是对兄弟的保护。

“老丁，杨燔的车在下面等着呢，你快下来，我们接上你赶紧走，晚了就来不及了。”管凡夫压着嗓子对老丁说。

“来不及了。他们不会善罢甘休的，你赶快滚，别让我看见你！”老丁恨得牙痒痒，仍要压低声音说话。

“我不走，既然来了，就不会走。老丁，兄弟一场，我们同生共死！”

“你是傻吗？赶快滚！快！”

“老丁，你才傻呢！你在这拖一分钟，随时都会没命，你知道吗？”

“你走不走？”老丁给管凡夫下了最后通牒。

“你走不走？”管凡夫一定要带上老丁。

“兄弟，我就只能对不起了。”老丁咬了咬嘴唇。

“啊！老丁你干吗？”没等管凡夫反应过来，老丁已经把住管凡夫的脖子，拿着匕首对着他，慢慢出现在两国警察的视线中。

“告诉你们，别过来，别逼我，不然我就杀了他！”老丁冲着下面大喊，“我早就想宰了这小兔崽子。半年前，这个小兔崽子说要举报我，是不是你给他们打的电话？你说是不是你？我拿你当兄弟，你出卖我！”

管凡夫知道老丁是在故意掩护自己，情急之下只能说：“求求你，放了我。”这句话确实万无一失，怎么理解都是对的。

“别激动，丁英杰，你这样只能越走越错，我们不会伤害你，你也好好想想，这些年你害了多少人？难道你心中就真的没有一丝愧疚吗？你也是中国人，你也曾经贫困过……”郑凤桐一边稳定着老丁的情绪一边感到奇怪，这管凡夫是怎么出现的？他怎么又回来了？他为什么回来？他回来难道就是为了给老丁当人质吗？这些举动用正常思维是解释不了的，那就是他俩演的一出好戏。

可是在一切不确定的情况下，你还不能眼睁睁这么干看着，警察需要配合他们演戏。一枪击毙他们很容易，但是留着活口，这些案件才能弄清来龙去脉，才能抓到更多的参与者。于是，郑凤桐自己站在下边，听老丁在楼上说着台词，另外，周梓霆悄悄带人从后边爬楼，准备控制住这两人。

“六年前，我创办了天桥婚介公司。那时，它只是一个小小的婚介所，我给无数的中国单身汉牵线搭桥，让穷人家的孩子娶得上老婆，我哪里做错了？你说得没错，就因为我穷过，所以我太知道穷人的难处了。一个男人要是特别穷，别说女人看不起他，谁都看不起他！我就是从那一步过来的，对不对？说什么跨国婚姻介绍违法，至少，他们曾经拥有过。如果没有我，没有我丁英杰，他们甚至一辈子都不知道做男人的滋味！”

老丁看似不知悔改的话语里慢慢引出他要说的重点：“后来，我把管凡夫叫过来。我跟他说，来我这里给我做翻译，一个月给他开10万块人民币。他心动了，问我干什么活。我说让他什么都别管，来了就知道了，可等他来到这里以后，我就用枪指着他的脑袋，让他给我做翻译。他还想跑，哈哈，门儿都没有。我手下人会打断他的腿，会要他的命。他必须服从我，就连他屈指可数回国探亲的日子里，我也让他弟弟先来这里给我做人质，才能放他回去。否则，谁替我卖命。可我万万没想到，这小子有了女人，翅膀硬了，竟然三番五次地提出要辞职。我让人打断了他的两根肋骨，他怀恨在心，竟然胆大包天扬言要举报我！你们都想让我死？你们让我死，我就让这个傻子替我先死，叛徒是不能有好下场的。”老丁咬牙切齿地说着，他的匕首把管凡夫的脖子弄出了血口子，可能是他太着急了，想装得很像，但又不太像。

公安局确实接到过举报电话，至于是不是管凡夫打的并不确定。但这一番话傻子都能听出来，老丁明显是为管凡夫脱罪。虽然他的演技不怎么高明，警方也不能就此指认管凡夫的犯罪事实。

老丁自知今天就是自己的末日，中国警察既然不远万里来了，没有个结果是不会罢休的。A国警方迫于压力一定会给中国警方一个交代。而A国警方只认识杨燔这张脸……咦，杨燔呢？在这样的节骨眼上，他也只能顾全自己的妹妹和妹夫吧。毕竟是老丁把管凡夫喊来A国的，从此走上了这条罪恶堕落的道路，老丁认为归根结底是自己害了人家，但为时已晚，那么就在临死前洗白管凡夫，以报当年的相助之恩。

“老丁，你这是何苦啊！”管凡夫不动嘴唇，用舌头对老丁说话。

就在这时，另一个中国警察周梓霆已悄悄爬了上去，试图近距离说服老丁。他当然听得出来，反正老丁是不会杀死人质的，如果说服不了他们，就准备上去生擒。

“别过来，再过来我就杀了他！”老丁仍在无效示威。

这时，楼下一发子弹出膛，正好击穿老丁的肩部。老丁又是一声惨叫。

“你干什么？”郑凤桐对A国警方喊道。

“保护人质。”A国警方回答。

“这人质还需要你保护？”郑凤桐竟然有一种对牛弹琴的感觉。他明白，A国警方是故意的，他们和杨燔是一伙的，这是出手要帮杨燔平事。

身中两弹的老丁孱弱地在管凡夫耳边说：“兄弟，这句话，我说过很多遍了。今天，我再说最后一遍，谢谢当年的你。我走了，来世见。”说着，老丁拼尽自己最后一丝力气冲向周梓霆，连带周梓霆一起，两人惊呼着从五层楼的高空坠落下来。

那一瞬间，老丁解脱了。他觉得天是蓝的、清新的；大地辽阔，唯美；身边人也都对自己不错，尤其是管凡夫；他还有美丽的妻子和宝贝儿子，他应该知足。但是，这么多年，他为什么不知足呢？为什么对过去的事情耿耿于怀，走不出来呢？是闲的吗？是不知道时间的珍贵吗？这一切都结束了，爱的、恨的、遗憾的。他为什么就不能为自己可爱的儿子放下过去的一切，把眉毛舒展开来，多陪陪他呢？恐怖的风在他耳边呼呼作响，落地的一瞬间，他才想明白。

“爸爸——”车窗旁传来丁义宣尖锐凄厉的呐喊。小小的孩子惊呼着，却没有流泪。

老丁死了，带着他年少时期的仇恨，带着他致富翻身的梦想，带着他对老婆孩子的依依不舍，带着他对管凡夫的兄弟情义死了。他为管凡夫洗净了一切，却把所有罪名都背上了。也许他觉得只有这样，管凡夫才会更加尽心地帮他照顾他的妻儿，也或许纯粹是为了一报当年的“相助之恩”。死不可怕，可怕的是孤独。老丁是家里的老二，上有长兄，下有小妹，他是个不受父母重视的孩子。对于一个没有经历过幸福童年，没有得到父母鼓励支持、心智还未完全成熟的青年来讲，当年的老丁是何等凄凉。这时候，管凡夫的陪伴就显得尤为珍贵，值得用生命来报答。

但是，再恨也不能拉上别人垫背。一名年轻的中国警察为了维护人民的利益，牺牲在了异国他乡。

郑凤桐很失望，这次来A国的收获并不理想。牺牲了一名同志，两个主犯死了一个，而在天桥婚介公司搜集到的证据中，涉案金额及证据链完全不足以支撑抓捕管凡夫的理由。因为老丁是法人，一系列的签字、手印、银行走账都是老丁的名字，管凡夫在天桥虽然是一个管理者，但由于A国警方将老丁临死前的话作为管凡夫洗白的“证据”，更将管凡夫曾经断了的两根肋骨作为他受胁迫的“铁证”。

其实，管凡夫肋骨上的旧伤是和杨潇璇一起爬山的时候，为了给她摘一朵她喜欢的花，不小心掉下来摔的，在床上养了几十天。老丁知道这事，才故意说是自己打的。管凡夫被无罪释放，郑凤桐也是毫无办法。

跨国执法，一旦遇到分歧，那么不能逾越的执法权就是一道鸿沟，阻挡了正义的前行。

另外，警方抓捕到的几个养妈和一些工作人员无非是天桥婚介的小喽啰，没有太大价值。虽然也查缴了553万余元的非法收入，相比他们这些年的非法收入来讲，根本不值一提。其他在婚介公司留下联系方式的A国姑娘，A国警方也象征性地给她们打了电话，并对这些女子进行了批评教育，就遣散释放了。

难道准备了这么久，耗费了这么多警力来到这里，就得到这个结果吗？郑凤桐不甘心。怎么跟组织交代？怎么跟上级交代？怎么跟死去的同事周梓霆的父母交代？怎么跟受到侵害的百姓交代？想到这里，他的拳头打在墙上，墙上的瓷砖碎了，他的手被划伤，鲜血直流，而管凡夫却毫发无损。

管凡夫，这只狡猾的狐狸因为有杨燔给他撑腰，因为有老丁给他脱罪，让他在两国红线上为所欲为，这次没有把他绳之以法，对于这次行动的组长郑凤桐来讲，实在是太憋屈了。

第三十一章
生而为人，你不该抱歉吗

A国警方迫于中国警方的压力倒逼杨燔，一定让他吐出些真东西，以便给上级交差。杨燔只好招供了和邻国进行人肉交易的秘密，警方击碎几个电信诈骗窝点，解救出不少受骗上当的中国人。

“我是出卖了我的老队友，才成全了你和管。谁知道中国警察的手能伸得那么长，闲事管得那么宽！”杨燔的招供让他的生意和自己在江湖上的信誉遭到重创。为此，他不痛快了好一阵子，一见到杨潇璇便怨声载道。人肉生意可是不少赚的，要不是为了妹妹的家庭完整和幸福生活，他是绝不会割肉的。

“那样的钱，咱们少赚点也行。听说那里经常会死人呢，积点德吧。佛祖会保佑你平安健康，一切顺利的。”杨潇璇安慰哥哥。在他们的眼里，少赚点黑心钱就算是行善积德了。这就是他们可怕的三观。

杨燔不知道沈铎被倒了几手、如今在哪里，但那里的园区就那么多，中国警方顺藤摸瓜，由公安部出面，和邻国警方沟通，虽然艰难，总算解救出了几百名受困的中国人，而沈铎就是这批被解救出的人员之一。

郑凤桐他们到了园区以后，看见员工们正在老板的指挥下砸电脑，只要是电脑的零部件，什么芯片、硬盘等都要敲成渣。他们被吓怕了，在最后关头也是这么为老板卖命。他们知道中国警察不会打他们，而老板则是分分钟会要了他们的命的。

“都给我住手，双手抱头，蹲下！”郑凤桐鸣枪警告。

所有人都手捂着脑袋蹲下来，眼巴巴地看着警察，渴望他们能把自己解救出去，尽管离开这里也有可能坐牢，总比在这里更有人身保障。园区老板望风而逃，他身上背负着罪孽，背负着肮脏，背负着人命，背负着不配做人的东西。

“追！”郑凤桐和几个身手敏捷的助手奋力追赶。

其他中国刑警和邻国警方一起控制着工业园区的管理层，然后拍照，带回证据，将受困的中国籍华人带上车。此刻，这些员工百感交集。终于能回到祖国怀抱了，能和父母面对面说句话了。他们不知道等待着自己的是什么，但总比在这里困一辈子好。唯一不想被捕的是几个高层和老板，他们到死都不会悔改，甚至被捕前脑子里还在想自己在哪个环节出了问题，才导致这个结果。

老板身材瘦小，跟下水道的耗子一样，他对自己的底盘很熟悉，只见他七拐八拐跑到外面，蹿了几下就没了踪影。郑凤桐等人拿着枪警惕地环顾四周。他知道这些畜生手里很可能有枪，怕他们狗急跳墙，躲在隐蔽处对他们开枪。时间一分一秒地流逝。突然，郑凤桐发现旁边的水牢里有气泡冒出，那不是鱼，鱼吐不出那么大的气泡。

啪！郑凤桐在气泡周围三米处开了一枪，一枪下去，水花溅起。

“饶命啊！饶了我吧。求求你们，我有钱，我把钱都交给你们，求你们放我一条生路。”老板吓得尿到水里。曾经关押别人的水牢，今天他也尝到了同样的滋味；曾经不可一世地视别人的生命为儿戏，今天终于被中国警方绳之以法。

“出来！”郑凤桐厉声喝道。

“好好好。”老板浑身湿漉漉的，举着双手从水里往外走。

“快点！”

“知道了。”老板唯唯诺诺地从水里爬上岸，因为太紧张又掉了下去，可笑得很。

当狼狈不堪的老板被警察押着出现在全体员工的视线中，现场突然爆发出压抑已久的呼喊：“杀了他！杀了他！杀了他！”这三个字憋得太久了。他们在他的手下胆战心惊地被迫骗人，被迫骗自己的亲人、朋友，被迫打人，被迫做着肮脏的事情，一个个被调教成动物，与马戏团的猴子没什么区别。

员工们一拥而上，恨不得手撕了这个恶魔。幸亏有公安机关“保护”着他，否则，他会像是掉进猎豹嘴里的山羊，被撕开，然后连渣都不剩。

最后，警方开始清点解救人员名单，“沈铎”的名字映入郑凤桐的眼帘，就是那个全国知名企业家沈旧恩董事长的儿子吗？终于找到他了！再一看站在眼前的这个人，跟沈董给他们的儿子照片简直是天壤之别。不过，没错，这，就是他。

第三十二章 我不干活，但我也不好过

沈铎给父亲发信息要钱以后，沈旧恩毫不犹豫地把钱打过来。本想着那拨人能放沈铎一马，再谈谈生意抬抬价码，然后放他回国。可是，人家的生意是什么？人家的生意就是绑架、勒索和诈骗。正经生意根本就不在人家的轨道里。其实把沈铎扣下，本身就是一笔划算的生意。隔段时间，发个信息，收点钱，细水长流。不管怎么说，沈铎为这个老板弄来钱，他的待遇就比以前好，可以单独睡一个小单间，没有任务，不用干活，每天还可以去园区的女生宿舍逛一逛，跟姑娘聊聊天，甚至打情骂俏。虽然每天过得衣食无忧，沈铎还是忍不住担惊受怕，常常噩梦连篇。

“爸，是我。是我！我是你儿子沈铎，您别不认我，您别走啊！”有一次沈铎做梦，梦见父亲不认识他了，这可把他急坏了。

“你是我儿子？我怎么不认识你啊？我的儿子早死了，死在东南亚。我现在偌大的家业无人继承……”沈旧恩在梦中满头白发，垂垂老矣，已经不认识沈铎。

“爸，给我点钱吧。他们见不到钱，会砍了我的手，我会残废的，再看不到钱，这些人会要了我的命。”沈铎哭着央求，声嘶力竭。

“我儿子很优秀，他是全省十佳青年，什么都会做，怎么会生存不下去呢？你是个骗子，我是不会上当的，我沈家虽然有些钱，也不会送给骗子。”在梦里，父亲就是不认他，他最害怕的事情终于发生了。

“爸，是我，真的是我！我的身上流着你的血。你不信？我给你看。”说着，沈铎将一根粗针管扎进自己的静脉，鲜血呼呼地顺着管子流。在园区，谁完不成任务就会被逼着卖血，把整个人给榨干。

这时，黎盛琼突然出现了。她拔掉沈铎的针管，奶凶奶凶地朝沈旧恩嚷嚷：“叔叔，他就是您的儿子沈铎啊！你怎么能不认你的儿子呢？他现在朝不保夕，你这个做父亲的怎么能那么狠心？”

“他是我的儿子，那你是谁？”沈旧恩问道。

“我是你的儿媳妇。”黎盛琼回答，“沈铎，你告诉你爸爸，我们是什么时候结的婚。”

“盛琼……”沈铎看着这个A国女孩，不知道她能不能给自己带来希望。这时，突然有人把他拽了出来：“废物，去死吧！”

“啊——”沈铎拉着黎盛琼的手，惊叫着从高楼上跌下。

“啊，啊！”沈铎被吓醒了，原来是个梦。他隔三岔五做这样的梦，梦醒，一身冷汗，思绪凌乱。

黎盛琼，这个女孩不知道还记不记得自己。他真想联系一下这位心中的白月光，可是，他们和外界的沟通是不自由的。在这里，所有发出去的消息都在老板和其助理的监视中，想背着他们秘密联系外界，那是绝无可能的。

俗话说，饱暖而思淫欲。在之前的园区，沈铎连饭都吃不饱，从来没有想到过黎盛琼。现在倒是想起那个女孩了，也只能想，这种空想，也算一种精神上的慰藉。直到有一天，沈铎等待的机会终于来了。

园区超额完成了诈骗任务，老板让主管带着业绩好的员工去逛街，其中也包括沈铎。毕竟，他给老板的钱也不少。他们逛街，买冷饮、买咖啡、买衣服。沈铎将一张写好字的钱装在兜里，伺机而动。可主管也不是白当的，他花的每一张钞票、说出的每一句话，都有人盯着。就在这时，戏剧性的一幕出现了。

一个妇女带着一个五岁的孩子走来，那孩子的小腿跑得飞快，让提着东西的妇女顾不过来。在汽车横行的马路上，小孩更是横冲直撞。眼看小孩超越了沈铎，他过马路就要被车撞上了。就在这一瞬间，沈铎一个回手抱，把小孩揽了过来。小孩妈妈呼喊着，碎步跑过去，抱着孩子哭着，心有余悸。然后，她拉着沈铎的一只手，说着感谢的话。沈铎将插着兜的一只手抽出来，装作推开妇女的手，却往她手里塞进去一张叠好的纸币，而后对那个妇女眨了眨眼。妇女心领神会，默不作声，陪着沈铎又演了一分钟感激的画面后离去。

第三十三章
特别的缘分

沈铎给妇女的那张纸币上用中文和当地文字写着：我是中国人沈铎，被困克伦AA园区。请联系我父亲沈旧恩，电话×××××××××××；友黎盛琼，电话×××××××××××，身陷危难，不胜感激。

事发突然，主管并没有察觉到什么异样，只是觉得沈铎这家伙心地善良，自己都是个活一天算一天的人，竟然还有闲心救小孩。沈铎回答，这是本能，也是人性，只要良心未泯。主管给他比了个赞，顿时觉得这个废物还有那么点意思。

下午，沈旧恩的父亲接到国际长途，百感交集，赶紧报警。公安局根据沈旧恩提供的线索，研究了AA园区的犯罪源头，正好与A国的杨燔有关系。于是，才有了这次一条线路、两个国家的抓捕行动。

而黎盛琼接到电话后，第一反应是诈骗电话，还没等对方再说第二句话，便把电话挂了。过了十几分钟后，她想了想，好像确实见过沈铎这个人。她去小箱子里翻了翻自己的卡片，终于在箱底翻出了沈铎给她的名片。她想，这个与他只有一面之缘的中国男人，是真的身处危难，还是设计好套路，打算欺骗自己。对此，黎盛琼是有戒备心的，完全弄不清楚现在是个什么状况。于是，她也第一时间报了警。

警方查证属实，那并不是诈骗电话，这让黎盛琼的心更加矛盾。她有一丝感动，一个陌生人身处险境时居然还能想得到自己。其实就一面之缘来说，黎盛琼很难相信沈铎。沈铎也明白，可能是最后一次心动让他耿耿于怀，才会鬼使神差地联系到她。

黎盛琼被突如其来的意外弄得有些惊恐，同时也生出一丝担心，不知沈铎遭遇了什么事情、身处什么样的险境。总之，这个意外的国际长途给了她一些念想。黎盛琼又把电话打过去，那个东南亚妇女为了能给沈铎报警，特意找了中文翻译，把沈铎在纸币上写的所有文字都翻译给黎盛琼。黎盛琼用笔记下来，连同沈旧恩的电话也记了下来，并打了过去，向对方讲述了自己在A国和沈铎相遇的事情。沈旧恩关断电话，立即从安徽飞到广州，又动用关系找到黎盛琼。

黎盛琼确实是个知书达理的姑娘，很理解这对老夫妻的心情。于是请了两天假，就坐在老两口跟前，不厌其烦地复述着沈铎和自己是在哪里遇见的，他是如何给了自己一张名片，连那天的天气、那家餐厅长什么样都说得一清二楚。最后，深明事理的沈铎母亲对丈夫说："别太麻烦人家姑娘了，人家不上课了吗？哪里有时间一直陪着你说话啊？"

"不麻烦的，阿姨。沈铎是经过A国才出了事。我不知道这件事和他在A国见过的人有没有关系，我有责任给你们详细说说我知道的信息。"黎盛琼表现得善解人意。

沈旧恩对这个女孩的印象非常好，作为一个有姿态的企业家，沈旧恩拿出20万元人民币，支持黎盛琼在中国继续学习和后续找工作的事宜。

"孩子，这是我们夫妻俩的一点心意，请你收下。你那么聪明，祝福你在中国学有所成。”沈旧恩说。

黎盛琼没有收，婉拒道：“谢谢叔叔，我家虽然算不上豪门，却也是个殷实之家，不需要资助。叔叔的心意我领了，你们可以用这笔钱做慈善，给更有需要的人。”

沈旧恩略显尴尬道：“姑娘，这不是资助，是感谢你对我们的理解和帮助。我们打扰你那么久，你还是收下吧，让我们心安。”

“没关系的，叔叔阿姨。我都说了，这是我应该做的。沈铎可能是太大意了，所以被骗了过去。如果中国警察能把他解救回来，麻烦您也告诉我，我就放心了。”说完，黎盛琼就告辞上课去了。

沈旧恩两口子对黎盛琼的印象非常好。据她所言，当晚沈铎在A国没出任何问题，从第二天下了飞机就在别国失踪的情况来看，必定是某些人掌握了他的消息，事先策划好如何利用他的行程将其骗至园区。

沈旧恩心中有一股热血往头上奔涌，甚至想直接带人杀到东南亚，救出儿子。妻子撕心裂肺地哭着阻拦：“你是当局者迷，把这件事想得太简单了。要知道，那边可是一帮杀人不眨眼的畜生。你要是去，万一再让人家扣下，我就彻底别活了，干脆往楼下一跳，一家人在下面见吧。”

沈旧恩觉得妻子说得有理，不由一股酸涩涌上心头。他转过身用纸巾擦了擦泪，无能为力之余也只有等待了。

第三十四章

是我以前不懂人生

沈铎再见到父母时，身体消瘦，眼神无光，连头发也是枯黄的，脸上毫无血色，好似刚从地牢放出来一般。他看着父亲，喊不出口，脸上却像瀑布一般涕泪交加。

“铎铎……”看到儿子让人给摧残得不成人样，沈铎的母亲心疼得要命。

“妈——”沈铎向前一步，双腿跪下来，母亲赶紧搀扶，却没有扶起来。三年没有见到孩子了，沈铎瘦了三圈、黑了三个色号，母亲也痛苦得身子一软，跪了下来，母子俩紧紧抱在一起哭了半晌。沈旧恩看在眼里百感交集，慢慢向前走，张开双臂拥抱住妻儿。至此，沈铎总算是在警方的解救下，与家人团聚了。

“老沈啊，你看铎铎瘦成这个样子，在那边不知受了多少苦，你联系一下吴主任，明天带他去体检一下吧，也放心一点。”当妈的总是能第一时间细致入微地关心儿子。

“行，我知道了。先让他洗个澡，赶紧吃饭吧。”沈旧恩不动声色地说。

“对对对，赶紧先去洗个澡，吃饭。干净睡衣在浴室给你放着呢。我让吴妈给你做了你最爱吃的松茸火腿羹和松鼠鳜鱼。”

“你在家里，你妈还把你当成三岁小孩子一样，惯得不成个样子。我看这次劫难也是好事，就让你尝一尝世间险恶，钱是那么好赚的吗？生活都是一帆风顺的吗？说实话，我本来不想给你转钱，让你吃吃苦、受受罪，劳其心智，苦其筋骨。要不是你妈背着我偷偷转了钱，我就让你死在外边。”沈旧恩看见儿子回来虽然欣慰，但威严没有丢，如今见历劫回来，便要利用这次机会好好教育教育他。

“爸，我知道我以前错了。可这路还不是你给我铺的吗？”沈铎辩白。

“好了，好了！儿子刚回来，你不说两句难听话就活不成，还是怎么着？赶快洗澡吃饭吧。”妈妈有点听不下去了。

休整了几天，沈铎又做回了以前的公子哥。沈旧恩表示，一个月后他必须每天去公司上班。

其实，心里最过不去的还是当爹的。作为全省乃至全国享有盛誉的著名企业家，沈旧恩无论如何也不能放过坑害儿子的元凶。他曾不止一次地询问公安干警，伤害他儿子的罪魁祸首有没有落网，到底是谁在幕后操作这一切。由于这些都是公安的机密，尘埃落定之前是不会让当事人家属知晓的。

后来沈旧恩得到消息，串通黑社会把沈铎卖到园区的人叫丁英杰，已经从高楼坠亡，负罪自杀了，而那个囚禁沈铎的中国老板已被警方带回国，等待审判。沈旧恩这才长舒了一口气。他知道，在儿子被绑架的背后一定有一个组织。但是鞭长莫及，更何况是异国的黑社会。沈旧恩的气没有全消，却也无能为力。

人在无能为力的时候，总是寄希望于玄学。所谓，善恶到头终有报，举头三尺有神明。

一个月后，沈铎上班了。

工作之余，他每两周从安徽飞到广州去看黎盛琼。黎盛琼是学生会的干部，能力很强，日常比较忙碌，生活很充实。她会抽出时间来陪沈铎，一来二去，两人的关系更加亲密了。

沈铎说："广州这边太热了，现在是春天，还是带你到我的家乡去看看黄山的美景。"

黎盛琼并没有推辞："好呀，但是我们费用AA。"

在有钱的男人面前坚持个体独立，这个黎盛琼确实以自己正向的价值观、积极的生活态度以及励志的女性力量征服了沈铎。看着眼前落落大方、善良甜美的异国美人，沈铎答应了她。他知道并不是每个人都爱财如命，往后的日子，他会更加珍惜眼前人。而曾经的同学，那个为了钱而出卖了自己的老丁，死有余辜。

第三十五章
致命的孤独

最终，老丁还是被葬在了A国，这个他梦想启程、发达、富贵，最后又灰飞烟灭的地方。

樊美琳说她不想回中国了。她和孩子如今还能活着，已经很不容易了。回到中国，中国警方一定会经常“光顾”她家，要求她配合调查，让她提供线索。对此，她会不胜其扰。

樊美琳整日以泪洗面，再也没有往日的贵妇模样，华丽的衣服裹在她日渐消瘦的身体上，足足大了两个码。虽然老丁留下来的钱足够她和孩子的日常用度，但她还是沉浸在无边的悲伤中。葬礼事宜就由管凡夫操办，墓地买在了古都郊区一个美丽安静的小渔村。这里的渔民有建造墓地的习惯，而且都是高大宏伟的陵墓，许多陵墓甚至比自己的居所都要奢华。这些陵墓多建在白色的沙地上，沿公路蔓延长达三公里。建筑样式也是各具风格，佛教、基督教、印度教以及哥特式等花样繁多。管凡夫给老丁建了一个极为庄严并豪华的汉传佛教风格的陵墓，从外观看，还以为是大雄宝殿，他希望佛光普照，能够借菩萨的加持度化老丁，往生极乐佛国。樊美琳则说，选择这里是因为老丁的父母都是打鱼的，老丁也喜欢打鱼，喜欢傍晚落日照在水面上的景色，尤其暮春时节，水鸟在上面飞翔，微风吹向湖面，吹着人的脸，清新并且是湿润的，是悠闲又享受的时光。

老丁一直说想回老家看看。可是，回去看到自己曾经生活的环境，心里就有说不出的滋味。他曾经给父母一大笔钱，给父母买房子，让他们改善生活。可父母听他表哥说他是专门做跨国婚介生意的，且专坑中国人，就没有要他的钱，还骂他丧尽天良，要跟他断绝关系。他自知理亏，再也没和父母有什么来往，只是私下里为父母存了一大笔钱。

他真的是孤独，一个没有父母支持的人，一生都在悲凉地活着，一生都在讨好别人。大学的时候，讨好寝室的人；毕业了，讨好表哥；单干以后，自己是老板，却时时刻刻在讨好杨燔；直到死，他还在讨好管凡夫。

“老丁，好好歇着吧。别担心嫂子和孩子，只要有我和潇璇在，就一定饿不着他们。想我了，就抽一根，我知道你想着我呢！”管凡夫在老丁坟前放上他最爱抽的555香烟，又在旁边点燃了一整条。老丁说过，太好的烟他抽不惯，他就喜欢555的味道。

细雨下个不停，杨燔带领着众兄弟穿着黑色西装为老丁送别。他们同管凡夫夫妇一起向老丁鞠躬，樊美琳带着儿子还礼。就这样，大家一起体体面面地把老丁送走了。

葬礼结束，樊美琳把老丁的信交给管凡夫，信是密封的。樊美琳说：“老丁这辈子疑心重，信任的人不多，你是他除了我和孩子以外，唯一信任的人。感谢你能冒着那么大的危险赶去救他。可这是命，谁都救不了他。这封信，我没有打开看过。老丁让我交给你，他对你说什么，我也不会过问。我相信你，我已经把你看成我的弟弟，是我在A国为数不多的亲人。”

“谢谢嫂子，以后有难处直说，不要把我当外人。义宣，我会像对待亲儿子一样对他，嫂子放心。您保重身体，节哀顺变。”

“我会保重自己的，我还没有那么脆弱。我已经请了医生给我调理。毕竟，义宣是我的精神支柱，慢慢地都会好起来的。一切都会过去。”说完，樊美琳带着孩子离开了。

管凡夫在车上点燃一支烟，慢慢打开这封信。

管，我的兄弟，见字如面。

当你打开这封信时，我可能在更远的他乡，也许永远回不来了；也许我已经不在这个世上了。我总想安静地和你聊一会儿，可话到嘴边，总是难以开口。

是的，我惭愧啊！我一直后悔把你喊到A国跟着我做这个生意。我的本意是好的，有了发财的机会，我不会忘记兄弟你。可是在无数个夜晚，我真想带着美琳和孩子回去，回到祖国，找一个风景秀丽的地方定居下来，每天工作，送孩子上学，假期里，跟着人潮去旅游看人头，过普通上班族的生活，简单、平淡又幸福。不过，这也仅仅是想想而已。回国后，我必须改名换姓，儿子也要改名换姓，入不了祠堂和族谱。因为一旦警察查起来，我真实的身份和资料很快就会暴露，在国内会轻而易举地被逮捕。

家是回不去了，永远回不去了。

我始终幻想着能够一夜暴富，去打脸那些曾经羞辱我、曾经看不起我的人，拿着人民币、美元、金器和钻石把他们砸晕。可等我挣了钱，回头再看他们的时候，他们根本就不记得我了，一个个虽然没我有钱，仍然活得逍遥自在，有朋友、有亲人，祖祖辈辈都在国内生活下去。伤害我的人就这么云淡风轻地过去了，可我呢？即使挣再多钱也弥补不了我曾经残缺的过去。

刚来A国的时候，我好孤独啊！即使有挣钱的快感，也感到万分孤独。所以，我叫你过来，让你陪着我。我当时没有想太多，只是沉浸在挣钱的低级乐趣里，我想让你也挣钱，越多越好。可是，慢慢地，我总觉得是害你在罪恶的深渊里越滑越远。

所以，我宁愿给你更多的分成，宁愿所有签名和手续都是我的名字，也不想有你在公司的痕迹，所以我没有让财务刻你的印章，所有文件和财务报表中都没有你的指纹，我不想害了你，不想当初站队了我的人，因为我再受任何牵连。因为，我是罪恶的本源。

有时候，我想我们干脆移民欧洲算了，重新打开自己的人生。可到了那里，我们又该怎么赚钱呢？该怎么去适应那边的生活呢？看着如今滚滚而来的业绩，我又怎么舍得放弃？每一分钟都是钱，公司就是我从小养大的孩子一样，分不开了。于是，我一天天地拖着，被内心的欲望和贪念所绑架。我抱着侥幸心理，像鸵鸟一样自己骗自己，趁着机会好，我们再多赚点，其他的也来不及想太多。我想有了钱，还是什么事情都好办的。

那些经过我的手落得人财两空的男人，那些经过我的手发财的、活着的、死了的女人，我知道他们都在骂我，骂我断子绝孙，骂我不得好死。不可否认，在某些事情上，我老丁的确该给他们说声对不起。可是，我只是个保媒拉线的。说白了，我只是助推这个事情的催化剂，而他们呢？就那么无辜吗？不是想买人，就是想骗钱。也不想想自己在老家都找不到老婆，在异国他乡就能得偿所愿吗？人家谁没有见过世面？这个世界上有很多傻子，最傻的一种是把别人当傻子，认为自己很聪明的人，认为自己可以控制得了别人、玩转得了别人。结果，大多是鸡飞蛋打。所以，我挣他们的钱，仔细想想也没什么，这钱就应该是我的。

他们如果开始就没有打擦边球的念头，我能做这个生意吗？没有买，就没有卖，我难道愿意一直漂泊在异国他乡吗？

可是，当你收到我这封信的时候，是我觉得该洗手的时候了。你和潇璇办好移民，带上美琳和义宣，找个好地方稳定下来。我相信，杨燔和杨潇璇也会支持你这个决定的。毕竟带着他的妹妹过安稳的日子，这才是正道，也是最终应该回归到的最简单幸福的生活状态。

好了，兄弟，老丁在这里再次跟你说声抱歉。

原谅我，来世你可以不认我这个朋友，也可以让我当牛做马，为你做任何事。欠你的，来世相见，连本带息一并还上。

收手吧。该收手了。

老丁

“唉——老丁。”管凡夫把信折好，深深叹了一口气，心里五味杂陈。他并没有怪罪老丁什么，对方至死都在保全他的性命，他感激都来不及，更谈不上埋怨。而且，这一切都是管凡夫自愿的。如果因为从事灰色交易而无法再回国的事情埋怨老丁，那么自己享受这些泼天富贵的时候，又该怎么感谢老丁呢？人，总得有舍有得，一个成年人，取舍都是自己选的，路都是自己走的，所做的一切都是要对自己负责的，也都是要承担相应的结果的。换句话说，这世界上，只有没本事的人才会有闲工夫整天抱怨。

第三十六章

忙是心亡

管凡夫没有太多时间去思考，虽然老丁不在了，生意还得继续，后面的一切都需要他亲力亲为。他还要兼顾杨燔给他的生意，晚上更要陪杨潇璇，整天忙得团团转，既没时间也没精力过多思考老丁的话。

经过这场波折，“天桥婚介中心”更名为“天桥COFFEE”以及“天桥茗茶”。在A国，咖啡馆本就是年轻人的约会场所，这样一来，再有人干涉，那就是干涉恋爱和婚姻自由，是说不过去的。

这场变故其实只造成公司的皮外伤，远未到伤筋动骨的程度，其他小婚介所见状，有害怕的，也有佩服管凡夫有本事、有能力的。

此后，天桥集团每年年底的分红，管凡夫都要给樊美琳两成。老丁的儿子光靠这些分红就可以躺赢。这也是管凡夫以最实在的方式报答老丁的保全之恩。管凡夫的做法让常年混迹于黑白两道的杨燔深感佩服：“这小子真是重情重义，信守承诺，心怀感恩，绝非泛泛之辈，今后再这么发展下去，一定能成为享誉天下的名人。潇璇，你俩真的是太般配了，还是你的眼光好。”

杨潇璇听了自然开心：“哼！当初你还反对呢？现在怎么样，管凡夫还是能经受住时间和现实的考验的。他不仅讲义气，而且有野心、有能力。看吧，天桥在他的经营之下一定会蒸蒸日上，日进斗金。”

“他把两成的钱生生送给别人，你真的不在乎？”

“我差那两成吗？我喜欢的是他这个人，他送一半，哪怕就算都送了我都愿意。他能信守承诺，照顾好兄弟的家人，同样也会对我不离不弃。毕竟，细节地方看人品，我看人不会错的。”杨潇璇骄傲地说。

“嗯，我看好他。不过，这帮中国警察坏了一场完美婚礼……”杨燔对此前的变故尚心有余悸。

“管跟我保证，这是他对我最大的亏欠和遗憾，等忙完这段时间，会带我去欧洲旅行，还要去维也纳看画展，去金色大厅听音乐会。”杨潇璇提起管凡夫，面庞抑制不住地泛起柔情的娇羞。

“出去走走也好。你们要是以后有了孩子，孩子最好生活在那里，别在这个鬼地方了。你们未来要去更好的地方。”杨燔看着妹妹开始给他们规划未来。

在夜深人静只属于管凡夫和杨潇璇的二人世界中，他还是很遗憾这次婚礼的混乱。

“璇，真是对不起你。这次婚礼咱们就当预演了，过段时间，我再给你办个更隆重的婚礼。”管凡夫给杨潇璇打包票。

“想起那天的事情竟然发生在我们婚礼当天，心里还是觉得有根刺，难以释怀。”

“我知道，委屈你了。”管凡夫亲吻着杨潇璇的头发，把她搂在怀里，恨恨地骂警察，“真是一群没长眼的东西，哪天来不行，非要老子办人生大事的时候搅了我的婚礼，也没有抓到我半点证据，我真该去告这帮废物。”

“管，老丁为了我们而死，真是个好人。我想婚后去欧洲旅游时也把他们一家带上，好朋友之间不分彼此，没有他，我也不会认识你，大家在一起热热闹闹的多好。”杨潇璇的眼中闪过一丝哀愁。

“现在公司被搅得乱七八糟，很多人都散了，还要一段时间才能步入正轨。我忙完手头的事，马上带你到欧洲。另外，老丁不在了，公司的分红我打算给他老婆两成，你没意见吧？”

“管，我喜欢的就是你这一点。老丁创办了天桥，我们怎能亏待他的老婆孩子？你们中国不是有句话，叫什么不忘落井人？”

管凡夫一听，笑了：“那叫吃水不忘挖井人！落井，是落井下石，就是说人家落到井里了，还有人往里扔石头，那是卑鄙小人。”

“哦，我懂了。那你们中国还有一个好地方，叫莲菜阁？”

“是蓬莱阁！”管凡夫在纸上写上“蓬莱”二字，又写上“莲菜”二字，对比着教杨潇璇。

“管老师，我知道了。来，干一杯，谢谢管老师。”杨潇璇拿起床头的麦卡伦30年和管凡夫干杯，杯子里还沉淀着透明的冰球。

“一杯酒你就把老师打发了？老师是要收学费的。”管凡夫不怀好意地看着杨潇璇。

“我要交学费吗？你还是先交作业吧。”杨潇璇看着管凡夫的眼睛，开始拉丝诱人。

第三十七章
你知道的，你不知道的

对分红持保留意见的是管俗子。

老丁已经不在了，就算顾念是他创办了天桥婚介公司，那又怎么样呢？管凡夫也是拼了命回去救老丁的，如今，丁家什么都不干，公司年底分红给他的遗孀一成已经够可以的了，居然又白白多送一成，管俗子内心无法接受，这个并不在他的理解和认知范围之内。

但这毕竟是管凡夫的决定，管俗子知道哥哥和老丁之间的感情，这时候横加阻拦必定会招来管凡夫的斥责和反对，对他没什么好处。管俗子觉得哥哥和老丁的关系远好于他们亲兄弟。他不知道的是，当天老丁的司机在车内被击毙之后，义宣根本承受不住这样的惊吓。紧接着，老丁又离开他们，一个四岁的孩子怎能经受住这样的刺激？当他从丧父的昏厥中醒来，就不再说话了。樊美琳开始觉得这只是暂时的，可事后两个月了，义宣还是不说话。

“宣宣，你看看我！我是谁？”樊美琳哭着摇晃儿子。

“妈妈。”丁义宣答得面无表情。

“那她是谁？”樊美琳指着旁边的阿姨问。

“妈妈。”丁义宣还是面无表情地说出这两个字。

“宝贝，你好好看看，她能是你妈妈吗？”

“爸爸呢？”丁义宣仍然面无表情。

“爸爸出差去了，去很远的国家，可能要很久才能回来。”樊美琳看着儿子的反应战战兢兢地说。

“你骗人，爸爸不是出差了，爸爸流血了，整个人都红了。”小义宣对死亡尚无完整的概念，只知道爸爸的脑后和司机叔叔脑后喷出的都是红色的鲜血。

然后，丁义宣哭了；再然后，又是几天的沉默。

儿子成了这个样子，樊美琳特别焦急。她将此事告知管凡夫夫妇，并叮嘱他们不要外传。樊美琳是为了儿子的今后考虑。一个男孩子，如果传出来小时候受过刺激，得过精神类疾病，那无论是在学业上、工作上、婚姻上都要受到巨大影响。可怜天下父母心，她并不知道该怎么办，只能喊上管凡夫来帮自己出主意。

“嫂子你别哭，总会有办法的。”管凡夫的第一反应就是带孩子去看专科医生，“像宣宣这种受了刺激有了心理阴影的小孩，应该接受专业治疗。咱们先去医院看看吧！”

他们把孩子带到设有国家特殊训练与研究中心的白梅医院。大夫问诊后，给孩子开了点药，就让他回家了。丁义宣服药后当晚狂躁不安，大哭大闹，樊美琳抱着孩子再次向管凡夫求助。他们又换到中央儿童医院，请了专业的儿童心理医生，并进行沙盘治疗，每两天一次，一次54万A国币，几个月下来，丁义宣的情况反反复复仍然没有什么好转。

管凡夫明白，A国目前的国情和二十多年前的中国差不多，人们首先考虑的是温饱，对精神疾病的重视程度不够，尤其对一个只有四岁的小孩子，更是没有太多治疗经验。他想，要不让孩子别在家休息了，直接去上学，也许和小朋友玩一玩，就释怀了。

丁义宣去幼儿园两天后，逐渐适应了那里的环境，又开始和小朋友追打嬉闹了，樊美琳也松了一口气。谁知有一天，丁义宣暴躁地把另一个男孩子的头打破了，还用比较尖锐的玩具划伤了自己的手，这样的反常行为把樊美琳吓坏了。

她给那个受伤小朋友的家长一再道歉，并给了很大一笔赔偿，才算得到人家的谅解。校长也给家长下达了“劝退通知书”。樊美琳本可以找到管凡夫，借助杨燔的力量，逼迫校长留下自己的孩子。但是，经过老丁这件事情，樊美琳的处事态度发生了转变。人在得意时不要太张狂，更不要以强势去压迫别人，否则是会遭到报应的。如今老丁走了，自己还是低调为好，凡事不要去逞强。

经过与教务主任和校长的协商，樊美琳斥资6个亿的A国币作为幼儿园文体活动的赞助费，校方才把丁义宣留下来，并为他专门配备了两个老师，负责他的校内安全和健康问题。同样，家里也要多几个贴身保姆，才能保证丁义宣的安全。而且，每周两次的心理辅导依然要坚持给孩子去做。为此，樊美琳经常叹息：“唉，小小的孩子变成这样，往后也只能是走一步说一步了。”

这些高额的花费，再加上丁义宣老师和贴身保姆的封口费，如果没有天桥那两成分红，压力还是很大的。所以，无论管俗子怎么有想法，管凡夫坚持给樊美琳分那么多。不然，孩子得不到好的照料，他就对不起老丁的临终嘱托。

第三十八章

开疆扩土

经过这次“皮肉伤”，警察担心再出什么纰漏，让管凡夫他们暂时偃旗息鼓。但是，天桥还要继续运营，钱总是要赚的。

管凡夫灵机一动，既然中国警方目前盯紧两国通婚的交易，不妨调整一下主营业务。他利用灯下黑的原理，把手又伸向了离婚女人。两国的离婚女人都是他服务的对象。

这个“灵感”来自管凡夫认识的一个健身教练。当时，管凡夫和杨潇璇正在备孕。管凡夫劝杨潇璇没事少吃辣，再补补叶酸；杨潇璇劝管凡夫去健身，说种子如果不好，其他都无济于事。管凡夫打算去参加健身课程，准备练出好看的腹肌和马甲线，用更好的身体素质和实际行动来证明自己的种子绝对优良。

接待管凡夫的私人教练叫范惠明，长相一般，但身体素质极好。管凡夫跟着他练了一周，就能感到体能和力量发生了微妙的变化。他很感谢范惠明，给了他一张洗浴中心的金卡，并请他吃饭。吃饭的地方约在当地最豪华的饭店——LY CLUB。他本想一个普通的健身教练能有多高收入，请他来这种档次的法式餐厅，也算抬举他了。谁知，人家根本不缺钱，根本不在乎什么金卡和法式大餐。

“你知道吗？各行各业都有灰色收入。我的灰色收入远比我的正式工资高得多。”范惠明面有得色道。

“愿闻其详。”管凡夫兴致盎然。

“你知道过了35岁的女人有多寂寞吗？哈哈……哈哈哈哈……”范惠明的笑容让管凡夫敏锐地捕捉到金钱的气息。

“有钱的，离婚的，或是婚姻半死不活的女人，很多都来我这里。离婚的手里有些闲钱的女人，更是禁不住我的诱惑。”范惠明倒是理直气壮的。

“活儿好？”管凡夫和他开起荤段子玩笑。

“活儿好是其次啦，她们更需要的是心灵上的安慰。”说着，范惠明给管凡夫讲起他的一段情史。

在A国不乏一些高官太太和富豪太太，很注重健康和身材管理，有些还特地请了私教。一个高级教练的职业素养，是要既温柔又有力地指导她们进行锻炼。谁知这些上了年龄的女人经不起温柔的目光，她们如同被长久打入冷宫的妃子，等待有人来解救。她们渴望陪伴和温暖，只是碍于身份和尊严，不能表现出来。只要有人愿意稍稍伸出那么一根小拇指，她们就会如春天到来的野草般疯狂，揪着这根小指头，顺着你的胳膊往上爬。

一次，一个女学员在拉伸中受伤了，范惠明就将自己常备的跌打油送给她。女学员感动地接过来。过了两天，女学员说想请他吃饭，他推托。对方又邀请了第二次，他不好拒绝，就去赴约了。在优雅的餐厅里，女学员打开包包，送了他一身高级运动服和运动手表，再次表示感谢。

范惠明不明白，不过一瓶外用止疼药，至于这么隆重的回礼吗？他抬头看了一下对方，女人立马垂下眼帘，含情脉脉的眼神告诉范惠明，她对他的感情并不是止于此。

后来，他和那个女人聊了几次天，了解到她刚离婚，情绪不好。离婚前，她和老公已经分居三年，对方对她各种嫌弃、鄙夷，若不是怕离婚出现财产纠纷，并看在两个孩子的分上，恐怕早就把她扫地出门了。时间久了，女人也受不了丈夫对她鸡蛋里挑骨头的感觉，就和平分开了，并分得一笔客观的“遣散费”。

好在女人娘家还算殷实，即使离婚，对她的生活质量也没有太大影响，心灵空虚却等待填补。起初，她用食物来缓解情绪，时间长了，就变得体态臃肿、面容衰老、神情呆滞，结果男人更不喜欢她了。她如深宫怨妇一般，枯竭的心等待有人来访，给她温暖和安慰，给予她重新振作起来的力量。

离婚后不久，她就来到这里。她确实太寂寞了，不断用汗水排解郁闷，但她还需要爱的滋润。哪怕知道男人不可靠，她也愿意麻痹自己享受当下的快乐。在婚姻中经历过重大打击的女人，会变成一个小孩子，一个棒棒糖就能让她很开心，关键是这个糖得是别人给的。她们把对男人的要求降低，不要物质，只要温暖。

此后，那个女人经常送范惠明礼物，直到他们一起在五星级酒店开了房。从此，女人就缠住了他，虽然不逼着他结婚，却希望他能有更多的时间陪伴她。而他的生活费以及穿衣打扮，用的都是女人给的钱，美其名曰——爱的供养。

范惠明突然感到女人的钱真好赚。尝到甜头后，他又用相同的手段勾引了一个、两个、三个、四个……对于他的做法，这些女人有的知道，有的不知道，但这并不重要。反正她们要的不是婚姻，而是快乐，能填补空虚和悲戚就好。范惠明把自己标榜成一个兜售快乐的男人，乐此不疲地在不同女人身边周旋，做一个精致的时间管理者。

“她们太渴望幸福了，即使这样的幸福注定是泡沫。这些中年贵妇，积蓄不少，缺的是爱。”范惠明坦诚地说道。

通过范惠明的经历，管凡夫觉得自己身为月老无上光荣，他有解救这类女性群体的职责和义务，这是他的使命。之后，他就开始考虑和国内外婚恋网站、机构合作的事情。

在A国，女人都想嫁到中国，而在中国，小地方的女人想嫁到北上广深，北上广深这些一线城市的女人呢，有不少渴望嫁到国外。管凡夫早就听说不少中年女人的婚姻现状，夫妻俩早已貌合神离，直到孩子考上大学才到民政局办手续。既然离异的女人这么寂寞，何不圆她们一个梦想，一个甜美得足以支撑其精神世界的梦？毕竟，很多人不愿意放弃自己，并愿意为梦想中的生活而买单。

第三十九章 待宰的羔羊

在管凡夫眼中，众多讨不到老婆的光棍就是“待宰羔羊”，中国那么多单身女性也顺势成为他的目标客户。

据管凡夫了解，在中国有个很奇特的现象，明明单身男性在数量上比女性多很多，可到了相亲市场，总是女性比男性多。而且中年、离婚、带娃的女性无论多优秀，都很难再找到合适的另一半。这就像人们习惯网购后，便无法适应到实体店去买衣服了，连试的欲望都没有，原因之一就是便捷。第二呢，就是美化图片和距离产生想象美的结果，这样的形式完全可以用在婚姻中介上。于是，他准备开拓一个新的婚恋市场，打造一个看似完美的婚恋场景——以网恋为基础而造梦的异国婚姻。

他开始找人重新设计一个全新的婚恋网站，首页要先给人以逆天改命的勇气。比如“山东农村姑娘嫁给美国金领，圆梦人生”“炒饭姑娘嫁给英国牛津博士”“湖北农村离异大妈自学英语，带着孩子嫁给瑞士富豪”……这些励志故事无一不在向外界和有需求的人展示美好，虽然女性离婚了，但不要妄自菲薄，蹉跎机会。不要一次伤害，就终身不嫁，那是对不起自己的人生，很多条件并不优秀的女性都能嫁给外国的高富帅，以此为噱头和前提，给予女人们信心。

首先要相信奇迹，才能创造奇迹，然后才能活成奇迹，生命因梦想和奇迹而精彩。

如果，一些高知女性觉得这样的标题是在侮辱她们的智商，那么这个效果就达到了，这确实是侮辱智商的标题，但这也正是管凡夫高明的地方，他通过这类标题和事件的宣传，快速地把“有甄别能力”“判断能力强”“逻辑思维缜密”的人群筛出去，只留下那些容易上当的“绵羊”，主动送上门来。说白了，这就是精准筛选并锁定客户群体，屡试不爽。

罗馨怡就是这样一只“绵羊”。

按说，罗馨怡的条件不差，属于国家在编人员。可女人只要离婚了，周围人的眼光就不一样了，总觉得她无依无靠好欺负似的。弟弟已经结婚了，和爸妈住在一起。罗馨怡刚离婚时，也常带着孩子回娘家。可次数多了，弟弟就有意见，话语中充满了嫌弃。弟媳就更不用说了，装都不装一下，根本不搭理罗馨怡，觉得对方动了自己的蛋糕。因为自从结了婚，弟弟和弟媳就吃在这里、住在这里，老人还得给他们带孩子、收拾屋子，这里名正言顺就是他们的家。罗馨怡虽然也是在这里长大，但嫁出去的女儿泼出去的水，就算离婚回来也是一个外来户，难免会遭冷眼。

罗馨怡对此颇有怨言。作为长姐，弟弟结婚自己赞助了15万。给女方彩礼的时候，她又帮着掏了3万，结果自己倒成了被排挤的外人了。父母也嫌自己是离过婚的人。她的孩子和弟弟的孩子一起玩的时候，弟弟的孩子会说：“这是我家，你别动我的玩具。”看着孩子被欺负哭了，罗馨怡气得浑身打战。真是世态炎凉。于是，罗馨怡就像《倾城之恋》中的白流苏一样，因为家人的轻视、母亲的不作为，憋着一口气要再嫁一个钻石王老五。

做了几年的婚介生意，管凡夫非常了解女人的心理。她们渴望幸福，更渴望别人看着她幸福，这才叫“女性的成功感”。现代社会从教育到人的认知都有偏差，一个女人事业上再成功，如果不被丈夫善待，别人就会小看她一大截；而一个女人不管事业上多失败，只要她有一个视其为珍宝的另一半，那她在朋友闺蜜及身边的一众人当中，就是成功的、幸运的。

机缘巧合下，罗馨怡发现了一个跨国婚恋网站，被其中展示的爱情传奇深深吸引。当不谙世事的她走进管凡夫在国内设置的婚介点（国内的婚姻中介在表面上是不提供跨国婚介服务的），红娘马上背出准备了上百遍的稿子，忽悠她花钱购买他们的服务。

套餐如下：

第一个项目是代撩。当罗馨怡还在顾虑自己外语水平不够，无法与老外沟通的时候，对方就晒出了这项服务。说白了，就是利用你的身份在海外的社交媒体上注册账号，然后有专人负责替你聊天，去撩海外的小哥哥。

“妹妹，这个完全不用担心，我们的服务是很专业的。你说出你的择偶标准，我们会替你物色北欧和北美的白人帅哥。”中介阿姨看起来慈眉善目的。

“这个……能行吗？毕竟你们选择人和我选择人的眼光是不同的。”罗馨怡道。

“哎哟，妹妹你大可放心！你不会用英文聊天，我们呢也是替你先筛选出来几个，你看到他们的资料以后，选一两个，我们再重点替你和他聊。”

“你们怎么能完全替我表达思想呢？”罗馨怡又问。

“妹妹，你这个观念就太low了。首先呢，我保证我们替你聊的目标对象一定是守法公民，三观正确，有钱的。那么细节的，就要等你们见面后再沟通了，是不是？我跟你说，大部分有钱人都是见过世面的，他们那多元化的思维是非常包容的，我们平时过日子那些鸡毛蒜皮的矛盾，因为这个、因为那个，说白了不就是因为缺钱吗？”

罗馨怡觉得对方说得很有道理，便点了点头，觉得他们说的话不像是骗人的。罗馨怡交了两万元的会员费，等待他们的好消息。

下面，就是管凡夫在A国公司员工的工作了。他们一旦准确掌握客户信息，就有一部分主动权，这些人员的工作就是每天在网上加异性为好友，然后问人家“在吗”。每天至少上百条的KPI。他们热情投入地工作，不间断地撩新人、加好友，发一些露骨和具有挑逗性的私信和评论，即便那些文字狗屁不通。但是，瞎猫总能碰上死耗子，总会遇到几个在国外混得不怎么样的老外，而像罗馨怡这样在中国上钩的鱼，管凡夫则会根据每条鱼交的钱，给在中国婚介点的员工提成3000元到1万元不等。

即使撩到愿意谈恋爱的帅哥，罗馨怡这种英文不熟练的中国人也是没办法与之顺畅交流的。这时，管凡夫设计的第二套服务就派上用场了，灵感源于他在大学期间替室友撩美国妞的经验。

语言不通，就需要有人代聊。不要指望翻译软件，那东西是拿捏不准人情世故的，有时还会因为翻译偏差而惹出乱子。

第四十章
爱情连环计

起初，罗馨怡想省点钱，试过自己加QQ和微信聊天，可当她踌躇满志地找到欧美男性聊天时，又苦恼了。毕竟她无法得知对方的真实身份是英伦绅士、热情奔放的意大利帅哥，抑或就是个酒鬼或穷鬼。她觉得还是要花钱买个放心，毕竟这么大的中介机构在上海，若非正规经营，肯定是做不到今天的。

管凡夫设计的第二项服务就是代聊，由中介替客户和对方交流。

“那不行，我接受不了这个方案。他们喜欢的应该是我，而不是你们的员工。员工替我谈恋爱算怎么回事？三观和我不一样的话，那不是聊了个寂寞吗？”罗馨怡可以接受代撩业务，却不接受代聊服务。

“罗女士，你的担心我们可以理解的。这样吧，我们准备了一些常用话术，您可以回去熟悉一下，此外还可以借助翻译软件。我们祝你们早日牵手成功，共浴爱河。”中介阿姨通情达理、热情周到，还不强推产品，这让罗馨怡感觉很舒服。

其实，这是他们的一个套路。这样做，一是显得做生意有诚信，不是紧盯顾客的钱袋子；二是算准了人到中年，记忆力衰退，工作家务一大堆，95%的人都不会有聊天的精力。到最后，他们还是会转头求助中介。这时候，中介就拿到主动权，以胜利者以及助人为乐的姿态伸手从客户的腰包里拿钱。

罗馨怡先是按照他们准备的常用话术聊天，没多长时间就把天儿聊死了。再傻的老外也能察觉出其中有问题，肯定会溜之大吉。

“Wait me！Wait me！”罗馨怡在电脑前火急火燎地复制粘贴着。其实，中介给她的英文话术本身就存在巨大纰漏。英语中没有“wait me”的说法，不管是“等我”还是“等你”，必须要在中间加上介词“for”，正确的说法是wait for you，等你；wait for me，等我。外国帅哥还是拜拜了，只剩下罗馨怡恨恨地捶着键盘。

此时的她只能懊恼自己当初没能学好外语，怨不着别人的。她本想放弃，可钱已经花了一半，就这么败下阵来，太可惜了。她还是下定决心要争口气，不知不觉又踱步到中介门口。

这时，中介就会适时推出至尊服务：包成功。前提是再缴纳九万八千块钱的会员费，升级为钻石至尊会员，才有权利享受该服务。

“什么，算上这个，谈个恋爱总共花费都十几万了，我这还没见到人呢，你们就敢让我拿这么多钱？真的是太扯了，让我怎么相信你们呢？”罗馨怡还保留着一丝清醒。

“妹妹啊，跟优质老外谈恋爱也是要讲究付出和回报的。我们的客服和国外男士进行初步的沟通，确定他们是那种有耐心、有素质的绅士，再推送给您。岂不是省了你大把的时间和精力？有这个时间，你去做做美容、赚赚钱，干点什么不好呀！对于你们这些精英来说，时间就是金钱，时间就是成本，我们是在帮你降本增效，毕竟术业有专攻，让专业的人做专业的事情。你的时间呢，除了做好工作，就是等我们把合适的人选出来交给你。”中介句句实在，还不失温情。

“那你们和他聊，他爱的不是我怎么办？”罗馨怡依然抱有幻想。

“不会的，我们太有经验了。我们用阅人无数的眼光对他们的学历、工作，尤其是对女士的尊重和耐心情况进行考验后，立马就推给你，一定是按需推荐，符合你诉求的人选。我们也很忙，哪有那么多时间在网上聊天呢！我们已经包你成功了，会对你负责的。如果这个男朋友谈不好，我们还会继续给你推荐的，你是我们的钻石至尊会员，我们会对你负责到底，直到你找到合适的另一半为止。”阿姨对自己的工作显得信心十足。

这次，罗馨怡一不做二不休，取出银行卡一刷，直接把VIP卡充到满格。中介阿姨笑得眼睛眯成一条缝，嘴都快咧到耳朵根了。罗馨怡此时表面淡定，内心早已兵荒马乱。毕竟，钱是一个人的底气，她手头此时已经紧巴起来。离婚后，她分到的钱首付了一个小户型，每月还要用并不高的工资还着房贷。手头就这么点积蓄，还要兼顾孩子的吃喝用度。娘家肯定指望不上了，所有的难处与痛苦，都需要一个人默默承担。

阿姨又说：“妹妹，你是个有福气的人。女人就得这样，要舍得为自己投资，才会有更好的福报和机会回到你身上。你要有信心，宇宙吸引力法则你知道吗？最后你会心想事成的，祝你早结良缘，生个混血宝宝，我们可等着吃你的喜糖呢！”

罗馨怡定了定神，长吁了一口气，心里也在默默祈祷良缘赶快降临。她卡里仅剩几千块钱，这些钱在上海是撑不过一个月的。当晚，罗馨怡给孩子买了炸鸡和汉堡，自己只吃了点挂面，连鸡蛋都没舍得煎一个。

皇天不负苦心人，罗馨怡经历了一段不长不短的等候，终于聊到一位心仪的外国帅哥。他叫David，不但人长得帅，还非常nice，无论罗馨怡用多么蹩脚的外语与他交流，对方没有任何怨言，甚至会很有涵养地夸奖罗馨怡英文说得好。在鼓励和引导中，罗馨怡找到了做小女生的感觉。

通过视频聊天，罗馨怡判断对方住的是一个简约式高级公寓。从男方的谈吐中，她感到这个老外的生活方式很健康，每天正常上下班，在厨房烹饪各式西餐。每次吃饭，总要倒上一杯红酒，在视频中和罗馨怡隔空干杯，给她营造了一种浪漫的氛围，让她对未来的生活充满了幻想。

“罗馨怡，Cheers！”David在电脑前优雅地举杯。

“Cheers！”罗馨怡举起自己的咖啡杯。对方的晚上10点钟正好是罗馨怡的上午10点钟，她不可能在上班时间喝红酒。尽管如此，两人仍卿卿我我，乐此不疲。罗馨怡的主管将这些看在眼里，记在心里。虽然罗馨怡最近情绪不错，工作尚可，但是上班聊天总是不好的。有时候一聊就聊到凌晨，使她上班不得不喝两三杯咖啡来提神，交上的几个报表出现了极为马虎的低级错误，险些耽误了正事。

罗馨怡确实也没把工作放在心上，如果恋爱谈成功，她很有可能就移民了。她开始精心打扮自己，揽镜自视，气色的确比以前好了很多。她感觉每天都精气神十足，对待孩子也温柔了很多。她自我反省了一下，可能是前夫留给自己的坏情绪长期淤堵心中得不到宣泄，负能量在体内横冲直撞，影响了她的工作生活和亲子关系。糟糕的婚姻会把女人变得更糟糕，而更糟糕的女人会影响孩子的性格和未来。思来想去，她觉得这是一件极为可怕的事情，幸亏花钱充了钻石至尊会员遇到了David。否则，这种糟糕的生活还不知道要延续到什么时候。

罗馨怡暗自庆幸钱没有白花，效果显著。

就这样，她和美国的David聊了两个多月。因为时差，聊天的时间有限，罗馨怡还是忙里偷闲地和对方聊天。慢慢地，他们聊到了一个必须聊的话题——见面。网恋必须奔现，否则就是一场空。

第四十一章

我是流氓我怕谁

“David，你觉得我们现在怎么样？”罗馨怡发问。

“很好啊，我们的关系这样就很好。”David回答。

“那……我们什么时候能够见面？这样一直聊下去，无法做真实的男女朋友，我想早点见到你。”罗馨怡说出诉求。

“见面？很着急吗？”

“如果你觉得我可以做你的女朋友，我们还是见一面比较好。”

“既然你要见面，那好吧。我同意。”

罗馨怡露出了兴奋的笑容。

“不过你要等一段时间，我要攒钱买机票。”David补充了一句。

“什么？攒钱买机票？”罗馨怡不解，就差甩出“你一个上班多年的大男人，连张机票都买不起”这样的质问。

“是的，馨怡。在美国都是超前消费的。我的身体很健康，也不知道攒钱有什么用？我下个月工资已经用信用卡透支用完了。你现在要我去上海，可以，我答应你。不过，我要节约现在的开支，过一段时间，攒够了钱，再去见你。我知道，作为一个绅士，吃饭至少不能让女士来请客。在中国也都是男生给女生买单，这是美德。但是呢，你要知道，在美国，我们都是满18岁以后就和父母分开住的。我们不会向父母要钱，即使要钱，他们也不会给。我和他们出去吃饭，很多时候都是AA制。呃……这么说吧，如果有他们的经济支持，我早就创业做大BOSS了，现在我只能打工……”David说得喋喋不休，罗馨怡已经听得心烦意乱。

“好了，David！既然你连买一张机票的钱都没有，那咱们就以后再说了。”说完，罗馨怡把视频挂断了。

罗馨怡气得浑身战栗。她要给中介打电话，让他们给自己一个明确且合理的解释。难道这么多钱花下来，就是这样的结果吗？她正要拨出号码，手机先收到一条短信，是催还房贷的信息：“您好！您尾号7121的储蓄账户2月25日8时0分活期余额1512.99元，将于2月28日扣还个人二手住房贷款本息4686.44元，请在2月28日16 : 00之前补存3173.45元，以免影响信用记录。如遇人民银行调整贷款利率，实际扣款金额将有所调整。详询95580。感谢您的理解和支持！”

罗馨怡拿着电话的手无力地垂下来，一同垂下来的还有她的两行清泪。回头想想，自己这大半年到底都干了什么，真是荒唐。

聊天，失望，再聊天，再失望。工作工作没做好，孩子孩子没陪好。自己就想着通过婚姻来改变命运，可是忙来忙去，什么结果也没有忙出来，还被人活活坑走十几万元，到头来，竹篮打水一场空。

“假的，都是假的！啊哈哈哈哈……”罗馨怡像疯了一样，拿起杯子往地上摔。孩子在一旁看着，吓傻了。

“妈妈，你怎么了？别这样，我害怕，妈妈……”孩子才六岁，没有阻拦母亲的勇气，更没有安慰母亲的心智，只能明确地表示妈妈吓到了他。

罗馨怡回头看看孩子，毕竟她还是个母亲。考虑到孩子的感受，她连发火都不能痛痛快快，人生已经憋屈到极致。

“啊——”她终于忍不住喊了出来。孩子很懂事，知道妈妈不舒服，还建议妈妈说去医院看看。可是到了医院，她不发烧，也没有其他器质性病变。医生只能给她开些“芬必得”，让她吃了止住头痛，然后劝她回去好好休息。

第二天，罗馨怡让母亲送孩子上学，自己请了一上午的假，准备去那家中介讨个公道。

“你们给我退钱吧！我不谈了，我也不找了。”罗馨怡面无表情地说道，并且极力在克制愤怒的情绪。

“怎么了？妹妹。”中介阿姨还是慈眉善目的。

“不聊了，都是骗子。”

“妹妹，你不好这么讲话的。他骗你钱了？我们不是提醒过你，没有真正确定关系之前，是不能给对方转账的。如果你不听我们的劝，那真的和我们没关系呀！”

“他是骗子，你们也是骗子。”罗馨怡恨恨地瞪着那个女人骂道。

“你怎么能血口喷人呢？你对我们的服务有意见可以提，但是凭空捏造事实来诬蔑我们，那就是你不对了。”中介反咬一口。

“我在你这里前前后后花了十几万，你给我介绍的是什么人？连张机票都买不起的人吗？”罗馨怡撕扯着嗓门又竭力压制着自己的动作，以免做出过激行为，毕竟是公职人员，她要考虑影响和形象。

“原来你说的是这个呀！哎呀，这就不能怪我们了，妹妹。漂亮国有七成人拿不出一千美元现金的，这可不是我们说的，喏，你自己上网查一查就知道了。他们的国情和我们不一样，人家都是今朝有酒今朝醉，月月光，没有积蓄。况且，你要知道，他虽然没钱，但是他的美国身份就是无形资产，这不是钱能衡量的。现在有多少小姑娘倒贴钱奔着这个身份去的，你不懂美国的国情，还想嫁个美国的绅士？呵呵……”中介冷冷一笑，不再说话。但是那冷笑足以将罗馨怡羞辱得体无完肤。

“你……你！”罗馨怡气不打一处来，拿起包就往他们供奉的财神爷上砸。只听哗啦啦，财神爷碎成一堆瓷片，果盘、点心撒了一地。

“哎呀！你砸了我们门店的财神爷，你这是寻衅滋事。报警，我要报警！”中介阿姨煞有介事地拿起电话就说，“喂！警察同志，这里是静安路××号，有人寻衅滋事，把我们的店都砸了，我们是要她赔偿，要她负法律责任的，麻烦民警同志快点来。”

罗馨怡这个头脑简单的受害者却在那一刻心里发怵了，她怕自己被拘留，怕警察找她们领导，怕同事们说闲话，怕自己的工作弄丢了。她本能地退后两步，叫了个出租车落荒而逃。她是国家公务员，可丢不起这个人，更不能为这件事情闹到派出所，万一弄不好被拘留，那可不是闹着玩的。

中介也正是在她填报的个人信息上了解到这一点，才能够轻松地拿捏她。他们报的是假警，吓唬她是真的。如果罗馨怡走开就算了，真的不走，他们内部的人会伪装成假警察，进屋对罗馨怡劈头盖脸地教训一番，吓唬住人就算完事了。

第四十二章

走投无路

回到家，罗馨怡看着镜中的自己，头发凌乱，皮肤松弛，丧眉耷眼，面部肌肉好像凝固了一样，紧绷绷的束缚感让人难受。她觉得自己是个没人要的半老徐娘，十分自卑。她把包随手一扔，鞋子一踢，软软地瘫坐在沙发的拐角处。她心灰意冷，决定放弃。

这就是中介的套路，最终都是客户主动放弃。如果还想谈，中介会继续服务，热情介绍候选男嘉宾，关键是客户主动终止服务，中介可以说全程免责，并且仁至义尽。罗馨怡越想越气，忍不住号啕大哭，恨自己的荒唐，也哀叹自己的命苦。

这时，闺蜜艾华给她打来电话，告诉她单位人事变动的消息。由于罗馨怡长期熬夜聊天，白天精神涣散，精力无法集中，上班总是恍恍惚惚的。不经意中，她的财务预算表出现了重大纰漏，领导向区里汇报工作的时候，副区长怀疑领导的财务情况有猫腻。转头一查，发现是罗馨怡这边出现的问题。罗馨怡的领导百般解释，却显得苍白无力，越抹越黑。虽然，领导没有因为这次错误受到处分，但区里的班子成员对领导的印象非常不好。领导心中有气，就只能处分罗馨怡。

领导直接把罗馨怡调到后勤部门去打扫卫生，这是泄愤，也是赤裸裸的羞辱。没办法，毕竟领导在区长那里受到了怀疑和斥责，况且，出现工作失误确实是她的失职，本就该承担责任。

“好的。我知道了，没事的。”罗馨怡木然地挂了电话，抿了抿嘴，哭也哭不出来了。工作变动无所谓，她满脑子想的都是明天上班该怎么面对同事，那些同情的、嘲讽的、异样的眼光，一定会把她逼得用脚趾抠出个三室一厅来。

晚上，母亲把孩子送回家，看着屋里黑漆漆的，打开灯，吓了一跳。她看到自己的女儿就那么呆愣着坐在地板上。

“怎么了，囡囡？”

“妈，我今天不舒服，你今晚就住这儿吧，帮我带带小音。”罗馨怡真的想让母亲陪自己一晚，就像自己小时候那样，在母亲的陪伴下一起睡觉，是那么地安心、踏实。有时候，需要温暖和关爱的不仅仅是孩子，大人在某些时候或许比孩子更加脆弱。

可是，母亲并没有察觉出罗馨怡有太大的异常情绪，也不知道究竟发生了什么。她说自己的降压药还在家，没有拿。降压药是医院开的，楼下的药店没有卖的，她这些天血压不稳定，忽高忽低，也怕一不小心，老命让阎王带了去。

罗馨怡无奈地说：“行吧，那你回去吧，我这儿没什么事。”

人到中年是不会撒娇的，偶尔撒娇会被人笑作幼稚。

小音似乎察觉出母亲的沮丧，一个晚上不敢吭声，小心翼翼地做作业，小心翼翼地刷牙，小心翼翼地睡觉。临睡前，他对母亲说，学校通知让交400块钱的校服钱。罗馨怡打开手机一看，账户余额只剩下362.31元。

“你给老师说一下吧，两天就交上。”罗馨怡对儿子说。

“妈妈，我知道你挺不容易的。要不，你别管了，我问爸爸要吧！”儿子说。

“不能问你爸爸要，他每个月给你的生活费够了。”罗馨怡离婚的时候向孩子爸爸昂首挺胸地保证，自己以后一定会让小音过上好日子，绝不会亏待他。如今，让孩子去问他爸爸要钱，这不是打脸吗？她咬咬牙，跟闺蜜开了口。

“艾华，你手头宽裕吗？我想跟你借点钱周转一下。”

“可以呀。你需要多少？”

罗馨怡断断续续地向艾华倾诉了她的遭遇，觉得自己现在没有退路，只能飞去美国找那个David说清楚，地址、电话她都知道，这样至少能给自己挣回一个面子。

艾华对罗馨怡恨铁不成钢地说：“馨怡，你是上头了吗？等你到了美国，如果发现查无此人怎么办？保不齐再落个杀猪盘啥的，跟那些去M国务工的狗推、猪仔一个下场。这不明显就是个大骗局吗？关键是你愿意报警吗？”

“我……不报警了吧。真的太丢人了。”

“既然你决定了，我也不好说什么，我这就给你转一万。工作的事儿，你先别太在意。等领导气消了，你再向他求求情，没有什么问题是解决不了的，想开点。”艾华说。

本以为这事就这么结束了，谁也没想到，罗馨怡第二天上班以后，在接近中午的时候跳楼了。这样一来，她的死被认定是事业受挫导致的，领导把肠子都悔青了，觉得这样欺负一个离异带小孩的女同志也太不是人了，追悔莫及。

明面上的事情，只能在明面上还击；暗地里的操作，有时候真的没办法报复。罗馨怡不想让大家知道自己是因为急着跟外国绅士相亲，而想不开去死的。这样的死，既是悲剧，也是笑柄，是人生的悲哀。

唯一的知情人只有艾华。她没有将闺蜜的真正死因说出来。但还是有一天，她和一个当警察的同学在一起吃饭，忍不住说漏了嘴。

第四十三章

走，去遍地黄金的中国

管凡夫杀人用无形之剑，而管俗子的操作就更加粗犷、明目张胆。

管俗子觉得，管凡夫之所以给樊美琳那么多的分成，全因是老丁带他走上这条发财之路，恩情大于天。如果自己也能开拓出一条路子，为天桥带来更多财富，哥哥自然不敢小看他。

于是，本就头脑灵活又深谙社会门道的管俗子开始了自己的计划。他是个特别有洞察力的人，到这里以后最大感触是当地人太穷了。对此，他是这样分析的：

A国资源丰富、人口稠密，本身具备发展的强大基础。相对中国，还有廉价劳动力，可以说条件十足。

管俗子觉得，中国改革开放之所以成功，是建立在对重工业和工业体系几十年的投资和打磨上，也就是说，改革开放伊始，中国就有一套比较完整的产业体系，产业链清楚，越发展越壮大。

A国就不一样了，是在薄弱的基础上发展，资本自然倾向于投资少、见效快的轻工业。但是重工业是酝酿大制造、大科技和利润的核心。轻工业的劣势就是收益低，很难形成产业链，收益少，竞争力极低。而需要的基础设施投资和支付给西方的技术专利费用又非常巨大，最终导致入不敷出，还极易受到西方的封锁制裁，甚至金融冲击。另外，中国的改革开放建立在完整的教育体系上，自从高考制度恢复以来，国家培养了大量的科学技术人才和优质产业工人作为基础，政策开放和工业发展自然能带来科技和技术的不断进步，整体的经济也是完全市场化，充分释放活力，每个行业都建立了完善的工业和供应体系，都可以充分发展。A国的基础相对较差，财富没有流入社会形成再生产，没有办法支撑长期的可持续发展。

正因如此，A国那些靠做小贩或是从事农活养家的女人会更辛苦。她们越辛苦，抱怨就会越多，抱怨越多，就越容易离开男人。如此一来，A国女人最渴望的就是出去赚钱。水往低处流，人往高处走。既不犯法骗人，也开阔了眼界、丰富了自己，最好能彻底改写自己生命的底色。

有需求就有供应，市场就是这样。有杨燔撑腰，管俗子的胆子更大了。他高薪聘请了几个面容和善、能说会道，甚至带点知性的养妈，给她们简单培训了一些工厂企业知识，把中国的务工环境、福利待遇包装得天花乱坠，诸如老板人性化；员工伙食六菜一汤；宿舍都是两人间，组长住单间，每个宿舍都有独立卫生间，能洗澡，有洗衣机；月入八千甚至上万人民币，干几年回家，就是个小富婆，比在A国辛苦劳动获取微薄的收入好得不是一星半点。

此外，管俗子还给她们灌输了一些中国的城市文化。比如到广东务工，可以感受到粤港文化，吃到豆豉蒸排骨、烧鹅、肠粉、水晶虾饺；到北京务工，可以看到举世闻名的万里长城，随时去吃老北京涮肉，逛故宫，还能见到在A国见不到的雪；到上海务工就更精彩了，那里遍地都是黄金和钻石王老五,万一遇到靠谱的多金男朋友，就彻底改变自己和整个家族的命运了。

总而言之，管俗子想尽办法给A国的姑娘们洗脑，让她们迫切地想到中国去务工。论画饼，管俗子排第二，没人敢争第一。这些养妈随机应变，见什么人，说什么话，就差能把死人说活了。那些没见过世面又渴望赚钱的A国女人被说得心向往之，仿佛看见幸福在朝她们招手，恨不得立马收拾东西即日启程，奔赴属于自己的美好未来。

那是她们穷其一生所向往的生活。

第四十四章
分工协作，批量产出

自从上次A国警察遣散了一些来相亲的本国女人后，天桥婚介明面上的生意确实冷清了一段时间。这时，管俗子带来了成批成批的A国女孩，因为是以招工的名义带来的，有很多姑娘还很年轻，性情单纯且容貌和身材都不错。她们都有一个去中国赚钱、想嫁个好男人的梦。这的确让管凡夫对弟弟刮目相看。

“哥，过些天，我就把她们送到中国，找到下家卖了，这不比相亲省事？”管俗子立了功，说话也变得底气十足。

“不行。人多容易出乱子，你那样硬邦邦地在中国境内直接买卖，没几天就会被举报，会出大问题的。”管凡夫不同意。

“那怎么办？我以招工的噱头把她们召集到一起，现在跟她们说是去嫁人？”

“心急吃不了热豆腐。”管凡夫自有打算。

管凡夫另租了一层写字楼，作为中国礼仪培训教学中心。通过短短一周的训练，这些憧憬着到中国赚高薪的A国姑娘，看起来更加温婉端庄、秀外慧中。继而，管凡夫给这些姑娘贴上的“标价”也会比“原价”高上5万—8万元。

为了让这些女孩更符合中国男人的审美，提高成交率，管凡夫也算是为她们的未来幸福“操碎了心”。培训得特别好，会让人看起来有点假；培训不到位，确实很难卖出好价钱。

礼仪培训分为：仪容仪表、待人接物、礼貌用语三个方面。

仪容仪表上，如果一个男人能够接受你，那么接下来就好办多了。管凡夫请来礼仪培训老师从走路、站姿、坐姿上训练她们，走路看起来要大方，不能太快，也不能太慢；站着的时候要挺胸收腹，目光平视前方；一定要穿着长至膝盖以下的裙子，坐的时候，抹一下裙子，双腿并拢或侧放，显得保守端庄。当男人看到身材好姿态又好的女人，谁不想要呢？

另外，要时刻在客户面前显得精神饱满。

“要以饱满的精神状态投入工作，这样才能实现自己的价值。”培训师这样对她们说。只有管氏兄弟清楚，男人是不会为没精打采的女人花钱的。

再就是礼貌用语方面。俗话说，礼多人不怪。初次见面，多说客气话总不会错。培训师把经常会用到的词语，比如“请喝茶”“谢谢您”“很高兴见到你”“对不起”“再见”“我喜欢这里”“我喜欢你”“你需要我做什么”等教给她们，就是没教她们“救命”这个词。而且教育她们言多必失，问题多了会不经意地碰触到别人的隐私。这会让人觉得你这个员工没有边界感，不懂得尊重别人。

其实，管凡夫是怕这些女人问得多了，男方家庭的情况就难以隐瞒，或是察觉出管凡夫要把她们大批地进行售卖，从而有所戒备。

如何利用一个A国姑娘挣更多的钱，这就涉及节约资源、资源整合、资源回收再利用的问题，需要织一张大网。这张网类似于传销性质。一个A国新娘，需要很多人来推销，包括中国农村的媒人以及亲戚。

很多A国姑娘到了中国以后，在一个工厂的大敞棚里，被几个人装模作样地进行简单的面试，然后领头就跟她们说，人不行，工厂主管不认可她们，先从心理上PUA她们，再给她们介绍对象就容易了。

有个叫明玉的A国姑娘就是受害者之一。

“主管，不是说我们经过礼仪培训，很容易就能在中国找到工作吗？”明玉问。

“哦，现在在中国找工作对个人综合素质要求挺高的。虽然你们的仪容仪表都合格，但学历太低了，连初中都没有读完。工厂招聘最普通的工人，起码也要高中或者中专的学历。”主管潘波振振有词。

“为什么之前你说在这里找工作很轻松呢？拧螺丝还需要高中毕业吗？”

“你的思想要与时俱进。人家是大公司，招聘学历高的人很正常，这样员工才有晋升空间，公司也更有发展前景。你什么都不懂，怪不得面试失败。”潘波一边用鄙夷的眼神看着明玉，一边训斥着她，吓得明玉不敢吭声。

“是啊，可能大公司要求高吧。我虽然面试通过了，但人家问了好多问题，还看了我的毕业证，还让我谈谈职业规划。”另一个A国姑娘在一旁帮腔。这是他们的托儿。

明玉除了感到羞愧，无言以对。

过了一会儿，潘波把明玉叫到一边，悄悄地说：“不要灰心，还有一条路更好走。你想嫁到中国吗？”

明玉一愣，没有拒绝。

A国女孩在中国人生地不熟的，没有任何话语权，通常都是听从摆布。和潘波一起来中国的两个A国男人看似公司保安，其实就是打手，衣服里还有枪，以应对突发事件。

这时，领头的人会安慰姑娘，说这也是为她们好，找不到工作，找个好婆家也不错，并说自己要动用在中国的一切关系，承诺女方一辈子幸福的大话，承诺女方如果过得好就过，过不好会接她们回A国，或者是另外再找更好的。

“明玉，你放心，我既然把你带到中国，就不会让你空手回去，怎么着也要挣些钱再回去呀！不然，我也觉得对不起你。”潘波显得很有良心。

“主管，看你说的，人家有的姑娘找到工作了，而我没有找到是我的问题。”明玉并不知道真实情况。

“我老家有户人家，那家儿子健康壮实，人品也好，回头，我给你联系联系？你嫁到中国比回去伺候A国的懒鬼不知要好多少。你知道吗？中国男人是很心疼老婆的，在家什么都听老婆的，赚的钱也都是上交的。”

明玉想了想，点点头。她并不知道，自己已经卷入一场早已写好的剧本。

不同时间、不同地点，潘波把同样的话说给应聘“落榜”的A国姑娘听。她们其实不傻，有些很清楚自己的处境，大多是同意的，然后潘波再把这些情况通过表格形式正规地汇报给管凡夫。

第四十五章
忧郁的童年需要一生来治愈

在所有的婚姻中，矛盾都是不可避免的。就连自由恋爱多年的情侣到了结婚的时候，一旦涉及钱、房子、礼金等现实问题，多多少少还是会有一些不愉快，更何况这样临时促成的跨国婚姻。就像女方结婚几个月，甚至几天后，很可能会与男方及男方的家人发生矛盾，可她们在这里没有亲戚、朋友，这就需要一场严谨的协作。有人会教给她们逃跑的方法，有专人在商量好的地点迎接她们，还会替她们找下家，如此循环下去。这场游戏中，除了中国新郎，余者人人获利。所到之处，皆是“人精 + 戏精”。根据实际情况随时修改剧本，演员们个个形神兼备。只有让这些底层群众都赚到钱，管俗子的生意才能做得更大、涉及面更广。

明玉经过潘波的介绍，嫁给某村一个叫张晓峰的男人。张晓峰的家庭条件本来还可以。他的母亲在工地干活出了事故，工地老板赔了他家45万元。这些钱被酗酒的老爹拿走以后，吃喝嫖赌花了十几万，剩下三十来万是张晓峰的大姨和姑姑好说歹说留在手上的。

虽然他爹是酒鬼，但心里还是有孩子的。他在亲戚面前一拍胸脯，说把剩下的三十万全部拿出来给晓峰盖房子结婚用。

严格来说，张晓峰是个残疾人。小时候，父母都去田里干活，他看到床下的老鼠夹子，因为好奇就用手去拿，结果咔嚓一下把无名指给夹断了。孩子哭得很是凄惨，邻居赶紧去地里喊他们夫妇俩。两人带孩子去镇上的医院看，医院根本不具备接断指的条件，再去市里看，又没有钱，夫妻俩只好四处打电话借钱，等钱借来了，也错过了断指再植的最佳时机。张晓峰的手这辈子就这样了。他从此变得内向自卑，总是穿着长袖上衣以遮掩手部。伤的是右手，上课的时候，张晓峰又不得不露出那只残缺的手来写字。他怕同学嘲笑，也无法集中精力学习。

20世纪90年代的中国农村，人们压根儿就没有心理疏导的意识，家长整天忙着干活，而就连老师都没关注过学生的心理健康，有时看见张晓峰发呆，不好好听讲，就是一顿数落，说他跟女人一样扭扭捏捏，没有一点男孩的样子，看着让人恨得慌。由于老师的不友善，有些同学就给张晓峰起了个“小娘们儿”的外号，整天扯着嗓子不知深浅地喊着。

张晓峰曾经跟爸妈说过自己不想上学了。他爹也没问原因，拿着一把镰刀在他面前威风凛凛地一顿训斥。

“张晓峰，你这个不争气的东西！你敢不上学，看老子不弄死你！”

“你弄死我吧。我早就不想活了！”张晓峰当时才10岁，能说出这样的话还是很让人意外的。但是，粗粝的父母都不觉得有什么异样。

“我现在就淹死你这个祸害。”在过去，尤其在农村，当爹的不可能对儿子服软。他爹扔下镰刀，抱着晓峰，把他的头朝下，装着要往井里头扔的架势。

他妈赶紧拦着，说：“晓峰啊，你赶紧认个错吧！别惹你爸生气了。”

晓峰不作声，他爸骂骂咧咧的：“整天在外面累死累活地挣钱供你上学，你竟敢说不上了！我看你敢？”

那天，晓峰下定决心，就是死也绝不认错。当然，他爹也不可能真的把他丢入井中。关键是，儿子不承认错误，他没有台阶下，就那么抱着晓峰在井口耗着。儿子大了，抱一会儿还可以，时间长了，根本就抱不动。不多会儿他爹就累得满脸通红。最后还是他妈跪下央求，他爸这才就着台阶赶紧松开晓峰，坐在井边大口大口地喘气。

整场闹剧下来，没有一个人问晓峰一句：为啥不想去上学了？

久而久之，张晓峰就形成忧郁内向的性格，和异性交往上阻力重重。母亲去世后，家里没有女人的照料又脏又乱，就更没人给晓峰介绍对象了。他不像其他男孩子那样风风火火地出去打工赚钱，在大城市里见过世面，买上一身名牌，回到农村自然不一样。因为母亲的离世，晓峰突然停止成长，如同乡村的架子车一样，过时且陈旧。

有一点好，过分优秀的女孩在农村亲戚眼中往往是被攻击的对象，而过分老实的男孩在他们眼里却是需要帮助的对象。然而，治愈童年的伤，依然要靠自己的努力。

第四十六章
你想不通的十万个为什么

迫于亲戚的压力，晓峰他爹用六万块钱给儿子买了台二手汽车，爷俩开始盖房子，打地基。但是新房子紧邻着公路，比公路矮了好多，光是打地基填得和公路一样高，就需要下很大的功夫。前前后后花了十几万，房子盖到一半停工了，成了烂尾楼。

说来说去，还是认知的问题。事先不规划好，结果钱都花了，事情却没办成。他爹说："我不能把所有钱都搭进去，得留点钱养老。"

理是这个理，但晓峰的婚事从此就更没着落了。

前几天，晓峰远房亲戚的二爷问他："晓峰，你也老大不小了，本地闺女搞不定，二爷给你介绍个外国闺女吧？"

"我不要！我害怕白花钱，到时候再跑了，上哪儿找去？"张晓峰拒绝。

"跑了？跑了爷再赔你一个。"这个二爷好像很关心他。晓峰虽然叫他二爷，他其实没有多老，六十不到的岁数，还算能干，在村里属于个活络的人，人称张大锤。

"再赔我一个？你花钱啊？"张晓峰半开玩笑道。

“我花钱就我花钱。当爷爷的人，给晚辈花几个钱，还有啥可说的？”张大锤看似很大度，在村里常给人张罗各种红白事，大家也都信他。

“那行，二爷。你给我找个媳妇，等有了小孩，我带着小孩去给你磕头。”张晓峰懂得说上几句客气话。

于是，在张大锤的张罗下，张晓峰娶了他生命中第一个A国新娘。这场婚事一共花了八万多块钱，可把他爹心疼坏了。

他对晓峰说：“就此打住，以后你过你的，我过我的，我的养老钱都快没了，我老了病了，还能指望你那外国媳妇伺候我？”话糙理不糙，别说等以后伺候老人了，一个月不到那女人就跑了。

那天晚上，女人对张晓峰说自己来例假了，弄得床单、被子上哪儿都是，要赶紧去卫生间处理一下。结婚不久的张晓峰看新娘看得很紧，说陪她一起去。

女人说：“我换卫生巾有什么好看的？你要是不放心，就在厕所门口等我吧。”这种略通中文的外国媳妇大多是惯犯。她们是在四处流窜作案、演戏、骗人、接应和察言观色中学来的。

张晓峰生性老实，真在那里认真地等，听着厕所里一阵阵哗啦啦的冲水声，以为女人一直在清洗。此前，张晓峰从没接触过女人，也不知道女人来例假该怎么处理，用不用冲那么多次水。反正，冲水声给他以安慰，证明有人在，安静地等待就好了。二十多分钟过去了，还不见女人出来，张晓峰觉得有问题，喊了几声听不到回应，他索性一脚踢开门锁。女人早就不见踪影了。张晓峰看着水流不断的马桶，竟是被女人用一根铁丝绊着，形成自动冲水的模式。

好在他有车！张晓峰赶紧开车到出村的必经路口，也没见人。他打电话给亲戚熟人，让大家帮忙一起找，却意外发现自己的手机信号被屏蔽了。

此刻，他的头脑一涨一缩的，心口疼了起来。他感觉自己被这个时代抛弃了。是什么鬼东西屏蔽了他的手机信号？又是谁深入到村子里，把自己的媳妇接走的？自己花了足足八万多块，对她又不差，她为什么还要跑？无数个问题在他脑子里盘旋，他又气又恼，开了一晚上的车，寻找无果。第二天早上回家后，他没吃东西，躺到床上就睡。他没有起来，在床上烧了三天。

“王八羔子，花了我买棺材的钱给你娶媳妇，你还是看不住她！”

“看你那点出息，东倒西歪的样子，谁家有闺女都看不上你！”

“妈的，我看你这辈子是讨不到老婆了，张家要断子绝孙了！”

这三天，晓峰他爹不知在儿子耳朵边骂了多少难听的话，总结出三个字就是“败家子”。

反正，他头晕晕乎乎的，也听不到什么了。

不管了……

第四十七章
再赔你一个老婆

第三天，张晓峰感觉稍微好了一些，但还是全身发虚。他就着咸菜喝了半碗剩粥，然后戴上棉帽子来到镇上派出所报案。不报案不知道，一报案才发现，近期这样的案件已经累积了很多。

"姓名？"

"张晓峰。"

"年龄？"

"31岁了。"

"身份证号？家庭住址？"民警有些不耐烦地登记着报案人的信息。

"谁叫你找来历不明的外籍老婆？找的时候不打招呼，不登记，不办合法手续，跑了才知道来找我们？"

"买老婆本身就是违法的，你知不知道？"

"还真爱？你们还敢相信买来的老婆能遇到真爱？"

本来心情就很糟糕的张晓峰，面对民警炮轰一样的斥责，立刻火冒三丈："你这人怎么说话的？"

“我怎么说话的？我是没那些骗子说话好听，变着花样地把你的血汗钱掏干净。在国内，孩子被拐，找起来都很费劲了，外国老婆跑了，能好找？嫌我说话难听，当初买媳妇的时候干吗去了？”民警不是心理医生，不可能对每个受害者生出同理心，再加上基层工作繁杂，难免态度不佳，“我这么说都是为点醒你。”

这些话好似一顿棒喝，终于让张晓峰清醒了一些。从派出所出来，他直奔张大锤那里。张大锤早等着他呢，似乎预知会有这么一天。他知道，层层盘剥下来，真正落到新娘手里的钱已经很少了，为了多赚钱，她不多走几家是不可能罢休的。

“张大锤！狗娘养的，你还活着呢？”张晓峰气急败坏地喊道。

“怎么跟二爷说话呢？真是越来越没规矩了。”张大锤气势不倒。什么事情，只要气势不倒，理就在他那头儿。

“我媳妇儿那事，你挣了多少钱？”

“我挣你钱？我好心好意给你保媒拉线，你最后就给了我一只羊腿，我还挣你钱？你说这话，有没有摸着良心，看你会不会遭天打雷劈！”

张晓峰不经世事，见张大锤如此理直气壮，居然被镇住了。难道这样的后果就让他独自承担吗？他不可能轻易放过张大锤，此时自己就像吃了苍蝇一样恶心。于是，他鼓起勇气说道：“你把钱退给我！”

“为啥退给你？你自己没本事，看不住个女人，我就该给你负责吗？这年头还真是好人难当。”

“那咋整？我好不容易娶个媳妇！那……”张晓峰气得说不出话来，回想这些天的病痛和委屈，眼睛一红，吧嗒吧嗒地落下了眼泪。旁边几个村里人和老婆子见这么大的男人说哭就哭，居然笑了起来，一副看热闹不嫌事大的姿态。

“张大锤，你要不给人家介绍媳妇，人家的钱能白花？”

“张大锤，别不是你把人家晓峰的媳妇拐走了吧？我觉得应该叫晓峰去你屋里搜搜！”

“张晓峰，你也是，这外国媳妇娶回来，就应该弄个铁链拴住，拴个一两年，等生了孩子，她想跑就让她跑，喂不熟的狗，你留着她干啥呢？”

这些人不是雨后送伞，就是事后诸葛亮，你一言我一语，越说张晓峰心里越难受。最后，张大锤从嘴里吐出一口又一口呛人的烟雾，把烟枪在地上磕磕灰，一副村干部的架势对晓峰说：“我可没有挣你的钱，自然不可能自掏腰包还你钱。不过，线是我牵的，人跑了，我心里也过意不去。你这孩子不容易，你家的情况大家也都知道。今天，我当着大家伙儿的面表个态，你这媳妇跑了，我再赔一个，好不好？”

听张大锤这样说，村里人都对他赞不绝口，说他这人有本事、够仗义。

张晓峰愣在那里，将信将疑地问：“还让不让我再花钱了？”

张大锤一副大义凛然的样子：“你这孩子说的啥话呢！赔你一个女人，我问你，啥叫赔？赔就是不让你再花钱了。看把你吓的，回去等信儿吧，告诉你，最多一个月，你就又有老婆了。”

张晓峰顿时感动得要命，心想，还得是二爷啊，他要真能再领来一个，回头给他弄一只牛腿。

第四十八章

唯有善良暖人心

张大锤果然说话算数。

不到二十天的时间，他又给张晓峰带回一个女人，这个女人就是明玉。但是嫁给张晓峰的时候，她已经有两个月身孕了，那是她和第一任中国丈夫的孩子。

她的第一任丈夫有暴力倾向，经常喝醉了酒打她，她没有办法，只有逃了。但是，潘波没有给她开通回A国的路线，她自己身无分文，根本没办法回国。潘波只说她这次纯属运气不好，再给她找个好人家就是了。

“求求你，让我回国好了，我回去，把孩子打掉。算我倒霉，这一趟没有挣到钱，还把自己搭进去了。”明玉央求中带着埋怨地对潘波说。

“哎呀，运气嘛，谁能保证自己那么走运？没有钱，寸步难行。到哪里都是一样的，回A国也是一样。你大着肚子回去，你的父母肯定认为你骗了他们，也不会对你有多好。”潘波继续套路她。

“还不是因为你们！我来中国是打工赚钱的，不是来嫁人的，如今这个样子，我愿意吗？”

“所以呀，我要补偿你啊！这个你先拿着，不够再问我要，但是在这里你一定要听我的。”潘波亲和中带着强势，明玉别无选择。

通过潘波的介绍，再通过张大锤的拉线，明玉嫁给了张晓峰。由于这算是“赔”给张晓峰的媳妇，所以彩礼、结婚统统没有问张晓峰要钱，就只让张晓峰带着明玉和晓峰爹、张大锤一起去县里的好饭店吃了顿饭，多点了几个硬菜，就算嫁过来了。但是，张大锤不是吃素的，他安排的好戏在后面。

明玉比较瘦，两个月的时候还看不出来怀孕，但她并没有瞒着张晓峰。她摸了摸自己的小腹，对张晓峰说出“怀孕”两个字，并伸出了两个手指头。张晓峰知道，张大锤所谓再赔自己一个是让他做“接盘侠”。但是，明玉很真诚地表示：他可以带着自己去医院把胎儿打掉，毕竟才两个月，还来得及。

张晓峰想了一个晚上，最终不舍得让明玉去堕胎。他母亲堕过两次胎，挺伤身体的。从那以后，晓峰妈就落下病了，腰经常疼，干农活一出力，疼得整晚睡不好觉。家里的砂锅从那个时候开始就经常熬中药，整个院子都弥漫着中药味。他不想让明玉也受这样的苦，毕竟进了自己的家门，就不能不替她着想。张晓峰其实是个内心充满柔情的男人，可惜温柔一旦和贫穷、无能联系在一起，就像化学反应一样变成“软弱”的标签。

他对明玉说：“不要去打胎了，孩子能出生在我家，也是我们共同的缘分。我会对他好的，这就是我们两个人的孩子。”

明玉听到这样的话，愣住了。

张晓峰怕她听不懂，用双手做了一个抱孩子的姿势，意思是要她把孩子生下来。接着，又在纸上画了两个大人中间拉着一个小孩的简笔画。意思是出生的这个孩子，就是他们两个人的孩子。

明玉在异国他乡突然受到这样的宽容和疼爱，内心升腾出久违的温暖和感动。她顿时眼泪扑簌簌地往下掉，哪个母亲愿意杀死自己的孩子呢？连这个他都能接受，中国还是好男人多，他是真心疼自己的，以后一定一心一意地好好和他过日子，一起经营家庭，一起努力向着未来的美好生活携手共进。

明玉哭了好久，哭得不能自已，这让张晓峰看得很心酸。同是天涯沦落人，他们都希望以后在一起能安安稳稳地把日子过好。

农村简陋的房子里，一对苦命鸳鸯相拥着，有抱团取暖的感觉。因为语言不通，他们没什么话能说。窗外，半个薄薄的月亮挂在天空，西北风呼呼地刮着，农村的道路上已经没什么人了，冷冷清清的，院子里干秃秃的树枝摇摇晃晃，像他们摇晃又固执的命运。

七个多月后，孩子降生了，是个女孩。这虽然是明玉和另外一个男人的孩子，但是张晓峰视若珍宝。这不仅仅源于他喜欢明玉，还因为他清楚地知道，如果失去明玉和孩子，他也没能力再有一个像样的家了。看着张晓峰忙前忙后给孩子冲奶粉、换尿不湿，明玉很知足，也很欣慰，觉得自己这次总算是运气好，嫁对了人，张晓峰真是个知冷知热、有情有义的好男人。

村里养鸡的人多，为了给明玉坐好月子，张晓峰还特意买了几只老母鸡，在大砂锅里放上小米，再放入半只鸡，炖鸡汤，让明玉喝鸡汤补身体。明玉也心疼张晓峰，把鸡肉留下来给他吃。张晓峰不吃，再煮，留着明玉下一顿吃，直到鸡肉全部煮散在锅里。这段时光让张晓峰日后想起，仍觉得余温犹存。那是为数不多的让他感到温暖的时光。

有了孩子以后，张晓峰也一改之前懒散的样子，每天开着他的小破车到县城的汽车站门口趴活儿，拉那些从车站下大巴准备回家的散客，一次多则20块钱，少则5块钱，虽然挣的钱不多，总能贴补个家用。每次张晓峰从外面回来，村里的男男女女总是指着他的车说他有个不是亲生的闺女，却撅着屁股去给她挣奶粉钱，还挣得这么卖力，绿帽子越戴越鲜亮，更有甚者说他是“绿帽癖”。

对此，张晓峰心知肚明。从后视镜里，他能看见村里人指指点点的动作，不过他并不在乎，相比之前一个人懒散没有希望的日子，如今老婆孩子热炕头才活出了真实与希望，他觉得那些背后嚼舌根的人都是闲得没事干的杂碎。

明玉对他关怀备至，每天做好饭在家里等他。平淡而又温馨的日子中，她慢慢学会了中国话。有时候，她把书面普通话用在生活中显得很可笑。

张晓峰给她买件衣服，她不会像村里的娘儿们那样说——哎呀，好看，或者太贵！而是用中文说："谢谢！"

她喊张晓峰吃饭，不会像别人那样说——快吃饭，喊几遍不答应，聋了？而是说："老公，请吃饭。"

她形容自己的女儿，也不像别家娘儿们那样说——哟，这闺女长得真俊！而是用书面语言说："美丽的女孩。"

这样的生活让张晓峰感觉有些别扭，但也充满诗情画意，他们的日子也在一天天变好。张晓峰计划着，趁孩子小，还没上学，他多跑跑车，多攒点钱。说不定，再过几年，还能把烂尾的楼房再盖起来，然后再去打工，继续攒钱，供孩子上大学。

第四十九章

没有拆不散的夫妻

张晓峰与明玉相互关心，日子过出了精气神，两人的精神头从里到外焕然一新，张晓峰整个人干净整齐了许多。

等孩子大了一点，张晓峰就带着老婆孩子出去玩。孩子才一岁，什么都不知道，张晓峰就急着把她带到市里的动物园去看看这个、瞧瞧那个，很是宝贝。回村以后，明玉把在城里买的玩具让女儿拿着，白天抱着孩子坐在家门口晒太阳。村里人看见了，就问："明玉，又出去玩了呀？"

明玉点点头。

村里人又酸着说："晓峰对你可真好！"

明玉听懂了，笑着点点头。

村里人接着说："他娶你的时候，花了多少钱？"

明玉摆摆手说："没花钱，我们是自由恋爱。"

"自由恋爱？他没有给你身上花钱？"

"算是自由恋爱，二爷给我们做的媒，我们谈了一个月。"明玉也没听出来村里人是什么样的心态，只把自己知道的都说出来。村里人还想问什么，明玉抱着孩子回家了，说晓峰快回来了，该给他做饭了。

看着这小两口关系越来越好，张大锤的老婆坐不住了：“老张，我看这情况，人家夫妻俩是分不开了。”

“你这说的都是屁话，世上只有分不开的母子，没有拆不散的夫妻。”张大锤一边啃馒头一边肯定地说。

“人家俩培养出感情来了，你说让明玉跑，人家就跑了？你想得太简单了。”他老婆白了他一眼，“我倒是要看看你能有啥能耐，能咋拆散人家，不要等人家两口子一起过来打你个老东西。”

“我自有办法，拆不散他们，我就不叫张大锤！”张大锤把最后一瓣生蒜塞进嘴里，就着馒头一起吃，随后站起身自信地走出去。

过了一个星期，村里的话锋就变了。两个小媳妇看见明玉抱着孩子在晒太阳，就聊起婚事。

“哎呀，秀梅，你手上的戒指多少钱买来的？这可真好，还是镶钻的。”

“订婚的时候，我家那口子陪我去商场买的。我跟他说算了，他非要给我买。”

“订婚时候，你婆家给你多少彩礼？”

“十六万八。一路发的意思！”

“那么多？”

“多？现在可都是这个价了。他们又盖房子，又装修的，也没钱了，娘家又陪嫁了一辆车。你还说我呢，你不是也没少收彩礼？”

“我结婚早，那时候才八万八，跟你差了一半呢。不过，咱们女人手里就该有点私房钱，生孩子、坐月子多受罪，一旦男人在外面拈花惹草，回来看咱不顺眼了，咱们手里边有钱，也好有个余地，至少还有个主动权。”

明玉听着这些话，心里是有些不是滋味，但也觉得与自己无关。见她不说话，两个小媳妇继续你一言我一语地拉扯。

“我给你说，这世界上啊，最不靠谱的就是感情，图什么都比图感情强。你图钱，图他长得帅，图公婆能给你照看孩子，都是实实在在的。图他对你好？切，他会对你好，也会对别人好。这种事说不准。”

“是啊，人是会变的。今天看你新鲜，明天看你就不一样了。男人的心变得可快呢！”

这样的话，明玉第一天听着没什么，第二天听着没什么，听多了就觉得人家怎么结个婚样样不落，不管多少，起码是什么都有，就我结个婚，要什么没什么。房子是老房子，车子是个旧车子，公公每天除了喝酒就是打麻将，家里什么都不管。虽然张晓峰心疼自己，那也是他没本事，每天接点散客，钱也确实挣不来几个，还不如人家跑大货车的，好的情况下，一个月能挣一万多，那才是有奔头的好日子。

明玉不知道，那几个小媳妇是经过张大锤撺掇故意在她跟前说的。张大锤连钱都没给，几句话就让她们在明玉跟前胡言乱语、煽风点火了。因为攀比与嫉妒的心理是很多人的通病，有些人，就是从来都不盼别人好，损人不利己，她们本来早就想这么说，张大锤稍微用点话术，就迅速点燃了嫉妒的火苗，让她们不断地在日常的生活中火上浇油。

第五十章
人生若如初见

这天，张晓峰回到家，没有现成的饭。他一边淘米洗菜一边对明玉说："咋没做饭呢？今天是有啥事？哪里不舒服吗？"

"我每天看孩子就够累了，还要顿顿饭都让我来做，我是你免费请过来的保姆吗？"明玉心情有些不好，语气也不好听了。

"你咋能这样想呢？你要是累了就歇着，我来做，这还不简单吗？"张晓峰没察觉到媳妇的变化，以为她是照顾孩子太累了，闹个情绪很正常。明玉很快意识到自己这么做确实不太妥当，便把孩子放在一堆玩具中间，让她自己玩，起身和张晓峰一起做饭。

那晚，张晓峰在她身上奋力地忙活着，但是明玉整个人就不在状态。

"明玉，你怎么了？"

"没什么，我就是觉得我们躺的这张床太旧了。我们什么时候能盖个像安晓曦家那么好的房子？什么时候能像她家一样，有那么干净的地砖，还有那么大的电视机？"

"哎呀，会有的，媳妇儿，我努力挣钱，我们什么都会有的。"

“什么呀？人家晓曦的老公是开大货车的，一个月挣的钱是你的三倍多。”明玉突然感觉自己很委屈，命运对待自己还是那么不公平。

“那咱不是没钱买货车吗？我多拉散客，争取早点把家里的房子盖起来，地基那些早都弄好了，往上盖很快的。”张晓峰安慰着明玉，不过，今天她说的话的确让他心里不舒服，他差点脱口而出：“当初你肚子里怀着别人的种，我都没有嫌弃你，你怎么还能嫌弃我条件不好呢？我也是为这个家一直在努力啊！”

正当明玉和张晓峰为了钱的问题而产生矛盾时，另一边，管凡夫和弟弟正为他们撒的这张大网而扬扬得意。

“哥，你说，我用招工这噱头怎么样？无论是渠道还是人数，现在都成裂变式增长，关键是她们自己还说不出什么。自己应聘不上怪不了任何人，只有嫁人找出路，哈哈哈……”管俗子一阵不怀好意地笑。

“那些找不到工作就嫁人的女人，你可让潘波盯好，别出什么岔子。”这种增长模式很容易失控，管凡夫对此还是有些担心。

“没事儿，你放心，潘波跟村里人都商量好了，人都是无利不起早。他们能提防着我骗他们，还能提防住左邻右舍、亲戚朋友骗他们？我跟你说，你要相信高手在民间，那些传销做成功的都是利用自己人的关系。尤其在村儿里，这熟人圈子，他们相互是很信任的。我一个人说谎，那是说谎，周围所有的人说谎，就是事实了。”管俗子把人性琢磨得透透的。

“你就不怕谁说漏了嘴？”

“不怕，只要他拿了咱的钱，就不怕。他们已经洗不干净了，就给他们那几千块钱，他们没文化的人得种一年的地才能赚到。现在动动嘴皮子，就能赚到这么多，对于他们来说求之不得呢，我这也是给他们创造收益，制造就业机会，拉动GDP。”

管俗子拿起手中的洋酒，与管凡夫碰杯。管凡夫很欣慰他有一个能为自己分忧解难的弟弟，这个方法可比婚姻介绍更加隐蔽，更加合法化。虽然经过分工协作，利润稍微薄了点，可是人多了，赚的就更多了。大头当然还是他们拿的，用一个人赚多次的钱，是他们惯用的手段。按理说，到了这个阶段，管凡夫完全犯不上再做婚介这一行，在其他产业赚的钱已经是盆满钵满，可是欲望在不知不觉间蚕食着人心。更准确地说，是心底的贪欲和贪念让这扎根在人性中阴暗的一面不断地生根发芽。说到底，谁跟钱都没仇，既然能趋近于合理合法，索性就势发展。何况，管凡夫觉得自己本就是跟老丁靠这一行起家的，心中有百般放不下的理由。

他们靠这张罪恶编织的网满足着自己的私欲，不断循环利用着可以再利用的“资源”。

一天，张大锤要搭张晓峰的车进城，说是给在市区住的儿子送被子，大包小包的，让张晓峰先打开后备厢。张晓峰现在变得很勤快，他说：“二爷，你先去车上坐着吧，我给你放东西。”

张晓峰往后备厢里放着东西，张大锤坐在车后座，悄悄地往座下边藏了一条女人的内裤。晓峰不知道，但他拉的乘客大多是本县人，或者是熟人，总会有人发现的。

果然，同村人搭他车的时候，看见这个东西说：“晓峰啊，你这小子玩得花呀，和哪个姑娘在车里鬼混了？看这内裤还蕾丝的呢！”说着，把黑色蕾丝内裤杵到他面前。

“你看，证据确凿，你别不承认啊！”那神秘的黑色蕾丝边在张晓峰的面前晃悠，后座的乘客一脸笑意，表情丰富，肢体活跃，他期待着张晓峰的解释。

张晓峰感到莫名其妙，压根儿不知从何说起，也完全没有理出头绪。

第五十一章
三人成虎，众口铄金

在这个人口不算多的小镇上，七里八村其实是个熟人的世界，一点花边新闻，就能闹得满天飞。很快，张晓峰汽车后座下有女人内裤的事情闹得尽人皆知。

有的人唯恐天下不乱，故意当着明玉的面添油加醋地议论。

“明玉，你家男人去外边开荤了？”

“明玉，你看你穿的衣服也太土了，怪不得张晓峰在外边鬼混！”

“明玉，跟他闹！敢这么对不起咱们，让他净身出户！”

“对了，明玉，你们俩结婚证都没有领吧？怪不得张晓峰敢在外面乱搞女人呢，我给你说，没有领结婚证都是不作数的，他想怎么乱来就怎么乱来，这是不受法律保护的。”

有时候，小村镇的氛围就是这样，有人调唆着，他们就愿意嚼舌根，而且越有人说，就越来劲。因为喜欢看人落难是有些人的天性。

明玉听说了这些，气急败坏地打电话，立马让正在跑车的张晓峰回来。张晓峰没有别的办法，只有解释了。可是，就他那张笨嘴，根本就解释不清楚，但这事换作是谁，都是宁可信其有的。

惯常的思维都是会认为苍蝇不叮无缝的蛋，不然怎么会凭空多出来一条性感的女人内裤。

张晓峰解释不了，他最近很忙，再加上有小孩，晚上休息不好。闲言碎语都指向他，弄得他心烦意乱。此时，连明玉也不相信他，给他气受，他本就是个粗人，气恼之下大吼一声，提起板凳把桌子给砸了。

“你不相信我的话，就滚啊！你滚啊！你委屈，我不委屈吗？”伴着张晓峰的吼声，家里的东西碎了一地。

明玉看着张晓峰这个样子，抱着孩子扭头就走。一路上，她的眼泪哗哗哗地往下流。冷风吹过，凉飕飕的，眼泪落下来都是冰凉的，她抹干眼泪继续走。一路心酸，一路悔恨，一路无奈。说实话，她不知道自己该往哪走，哪里才是她的容身之地。天大地大，却偏偏容不下一个她。

这时，张晓峰开着车追了过来。

“明玉，上车吧。”张晓峰摇下车窗喊她。

明玉抱着孩子不理他。

“明玉，上车吧，有啥话到车上说。”张晓峰厚着脸皮跟着，他知道，明玉伤心也是有道理的，他能理解。

“我不上车，我嫌车里脏。”明玉见张晓峰追来，还是想和好的，毕竟她也没有地方可去。

“我真的是冤枉的。别人说我的闲话，连你也不相信我，那我的日子还怎么过？”

明玉听着，心里有点难过。

“来吧，听话，你坐副驾驶好吧？咱们不坐后面。”张晓峰打开车门，拉着明玉上车。明玉见他低三下四的样子，抿着嘴想笑，半推半就地上了车。

张晓峰回家后，一天没有出车，把砸坏的东西都修理修理，真的不能用的又买了新的。夫妻俩有些不好意思，明玉也相信这是一场误会。往后的日子，他们谁都没有提起这件事，日子又恢复了往日的平静祥和。但是，明玉已经不是那个明玉了，她已经不满足目前的生活水准了。

后来，张大锤时不时地在明玉面前提起蕾丝内裤的事，然后自己打自己的脸，说对不起她。她说："都过去了，别说了。"

晚上，张大锤跟老婆吃晚饭的时候说："看来还得加把火。"

他老婆白了他一眼，骂道："丧尽天良！"

不过，骂归骂，这钱他们夫妻俩该挣还得挣。

后来，张晓峰的车里又出现了黑丝袜、避孕套之类的东西，村里人的传言也越来越离奇，连"张晓峰有特殊的癖好"这样的话都说出来了。接下来，一传十、十传百，话是越传越离奇，简直是不堪入耳。

究竟是谁把这些东西丢到自己车里的，张晓峰不可能每时每刻都关注那些乘客，更无从梳理。但是他已经察觉到一定是有人在针对他，不想让他好过。闲话总是比坦白更先入耳。明玉听到的第一反应是：这绝不是张晓峰干的事！一起生活这么久，基本的信任还是有的。但也架不住环境的影响。张大锤见到明玉，动不动就以为她好之名发牢骚："没想到张晓峰这小子这么不老实，你要是实在忍不了，给二爷说，二爷给你安排更好的人家，咱不受晓峰的委屈了。"

无论如何，真真假假、假假真真，明玉和张晓峰的感情还是出现了裂缝。

第五十二章
深情留不住

那天，是五一劳动节。张晓峰也不做生意了，带着明玉和孩子到市里玩。一家人本来想弥补一下裂痕。结果，明玉看到街边卖的榴梿冰激凌，30块钱一个。她让张晓峰给她买，张晓峰觉得贵，说："你不是想快些住上新房吗？咱把钱都用到刀刃上吧。"

"我吃个冰激凌你都舍不得，是要留着钱给你外边的小姐花吧！"明玉觉得自己很委屈，扭头就走。

"明玉，我不是那个意思。这冰激凌就不值那么多钱，咱们买点实在的行不？"张晓峰拉着她。

明玉不说话，眼泪扑簌簌地往下掉。她好压抑，不知道之前那些传言是真是假，只能用张晓峰对她的言听计从来证明自己的重要性。那天，两人又逛了商场，张晓峰给她和孩子各买了一件新衣服。可是，明玉再也没有笑起来。她有一种大局已定、无须迎合的表情。

过了几天，明玉跑了。走的时候，她带走了张晓峰的银行卡，卡里有五万块钱，密码她是知道的，是女儿的生日，钱在半小时内被取走，女儿却留在了张家。

张晓峰连夜把孩子送到姑姑家，然后去张大锤那里，问他知不知道。张大锤装睡，迷迷瞪瞪的，听说后，一激灵起来，喊这个喊那个，分头帮助张晓峰找人。张晓峰一夜寻找无果，在火车站兜兜转转也没有见到明玉的身影。

这时，他的电话响了。

“晓峰，你快回来吧，孩子发烧了！”姑姑给张晓峰打电话。

张晓峰分身乏术，明玉走了，女儿可千万别再丢了。他清楚地知道自己可能再也娶不到老婆了，也不会再有小孩了。如今这孩子和他亲，是因为他看着她、带着她长大的。这也是缘分，他特别心疼这个小姑娘，而且她长得越来越像他，真有一种“吃谁像谁”的样子。

当张晓峰火急火燎地赶到姑姑家，一摸孩子的额头，根本就没有发烧。这不是骗自己吗？姑姑说：“我已经给她吃过退烧药了，小孩子生病就是一阵一阵的，说来就来，说走就走。现在她退烧了，这不是好事吗？”

张晓峰无语，姑姑是哪一边的人，他不敢细想，这个村子、这个社会，还有没有他认识的人、能看清楚的人，还有没有他的立足之地？每个人为了钱都戴上面具，面具下面是人是鬼，又有谁知道？良心在这个浮躁的社会值几斤几两，又有谁会去在乎自己的痛苦呢？

与此同时，明玉已经坐上火车。她觉得把孩子留给了张晓峰，他以后的日子也会有个奔头。她知道张晓峰娶老婆困难，孩子是他唯一的寄托，所以，她没有带走孩子。

“这老娘们，你对她那么好，她都不知足，她想干啥呢？想当公主吗？想每天锦衣玉食吗？”张大锤在张晓峰家破口大骂，骂明玉忘恩负义，骂明玉吃里爬外，骂明玉不知好歹。把明玉祖宗十八代骂了个遍以后，他端着搪瓷茶缸喝了一个底朝天，张晓峰也没有吭一声。

沉默最让人害怕，也最让人可怜。张晓峰就是想不通，自己对明玉真算是仁至义尽，把心都掏给她了，甚至外人的女儿都认了，甘愿背负窝囊废的名声，她为什么还是跑了呢？真心难道就这么不值得善待吗？老实善良就要受人欺负，就要上当受骗吗？

明玉这一走，家里也没人带孩子。张晓峰也无心收拾家务，屋里显得肮脏凌乱。他根本无心出车，家用有出无进。他每天无精打采又焦虑万分，有时被孩子闹得心烦意乱，只能窝着一肚子火和委屈，无处发泄。

晚上，张晓峰昏昏欲睡，可孩子精神好得很，在桌子上抽一样东西，一堆东西呼呼啦啦都掉到地上，水杯也摔碎了，又是水，又是玻璃碴子，一地狼藉。张晓峰顿时怒火中烧，朝孩子屁股上“啪啪啪”打了几巴掌，孩子“哇哇哇”大哭，哄也哄不住。她喊：“妈妈——妈妈——”弄得张晓峰觉得自己像虐待孩子一样，精神濒临崩溃。他接受不了明玉离去的事实，他恨这个无情的世界，恨一切藐视真心的奸诈。

往后的日子，张晓峰颓废萎靡下去。他抱着孩子把觉睡颠倒了，白天睡，晚上玩手机。没钱了，再问他爹要个几百块花花，日子就这么一天天地耗着，浑浑噩噩，像活死人一般。

“哎呀，孩子，别想不开了，那个明玉跑了，是她自己没福气。她一个嫁过两次、生过小孩的烂货，到哪里能找到像你对她这么好的人！”一周后，张大锤来找张晓峰喝酒，要给他解解愁。也说不上来是啥酒，张晓峰喝完以后就迷迷瞪瞪地搂着孩子上床睡了。

第二天早上醒来，孩子不见了。其实，孩子是被张大锤的老婆抱走后转手交给潘波，再被卖给一对想买孩子的夫妇。

张晓峰疯了！彻底疯了！天地之大，就没有善良老实人的一条活路。要知道，把老实人逼急了，他是可以不要命的。他提起木锨和铁锤跑到张大锤门前，直接把他家的门头砸了。门头上那块石匾“紫气东来”被张晓峰敲了下来，摔个稀碎。

张晓峰叫骂着：“张大锤，你个狗娘养的，你他妈丧尽天良，给我出来。”

张大锤不敢出来，最后还是打电话让他的两个儿子过来，架住张晓峰，自己才人模狗样地出来对峙。

“张大锤，你得给人家一个交代，到底是不是你把人家老婆拐走，睡了？村儿里可都是这么传的。”

“张晓峰，也不怪你二爷。你说你出租车里边多出来那么多东西，哪个女人还能继续跟你过呢？”

“晓峰啊，是不是你晚上折腾得人家受不了了，人家才跑了？哈哈哈哈……”

“峰啊，女儿肯定是被明玉带走了呀，这还用问吗？闭着眼睛都能想得到！”

一群人围观看着热闹，有人当成一出戏看，有人当成笑话看，也没有人劝架。

最后张晓峰报了警，警察拘留了张大锤，说要好好审审这个老滑头。张大锤进去三天三夜不出来，他老伴着急，便假借明玉的名义用陌生号码给张晓峰发了个信息，说是明玉的爸爸死了，自己着急往家里赶，来不及和张晓峰说。另外，又说自己拿了卡里的两万块钱给父亲办了葬礼，剩下的三万块交给了张大锤的老婆，让她还给张晓峰。

这些话显然是立不住脚的，明玉如果着急往家赶，那么孩子却是后一步带走的，真是此地无银三百两。可越是这样，越能证明这事情就是张大锤一手策划的，他就是始作俑者。张大锤被关在里面又气又恼，他心想：张晓峰家住得那么偏僻，又没有监控，他只要咬死了，没凭没据的，警察能把自己咋样呢？谁知道这死老婆子这么沉不住气，等于自己招供了。败家娘儿们！但事已至此，张大锤赖不过去，只好交代了自己贪图张晓峰娶媳妇的钱财和拐卖明玉孩子的事实。另外，他也供出了自己的上线——潘波。

警方立案侦查后，张大锤的两个儿子也慌了神。一家人表示，可以把张晓峰娶媳妇所花的钱都退还给他，另外，他要是还觉得委屈，可以再给他三万块钱作为补偿。

“晓峰啊！咱是一家人啊！”张大锤的两个儿子带着一箱好酒、两条中华香烟，来到张晓峰家里想求得他的原谅。当然还有用信封包裹着的沉甸甸的三万块钱。

“大侄子，叔知道你受委屈了。叔这儿给你磕头了！”一进来，这两个比自己大不了几岁的爷们儿就来这一套。

“起来吧，别跪着了。公事公办，我不愿意私了。你们把东西带回去吧！”

张晓峰想起自己被一圈子人当猴耍；想起自己车里莫名其妙的东西；想起来好好的日子被他们搅得七零八落。他不想和解，也不能和解，国有国法，犯法就要承担责任，他一定要看到张大锤受到法律的严惩，要让村里人看看他张晓峰不是好惹的。

“不不，大侄子，叔们知道对不起你，你要是不原谅你二爷，叔就不起来了。”张大锤一家人还是原来的张大锤一家人，张晓峰却不是原来的张晓峰了。

“你们爱跪就跪着吧，我累了，要去睡了。你们要是跪累了，走之前别忘了关灯，太费电。”说着，张晓峰就往里屋走。

两个儿子一看不对头，就上去拉扯住张晓峰的胳膊：“亲侄子，亲侄子！我知道我爸对不住你。这，我们今天就是来给你赔不是了啊，咱带了酒，就着下酒菜，咱们喝点。说说话……”

“不喝，我怕喝了你们的酒，我人再没了。”张晓峰不接他们的招。

两个人互相看看，又想不出来要说什么，最后只能道德绑架：“晓峰啊，你还年轻呢，你把这钱拿着，不够，叔们再给你添。咱齐心协力把你剩下的房子盖好，我就不信你娶不到个好媳妇。但是，你二爷、二奶，年纪大了啊！还有高血压、糖尿病。他在那里头关着，万一有点好歹，咱都是一家人，你说说你这心里头，能不能过意得去？”

“过意得去。有啥过意不去的？你们还知道咱是亲戚？二爷坑我的时候，拿我当亲戚了吗？骗走我媳妇、抱走我闺女的时候，想过是一家人了吗？现在你们倒是想起来是一家人了，是不是有点晚了？你们走不走？再不走，我连你们一起砸。”

“你这混蛋玩意儿，怪不得断子绝孙呢！你这辈子死了，都没人给你烧纸。”两人看张晓峰没得商量，也露出了真实的嘴脸，拿出最恶毒的话来攻击他。

“滚！再敢惹老子，把你们的脑袋拍碎！”张晓峰手里抄起榔头叫喊着把两人撵了出去。他现在就想按照自己的想法活着，这样才最舒坦。舒坦就够了，人穷得什么都没有了，再不顺着自己的舒坦劲，还不如死了算了！

人善被人欺，他这次终于是活明白了。

第五十三章
老实人的蜕变

当老实人被欺负到忍无可忍的时候，他们的反击通常是既强烈又震撼的。就像是压抑已久的火山，一旦爆发，力量是惊人的。他们可能一直默默忍受，但当底线被触及，他们会以一种决绝的方式站出来，展现出一直隐藏在内心的坚韧和力量，之前所受的屈辱和愤怒在一瞬间全面爆发。此时的反击，更像是一种宣言，一种对自己尊严的捍卫，一种对公平和正义的追求。

张晓峰经历了这么多算计和波折，这下真的支棱起来了。村里人见到他，除了远远地向他恭恭敬敬地点头致意，谁也不敢拿他开玩笑了，生怕一句话说不对，他就拿榔头冲过来，把他们的脑袋拍碎。他们已经将嘲笑的对象转向人人喊打的张大锤。有的说张大锤作恶太多，要枪毙的；有的说不如判个无期，比枪毙还难受；有的说夫妻俩都有病，弄不好就死到里头了。

张晓峰咽不下这口气，哪怕是张大锤死了，都缝补不好自己那颗残破的心。他想要的是人，是原本安宁幸福、简单快乐的生活，而不是钱。他还残存一丝期待，期待明玉能迷途知返，回到村子里，像往常那样地坐在他身边，听他解释，解除她对自己的误会。有童年自卑感的人就是这样，就算对外界强硬起来，内心的脆弱是永久的伤，尤其在静谧的夜晚，所有的往事如过电影般浮现，压抑、焦虑、不甘、痛苦都会化成泪水，不知不觉浸湿枕套，即便如此，他依然会深深反省自己存在的问题。有时候在浑浑噩噩的梦中，他会见到明玉。很奇怪的梦，杂乱无章，缥缈，迷茫。

有一次，他梦到明玉跪在他面前，为祈求他的原谅，狂扇自己耳光。

"晓峰，求你原谅我，都怪我太贪心了，不知道珍惜你。"

还有一次，他梦到明玉拿着一把锋利的刀对着他，揪着他的衣领问他："女儿呢？我把她留给你，你把她弄哪里去了？你还我的孩子！"

"啊——"张晓峰从梦中惊醒，吓出一身冷汗。他不能理解明玉因何能狠心抛下孩子。难道她真是个拜金女吗？天真的张晓峰仍然固执地认为自己的真心能够感动明玉。但强烈的自卑感也让他忍不住猜测，明玉也许嫁了个有钱人，毕竟她在A国女人里算是颇有姿色的，可能现在已经过上了纸醉金迷的生活，早就忘记他了。

其实，回到A国的明玉过得一点也不开心。通过骗婚的方式赚了几次钱后，她被潘波安排到一个新的去处——红灯区，要榨干她作为一个底层女人仅存的剩余价值。她无法反抗，也没有更好的选择，反正到哪里都是依附男人生活。她不再妄想逆天改命了，因为所有梦想最后终将破灭。她一度想嫁入殷实的家庭，过上优越的生活，结果这个巨大的美好泡沫破灭了，她的心也彻底碎成粉末。张晓峰再不济，对自己还是百依百顺、知冷知热的，抛弃了这么老实的男人，想转回头再去找，恐怕他也不会再拿正眼看自己了，索性就这么混混沌沌地混日子吧，说不定哪天自己挖个坑就把自己埋了，然后结束这肮脏的一生。

哀，莫大于心死。

"做事做得不要那么绝，一个人被坑了大几次，是很可怜的。"管凡夫略带良心地提醒管俗子，劝他做事要适可而止。经他们手的青年男女那么多，他压根儿不知道明玉的事情，但他知道弟弟的操作手段。

“哥，你放心吧。”管俗子内心有些反感管凡夫的啰嗦，他把头扭向阳台，坐在阳台的真皮秋千上轻轻摇晃。

“回头让潘波做个统计，哪些女人愿意继续留在中国，就随她们去吧，赚的彩礼钱我也不要了，算我补偿她们的；不愿意的，就让她们回家吧！”管凡夫就是有这种本事，本来坏事也是他组织的，到头来却落得跟好人一样。正因如此，杨潇璇对他爱得死心塌地。

“哥，你说收手就收手了？网撒开了，能说收就收吗？哪有那么容易的事情！从上到下，那么多人，你直属的能管得住，其他人能管住吗？”

“这钱我不赚，难道还有人逼着我赚吗？”管凡夫不解。

“你太小看乡村小老百姓的力量了。基层的力量是难以估量的。他们好不容易发现生财之道，你说停就能马上停？”管俗子笑管凡夫纸上谈兵，根本不清楚一线业务的具体情况。

“以前的事情就算了，往后别再‘招工’了。我已经跟你说过了，钱是永远赚不够的，缓缓再说。”管凡夫这样交代弟弟。

“知道了。这事儿你也别管了，很多人不是你在A国公司的员工，能时时刻刻听你调遣。很多只是配合你工作的老百姓，事情到这一步，走到哪儿算哪儿。这都是命，怨不得谁。”管俗子说的也是实话。

这时，杨潇璇走了过来，拍了拍管凡夫的肩膀说：“管，你放心，这件事交给我来办，都是女人，谁不想到最后好好过日子？不过，不是谁都能像我一样能有这么好的归宿。”杨潇璇看着管凡夫，她有东南亚女人奔放的性格，说起情话来也不害羞。

管俗子一脸不屑，心想这时候都过来装清高、装好人了，关键是你俩也不是啥好货！万恶的源头难道不是你们吗？要不是看在裙带关系的分上，老子早想自立门户了。他心里这么想，嘴上却说："哥嫂，你们是得了便宜还想卖乖。这两年，天桥中介这块业绩有六成都是我做的。"

管俗子望着窗外的天空，乌云密布，层层叠叠，憋着一场大雨。天桥这些年风风雨雨走过来，最大的坎儿就是管凡夫婚礼当天那档子事儿。如今过去几年了，也不见中国警方有什么动静，估计是知难而退了吧。本可以胆大包天地在保护伞下放心赚钱，管凡夫却提出要退出天桥。

"你没有入股，我的六成都给你。等你结了婚，再多给你一成。我和你嫂子再过两年就洗手不干了，打算带着你侄女去欧洲定居。"此时，管凡夫和杨潇璇已经有了女儿小花，长得十分可爱。他算了算这几年手里的几个大项目，赌场、洗浴中心、夜总会、婚介、直播骗钱的各种APP，光这些纯收益少说也有60亿人民币了，是该洗手了。用这些钱来做些慈善，给小花积点儿德。他信佛，有时候想想，还是怕遭报应的。

管俗子就此沉默，他还是有几分惧怕和敬畏管凡夫的。

后来，杨潇璇让潘波查询被倒卖过五次以上的人员名单，其中就有明玉。杨潇璇对潘波说："卖了这么多次的女人，她们愿意回A国就想办法给她们提供方便，让她们回家吧。如果是在风月场所，在别家干的，给老板些钱买回来，让她们从良。要是咱们自己开的，直接放回去算了。"

第五十四章
伤害是不可逆的

当管凡夫手下的人找到明玉，让她回老家过正常生活的时候，明玉却表示不回去了。她说在夜场做“夜之蝴蝶”，既能每天打扮得漂亮体面又不愁吃穿，比跟穷山沟里的男人结婚好太多了。那人点点头，看着一身露背裙衫、一脸浓妆的明玉，笑着说还是你想得开。

实际上，不是她想得开，是她感染了HIV病毒。麻绳专挑细处断，厄运偏找薄命人。明玉刚得知这个结果的时候内心一震，恐惧了两天，随后就坦然了，反正活着也没意思。

人之将死，都会回首前尘路。有时候，她还是挺思念张晓峰的，那是唯一一个把她捧在手心里给予她温暖的男人。她忘不了他给自己熬鸡汤的那个夜晚，小屋里飘着袅袅的水蒸气，弥漫着温暖的香味。两人相互对视着，不说话只会笑，这种感觉美好而温暖。她曾有过一个家，如果她就那样安安稳稳地过下去，也许真会有新楼房住，会有大电视看。是自己不知道珍惜，既要也要，欲壑难填。如今，说什么都晚了，永远也回不去了……

张大锤夫妇被分别判处有期徒刑20年和17年，连带张晓峰的姑姑也参与了这次行动，拿了5000块钱的好处费，也判了8个月的有期徒刑。宣判的这天，张晓峰先是在家门口放了一挂10万响的鞭炮，又给自己买了一瓶白酒，就着花生米喝得烂醉，在院子里又唱又跳，跟精神病人一样。他不过是借着疯癫的行为抚慰苍凉的过往。

村里人本以为张晓峰会就此罢休，但是大老爷们儿既然强硬起来了，就要活个痛快。参加庭审的时候，他听说了张大锤的上线是潘波，潘波的上线是管俗子，而他们共同的领导是管凡夫。他们身居在A国首都，一切罪恶的根源正是他们，而且他们拿的才是大头。张晓峰认定要找到明玉，就得从他们那儿入手。

张晓峰拿着手里最后三万块钱，抱着必死的决心，坐上飞往A国的航班。也许是有什么预感，临走之前，张晓峰在镇上的饺子店买了一碗羊肉饺子，去给母亲上了坟。母亲生前最喜欢吃羊肉，可家里钱不多，她连猪肉都很少吃，每天就是弄点猪油煎豆腐，然后再放一把粉条，把白菜剁吧剁吧包个素饺子吃一吃，就很开心。她省了一辈子、忍了一辈子，却没吃上她最喜欢的羊肉饺子。最后，她的死给家里带来四十多万元的意外之财，可惜爷俩都不成器，不会管理，已经花得所剩无几了。张晓峰把饺子带到坟前，在那里跪着和母亲说了一会儿话。

“妈，儿子来看你了。儿子不孝，生前没让你吃顿好的。结婚，也没带媳妇来看你。不是我不来，我是……怕你看见了心里难受。儿子不争气，娶两个媳妇儿都跑了，也没给咱们家留下一男半女。后来我才知道，她们能跑是因为前边有人拐卖，后边有人策划，村里人怂恿下套，这样，他们才能从中赚钱。妈，儿子㞞了这么多年，他们敢坑我，是看准了我不能拿他们怎么样；他们敢坑我，是看我性子软好欺负；他们敢坑我，是钻了法律的空子。我爸从小教育我多一事不如少一事，我不惹事，可事偏偏来惹我，我不害人，可人偏偏来害我。我以为，我对自己的女人好，她就会念我的好、记我的情。可是……可是她们根本不是真的喜欢我，不是真的想跟我过日子……妈，你说，他们这么坑我，儿子这次就偏要硬气一回，要当个真正的爷们儿。要不，他们不把我当个人看！”张晓峰边说边流泪，抽泣了半天，向母亲告别，“妈，我走了，我去把你的儿媳妇明玉找回来。你保佑我！”

第五十五章
漂洋过海来看你

张晓峰说到做到，真的来到A国。这个初中毕业、连市区都没出过的男人，竟然敢义无反顾地踏出国门。张晓峰这一举动，让周围的人都敬他是条汉子。村里女人边骂着身边的男人薄情，边羡慕明玉能找到这么有情有义的男人，能这样在乎自己的老婆，即使跟着他吃苦受穷也值了。

张晓峰出发的时候买了瓶一块钱的杂牌纯净水。一路上，他拣最便宜的东西吃，喝水就到公共洗手池，用纯净水瓶子装些自来水喝。查询火车、飞机时刻表时，他经常像只被樟脑球熏晕的蚂蚁一样到处乱撞。他突然想起来，鼻子下边还有张嘴，不懂就问嘛。他就这么跌跌撞撞一路折腾到了A国。张晓峰不知道未来等待他的是什么，似乎有一种无形的力量推动着他非去不可。

从踏上这片陌生的土地开始，张晓峰就感到异域风情扑面而来，湿润的空气和干燥的北方截然不同。他木然又新奇地看着街头广告，站在狭窄的十字路口，看着成批的摩托车大军，想问路，却不知该如何开口。听着周边陌生奇怪的语言，张晓峰生出一种被抛弃的无助感。这场跨越国境的旅程究竟是千里寻妻，还是千里寻仇？

有个小贩看出了张晓峰作为外来者的茫然，于是拿着中文版地图向他兜售。他毫不犹豫地买了下来，上面居然标注着天桥集团的所在地距离他并不远。

来之前，张晓峰在手机上搜索了一大堆资料，也做足了功课，却不知道国内常用的导航软件在这里并不好使。他知道当地的摩的费用不贵，还能跑好远，就招手拦下了一辆。

“去哪儿？”骑手操着本地话问道。

“啊？”张晓峰一时语塞。

“去哪里呀？”对方改用汉语问道。常年做生意的摩的车司机都会说很简单的汉语。

张晓峰指了指地图上的天桥中心。

“啊哈哈……”对方立刻笑出声，然后张开五个手指，又画了一个圈，意思是50块人民币。其实足足坑了他35块钱。

张晓峰能够听得出来笑声中的嘲讽意味。看来当地人也知道这里干的是什么勾当。张晓峰也跑过车，觉得这个价格很贵，但还是跨上了摩托车。

张晓峰带着怒气，也带着些许理性走进天桥的大门。这道门在A国被称为“月老之门”，其实却是很多青年男女的“地狱之门”。

“你好先生，请问有什么可以帮到您？”经验丰富的前台小姐一看就知道他是中国男人，便用汉语问道。

“我找人。”张晓峰四下张望了一下，发现这里装修得金碧辉煌的。

“您是来相亲的吗？请问有预约吗？”前台小姐打算在电脑上查询一下。

“我来找我老婆，明玉！让你们老板出来！”张晓峰极力压抑着心中的怒火。他想让明玉给自己一个明确的交代，如果跟他回去，那他们还是一对劫后夫妻；如果不回去，他也算死心了，从此不会对任何女人动心。

“这位先生，如果您是来相亲的，那么我们欢迎；如果您是来找老板的，需要提前预约。”前台小姐依然彬彬有礼。

“我约个屁！我想问问他，我老婆明玉现在在哪里？他必须给我一个说法！”张晓峰提高嗓门，喊出粗话。两名保安冲了上来，架起他直接把他扔到大街上。与此同时，一辆摩托车从张晓峰的身边飞过，差点就把他送走了。

“管凡夫，你给我出来！”张晓峰爬起来大喊，他已经不在乎死活了。“你个王八蛋给我出来，有本事咱俩单挑！你个孬种！”他没有其他任何办法和途径来解决这个问题，再加上被扔到门口差点丢了命，只能选择在楼下大喊大叫，宣泄着自己的愤怒。

没人理他，他就一直喊。他站在公司门口，保安也不好公开使用武力。管凡夫并没在公司，一个主管下楼把张晓峰叫到茶室里喝茶，询问情况。

主管名叫杨振业，在中国留过学，是杨潇璇的一个远房亲戚。他们走的是家族管理模式，凡是沾亲带故的都能混个主管，到年底多多少少都能拿些分红。

张晓峰好不容易有了个倾诉的机会，毫无保留地说起了自己的故事，说到伤心处，眼泪不争气地往下流，连杨振业听了都有些动容。他给张晓峰订了景区附近的哈诺依酒店，意思是既然来了，就在A国好好玩两天，还劝他万事想开点，他和明玉没有登记结婚，从法律上说就是同居关系，一方想走也无可厚非。这事儿，想不通也得想通，否则就是自讨没趣。他在这里大吵大闹解决不了问题，如果报警，肯定抓的是他。被杨振业这么一说，张晓峰顿时愣了神。事实确实如此，他无法证明明玉是自己的老婆，两人甚至连张合影都没有。

杨振业看出张晓峰就是个乡巴佬，便说：“算了，往事翻篇吧，该过去的都过去了，人要往前看，别回头。这样，我明天跟领导申请一下，你大老远地来了，挺不容易的，看能不能请你吃个大餐，带你玩玩，散散心什么的……”

“我不要吃大餐！我来不是为了吃大餐，更不是为了玩！我是来找老婆的！”张晓峰突然清醒了，站起来踢倒凳子，朝那个主管大声嚷嚷，唾沫星子都喷到了他的脸上。

“咚！”一记拳头打在张晓峰的鼻子上，鲜血瞬间横流。但他不在乎，用袖口擦了擦鼻血，冲上去就要跟杨振业拼命。

“咚！”又是一记拳头打在张晓峰的眼角。杨振业活动了一下自己的肘关节，拍打了一下身上崭新的短袖衬衫，用高傲的眼光逼视着张晓峰。天桥婚介的人可不是吃素的！换句话说，天桥，就是一个吃人血馒头才能走到今天的机构。

第五十六章
爱无葬身之地

“还敢在天桥门前要无赖？知道我们是干什么的吗？给你脸不要，既然这么不识抬举，信不信我让你有来无回？”杨振业仰着头用余光瞄向张晓峰。

张晓峰刚想爬起来，三五个汉子就围上来又是一顿揍，直到他瘫软在地，连连咳嗽，吐出一口血痰。

“再不滚，你就真的滚不了了。”杨振业不是在吓唬张晓峰。杨燔的生意还在做，卖一个人就像卖一条鱼那么简单。

张晓峰是典型的东北莽夫，挣扎着爬起来还想再战。

“卖了吧！晚上运走。”杨振业失去耐心地说。

几个手下直接拿着麻绳要绑张晓峰。这时，管凡夫来了。

“中国人吗？算了吧！”管凡夫并没有多看张晓峰一眼。他西装革履地从张晓峰身边走过，形成了强烈的反差。

“是，老板。”杨振业恭敬地答应，挥手示意放人。

张晓峰听到“老板”二字，顿时像打了鸡血。

“你就是这里的老板？”张晓峰转身冲过去，踉踉跄跄的差点摔跤，样子狼狈又可怜。

“是。”

“你就是管凡夫？”张晓峰瞪大眼睛。

“是的。你是谁？”

“你告诉我，我老婆明玉在哪儿？你让我见她一面，让我和她当面把话说清楚了，只要她亲口说不喜欢我了，我立马就走，绝不赖在你这儿找麻烦。要不然，我死也要死在这里！”张晓峰大吼，亮出了玉石俱焚的决心。

管凡夫定睛看了看眼前这个男人。他和其他来相亲的中国男人区别不大，唯一不同的是，他为人真实，并没有故意穿着名牌来抬高自己的身份。此时，张晓峰已被打得皮开肉绽，寻妻的决心却异常坚定。管凡夫突然生出莫名的感动，耐着心听完了张晓峰的故事，便命人去查找明玉的下落。

管凡夫得知杨振业已经给张晓峰订了酒店，又使专人带他去高档餐厅饱餐一顿。虽然物质弥补不了心灵的缺失，但奢侈的物质体验可以满足人性的虚荣。换作一般人，管凡夫不可能这么客气，全因眼前这个男人的故事着实令人心酸。

张晓峰第一次住酒店，还是个四星级的。洁白的床单、松软的枕头、干净的地板，还有优雅的摆件，让他如同置身梦境。房间里有隐约的香水味，让他有些不适应。他冲了个澡，觉得舒服多了，疲惫感和愤怒的情绪也消解了很多。果然，钱是可以治病的。

张晓峰不知道浴室边挂着的浴袍是用来干什么的。他拿毛巾的时候，浴袍掉了下来。他看见上面有两条袖子，觉得是件衣服。他觉得它不像现代人穿的衣服，但穿上后揽镜自视，又觉得是挺好看的。

既然管凡夫让他等消息，那就耐心等吧！张晓峰想着如果见到明玉，一定带她去吃顿好的，要把此前的误会都化解。如果她不愿意回中国，只要她能跟自己过日子，那他留在A国打工也是可以的，唯一担心的是怕她会问起女儿的事情。

“晓峰，你怎么来了？”是明玉。

张晓峰一回头看见了明玉的脸庞显得更加滋润了。

“我来找你啊！明玉，跟我回家吧！”

“你不要来，我们两个已经不是一条路上的人了。”明玉后退。

“胡说什么？你爱钱，我能理解。我们都爱钱。要不，我在这边打工？”

“你赶快走。再不走，你就直接来我这儿吧，我来世给你当牛做马。来啊……来啊……”明玉握住他的手，两人一起坠入无底的深渊。

张晓峰突然吓醒了。他不敢再睡，一种不祥的预感笼罩着他。

两天后，管凡夫查到明玉的消息，却不敢告诉张晓峰。因为，明玉死了。其实她死得不该这么快，是她自己不想活了。她杀不了害自己的人，也对不起爱自己的人，一生痛苦，一身疾病，愤恨与羞愧共存，失望与自责同体。对未来没有冀盼，也就丧失了生活的信心。

据说当时明玉万念俱灰，不吃不喝，跪在佛像前不断回忆往事，边回忆边忏悔。后来，大家知道她感染了HIV，也没人愿意来照顾她，只是定时给她送饭。但即便送来，明玉也不吃，只是双手合十跪在佛祖面前念念有词，边念边流泪，没几天就断气了。

明玉自觉没脸见家人，遗言就是向父母封锁死讯。她也没有托人给张晓峰留下什么话。从微信聊天记录看，她只和好友吴嘉妹提过张晓峰其人，说自己一生从没害过什么人，唯一对不起的就是张晓峰。她说全赖自己糊涂，不懂珍惜好日子，但人生没有后悔药可吃。和张晓峰刚在一起的时候，他给明玉买过一只手镯，她一直戴着，她托吴嘉妹把这只手镯随自己一起葬了。

管凡夫知道瞒不住，索性将实情告知张晓峰。他深知张晓峰是个犟种，脑子又轴，见不到明玉，他是不会善罢甘休的。

“兄弟，你要扛住。明玉她……死了。”管凡夫几乎是咬紧牙根说出这几个字。

“什么？”张晓峰顿时感到大脑一片空白，差点摔倒。

管凡夫扶住他的胳膊，安慰道：“兄弟，别太难过。她是得病死的，这也是没办法的事情。”

“什么病？”

“癌症。”管凡夫还是有所隐瞒，“你节哀。我知道，人是从我这里嫁给你的，我……应该补偿你。这是200万元人民币的支票，你拿着，回国可以取出来，再娶个好女人好好过日子吧！往前看，别回头。在这件事上，算我欠你的。”管凡夫愿意出这笔钱，是觉得这样深情的男人应该被善待。

迎娶A国新娘的男人那么多，大多数人对她们是没什么感情的。他们建了很多群，聊的都是怎么管住A国新娘，以防止她们逃跑。有的用铁链拴住，有的尽快让她们怀孕，有的很想得开，只要生下孩子，随她们跑到哪里都不管了。他们在群里交流心得，甚至比较谁花的钱少，根本没有拿她们当自家人。新娘跑丢之后，丈夫能跨越千山万水过来找的也不是没有，大多是找上门要赔偿的。像张晓峰这样豁出命来不要钱只要人的，管凡夫还是第一次见到。在他眼里，张晓峰是条汉子，值得这两百万元。

张晓峰对管凡夫提出来的赔偿置若罔闻，只是问：“她埋哪儿了？我想去看看她。”

“看看也好。小赵，开车带张先生去落凤山，路上开稳点。”管凡夫吩咐道。

“是。”司机回答。

第五十七章
苍凉

落凤山是个风景秀丽的所在。张晓峰面容憔悴地坐在车上，无声地垂泪。车子绕了几条山路，驶到明玉坟前。这里埋葬了明玉的狼藉岁月和一颗逞强的心。至死她都伪装出一副坚硬的躯壳，自欺欺人地告诉自己不会再回头，也不会再连累任何人。

张晓峰叹了口气，对司机说："你先回车里吧，我想和明玉单独说说话。"

见司机走远，张晓峰扑通一声跪在明玉坟前，无所顾忌地大哭。那哭声惊天地泣鬼神，其中有自己对明玉的感情，也有自己一辈子的委屈。

"明玉……你好狠的心啊！扔下我就那么走了！你不管我也就算了，连孩子你也不要了……"张晓峰泪成汪洋，止不住地往下流。

"你为什么不信我？我是冤枉的，我没有其他女人，真的没有！"他太想解释清楚了，即使明玉已经听不到了。

也不知哭了多久，张晓峰一转身，发现身后站着一个女人，把他吓了一跳。她正是吴嘉妹，也是来看明玉的。

"你是……明玉的家人？"吴嘉妹问。她以前做过直播，会说一些中文。

“她是我老婆，你是谁？”张晓峰问。

“你是张晓峰？”

“是啊，你怎么知道我？”

“我是她的朋友，她和我提起过你。这个镯子是你给她买的吧？”吴嘉妹递上一只有些发暗的银色镯子，质地很薄，不值钱。

“这个镯子怎么在你这里？她临走前，有没有留下什么话？”张晓峰看着吴嘉妹，眼中升起一丝期待。

“她跟我说，她对不起你。走前，她想见你呢，可是觉得自己得了不干净的病，怕见你的话，让你伤心，就让我把这个镯子和她一起埋了，也算有个念想。我没有听她的。我总觉得你会找过来的。等你来了，让你亲手把这镯子给她。”吴嘉妹说着，眼角不觉流出泪水。

“不干净的病？什么意思？不是癌症吗？”张晓峰不解。

“癌症？不不，是……是HIV。”吴嘉妹难堪地说出来。

“HIV？”张晓峰从来没听说过这种病。

“中文好像叫艾滋病。明玉，我，我们所有经由天桥去中国的女人，命运都不在自己手里。他们把我们骗到哪里就是哪里，是没有选择的。我们不敢反抗，因为到处都是他们的人，弄不好会被卖到园区，那就一辈子出不来了。他们原来骗明玉说，带她回A国老家，结果却被安排去做夜总会的小姐。”吴嘉妹哭着说，一半哭明玉，一半哭自己。

吴嘉妹原先是阿兰手下的员工，随着管凡夫的势力越来越大，阿兰的业务被他吞并了，吴嘉妹又转到天桥集团。管凡夫设计的相亲直播平台比阿兰的流程更精密。

首先，管凡夫组织大量营销水军在幕后刷礼物，把主播捧为人间极品，男粉丝会不自觉地被激发出一种亢奋的状态，不刷个两三万元都不好意思在直播间说话。为了彰显存在感，一些工薪阶层的男粉丝也忍不住刷个游轮、火箭之类的礼物，希望借此获得美女主播的关注和致谢，有幸还能得到一个飞吻。如果刷的礼物足够多，并有幸进入平台的前10名，主播会主动私信，邀请加个人微信。这时，平台会收取999元人民币的“牵手费”，貌似不太贵，只不过，这才只是开始。

管凡夫从杨燔那里获取了专门监视手机信息的技术，每位主播只能用规定的手机和“客户”联系，否则会被剁掉一只手。从牵手成功，顾客刷的每一笔钱都是主播和管凡夫一九或二八分成。

吴嘉妹长相清秀可人、笑容甜美，很多中国男粉丝甘愿给她刷礼物，以获取她的联系方式。她就像一个中心点，四周的男人需要借助她散发的温柔光芒获得温暖。

起初，吴嘉妹会时不时给牵手成功的男粉丝发个信息，诸如早晨就发“早安，昨晚休息得好吗？想你的一天开始了”；中午则问对方“吃饭了吗？要照顾好自己的身体哦”，这类关切的问候，让对方觉得自己很有存在感。这些男人也会时不时地给吴嘉妹发个红包，而吴嘉妹谨遵公司规定，客户发的红包不能马上收，或是不能每次都收。管凡夫非常了解人性以及男人的心理，如果马上收下红包，会给对方留下“捞女”的印象。所以，女主播还会时不时劝男粉丝，说这年头赚钱不容易，还是要勤俭一些；说自己只想一心一意找个老实人嫁了，过简单平淡的生活；说自己暂时不缺钱，需要的时候再跟哥哥说。所有的善解人意、关心与温暖都是在为下一步做铺垫。

随着深入沟通，吴嘉妹会说父亲酗酒，家暴母亲，母亲最后受不了离家出走，从此只有奶奶对她好。奶奶含辛茹苦地把她抚养大，自己是一只从小在担惊受怕中长大的小猫咪，此生最大的愿望就是有一个安稳的家。此时，男粉丝肯定心疼得不得了，有的给她发红包安慰，更有上头的会计划随时飞到A国和她见面。他们完全想不到，吴嘉妹口中悲惨的家世是公司开会讨论后策划好的。当然，针对不同的目标客户，文案和营销方式各有不同，目的就是把如饥似渴的男粉丝一步步套牢，再在“忠粉”中挑选具有资金实力的进一步掘金。

第五十八章
因为付出，所以深情

“宝贝，你的家庭和我的家庭竟然这么相似，真是同是天涯沦落人。”85后大龄青年薛志刚在宿舍上铺流着泪和吴嘉妹聊得热火朝天。

“老公，你别太难过了。都是我不好，说自己的事情，影响了你的心情，我希望你每天好好的，我爱你。”吴嘉妹的手机下载了中A两国语言互译软件，是公司专门定制的。虽然说出来的话很肉麻，但架不住对方已经被激情冲昏了头。

两人这样卿卿我我聊了一个月左右。熟悉之后，吴嘉妹会按照公司流程和其他主播展开PK连线，双方会各自召集目标粉丝充值刷礼物，主播们在PK中不断给粉丝无限期许，对方则在虚拟世界获得无限满足感。主播们偶尔还会发一些小猫呆萌的表情包，配上求打赏的文字，索要各种名义的红包。只要她们有创意，每天都可以是节日：相识第十天、第一次叫“宝贝”的纪念日、第一次成为“榜一”的纪念日、开播满月日、开播半年庆……薛志刚的口袋就这样被慢慢掏干了。

“宝贝，真没钱了。这个月还没发工资呢！”薛志刚似乎察觉到了吴嘉妹的变化，可换个角度想，既然是恋爱关系，女方要钱也很正常，她打PK不找自己，难道还让她去找其他男人吗？再说了，谈恋爱哪有不烧钱的？于是，无数的薛志刚就会四处借钱，去网贷，透支信用卡，节衣缩食，从牙缝里抠出费用，继续支持自己的“老婆”。

再过一段时间，吴嘉妹掐准薛志刚发工资的日期，谎称自己“奶奶”重病，急需救命钱，少则五六千，多则一两万、三四万，更有甚者会直接给女孩打十几万。因为不转账就没法证明自己是真的爱她、愿意守护她，既然没有诚意，见面也就遥遥无期了。大部分男人觉得前期已经花费了那么多，好不容易建立起感情基础，不甘心功亏一篑，只能咬紧牙关想办法拆东墙补西墙地硬抗。

因为付出，所以深情，因为深情，便更加迷乱。

好不容易七拼八凑把“救命钱”转过去，吴嘉妹会很长时间不与对方联系。如果微信上问，就说在照顾奶奶没时间；如果想视频，就说在医院太忙了，没有心情，敷衍几句就挂了。被骗者必须经过脱皮一样的疼痛，才能醒悟过来，却为时已晚。报警压根儿没用，骗子的APP服务器在境外，根本不受国内监管。

如果有男人为了和主播见面，直接找到A国也不用担心。那就正常和他聊天、吃饭、逛街，反正这些也有提成。在管凡夫指定见面的饭店，女主播会夹起一块鱼肉，弄掉鱼刺，一小口一小口地喂给男粉丝吃，弄得对方浑身酥软、得意忘形，结账的时候却被告知一盘烤鱼998元人民币、一碗炒河粉196元人民币；女主播还会邀请对方一起小酌，男粉丝当然趋之若鹜。接着，他们就被领进指定的清吧，一杯鸡尾酒600元人民币，要是有所质疑，几个彪形大汉就会围上来。最终，这些男粉丝都会迫于无奈，老老实实地交钱走人。

这些勇闯A国的痴情汉，要么被榨干，要么“被园区”。他们如同待宰的猪羊，一层层的圈套早已经设计好了，就等着“货源”走过来掉进去。说白了，凡是通过直播来这里见面的男人，不让他们一次性回到解放前的日子，是不可能把他们放回去的。

吴嘉妹的业绩相当突出，她手机客户中，有在工厂打工一个月五千块钱的，也有纯属找乐子的土豪。

做了几年的直播后，吴嘉妹碰到了一个中国钻石王老五，他叫原銮。他说妻子已经去世两年了，看直播喜欢上吴嘉妹，因为她长得像他已故的妻子。如果她愿意嫁过来，他一定会像对待正妻那样对她，有着享不完的荣华富贵。吴嘉妹虽然通过直播赚了些钱，但是找个好归宿一直是她的终极追求。

对此，吴嘉妹心动了。

那人动不动就给吴嘉妹成千上万的红包，而且从日常发来的视频以及平时他出行的豪车、吃饭应酬的地方来看，对方非常有钱。她不甘心自己忙到最后大部分的辛苦钱都被公司卷走，再这样干下去，是看不到什么希望的，青春浪掷，时间不等人。如果遇到合适的男人，她还是希望能尽快上岸，有个美好的归宿。

一次，吴嘉妹与原銮视频的时候，吓了一跳。他的豪华别墅至少有一千多平方米，偌大的客厅，华美的水晶灯，简约典雅的北欧家具，华丽的地毯，好几个穿着围裙的佣人，还有大金毛狗在壁炉边慵懒地打着盹儿。这么殷实的家庭，真的是她一个A国小女子难以企及的生活。

“来吧，宝贝老婆，我的余生里只有你了，只有你能抚平我内心的伤，给予我温暖和爱，我需要你。”原銮的声音浑厚而深情。

吴嘉妹进退两难，因为公司有个规定：主播靠公司的平台赚钱及向外套取规定范围内的现金都可以，但是退出平台是要交违约金的，一般是所赚工资的十倍。当然，也是有协商余地的，可即便一口价，也绝不会低。所以，这些美女主播上车容易下车难，想甩手就跑是不太可能的，必须等到合同期满。管凡夫的后台不好惹，后果她们都很清楚。

吴嘉妹当然不可能对原銮如实交代，只能说娘家开口要八百万的礼金。

“我知道我爸要得有点多，他就是个酒鬼！我恨自己生在这样的家庭，我恨自己。”吴嘉妹把自己的祖宗十八代连同自己骂了个遍，才觉得不像在演戏。她满脸泪水，把自己都哭得相信了。

“老婆，你别哭，眼睛哭肿了就不好看了。不就八百万嘛，我给就是了。这是我对你的爱！也是我坚定的心！我要你！”原銮和吴嘉妹连面都没见，就直接痛痛快快要了个账号转了八百万过去。

原銮根本不在乎吴嘉妹是不是在骗他，有钱人花钱买个开心很正常。钱能买来快乐，当钱花到一定金额的时候，还能买来真心。什么样的结果，原銮不在乎，因为他同时也在欺骗吴嘉妹。

“真是够土豪的！”当吴嘉妹看到巨资到账，开心得要疯了，这哪里是八百万啊！这是她吴嘉妹今后荣华富贵、锦衣玉食的幸福人生！这还没见面呢，都愿意花这么多钱，这才是真的爱你。无论何时何地、哪个国家、哪个人种，吴嘉妹都认为，一个男人只有愿意为女人花钱，才是真爱，其他都不重要，这是基础，也是铁定的衡量标准。不是哪个男人都愿意为你花这八百万的，就算是自由恋爱也不一定会，再有实力的男人，也总要有所考虑，除非这就是真爱。吴嘉妹觉得她应该紧紧抓住这次机会，机不可失，时不再来。

第五十九章
我下半生的幸福

“给你转过去了！”吴嘉妹对管凡夫说这句话的时候，趾高气扬。她当骗子当够了，终于要从良了，可以脱离万恶的公司，迈开轻盈的脚步奔向她的新生活了。有钱就是有底气，吴嘉妹办理了护照，带齐所有证件飞往中国，飞向那个如意郎君的怀抱。

在飞机巡航的时候，吴嘉妹看着远处的天空，清净、明朗。她第一次觉得自己那么舒心，那么自信光彩。

她和原銮经常视频，所以在机场一眼就认出那个捧着一束纯洁白玫瑰的男人。随即她迫不及待地飞奔过去，不顾一切地亲吻着这个老男人。

吃过饭，原銮并没有把吴嘉妹带到视频中的豪宅，而是把她领到另一栋小别墅，说这是他的另外一套房子，由于这里离公司近，就先住在这里。吴嘉妹没有多想，她也有被幸福冲昏头脑的时候。

人，终归是情绪动物。

“宝贝，你那么年轻漂亮，又那么有活力，你能看上我，能飞过来见我，我真的是太荣幸了！”吴嘉妹的身材和皮肤本就是极好的，在A国女人里算百里挑一的极品了。原銮看着面前这个娇滴滴的女人，内心狂喜，如获至宝。

“老公，不要这样客气，我们会成为一对幸福的夫妻。”吴嘉妹的中文已经说得相当不错了。

是的，吴嘉妹是真的冲着婚姻来的；而原銮则不是，他是为了在吴嘉妹身上找回逝去的青春，获得生活中的原动力。

吴嘉妹和原銮共处了一个月以后，她觉得两人也没有什么不合适的，原銮除了年龄大一些，其他条件都不错，身体也保养得非常好。于是，她提出结婚，可原銮总是找理由推辞，不是今天公司忙，就是皇历上不宜嫁娶，死活不接结婚这个茬。

吴嘉妹本来就是骗子出身，很快起了疑心，并发现原銮的妻子活得好好的。

“你个老混蛋！你个渣男！骗子！你骗了我！”

“我承认我是骗了你，我说我老婆死了是假的，但我对你的心是真的呀！而且我给了你那么多钱，你该知足的，我们各取所需，不是很好吗？”

吴嘉妹一顿哭闹，原銮颇下了一番工夫去安抚。他们之后的感情生活并不幸福，但也没分开。吴嘉妹一边留恋着奢华的生活，一边担惊受怕地做着原銮的情人。她渐渐接受了这样的生活，每天锦衣玉食，挥霍着仅有的青春。

好景不长，原銮的妻子还是知道了，领着一帮人找上门来，要当众扒光吴嘉妹的衣服。

“你个臭不要脸的婊子！给我脱了她的衣服游街去！”原銮的糟糠之妻辛辛苦苦一路陪男人打下大好江山，怎么可以就这样落入别的女人手里？她气势汹汹，恨不得把吴嘉妹一口咬碎吃了，连骨头渣都不剩。

没有人会同情一个情妇，还是一个无依无靠的A国情妇。吴嘉妹跪在地上哆哆嗦嗦地求饶，却无济于事，眼看她就要被人扒掉衣服侮辱。所幸，原銮赶过来拦住妻子，好说歹说稳住他们，让吴嘉妹趁机逃走。

为了保证妻子那边不再生是非，原銮当场承诺把给吴嘉妹买的别墅，送给妻弟做结婚礼物，并给吴嘉妹买了机票，当即让她回国，这才让她真正摆脱危险。

吴嘉妹一路上惊魂未定，并在A国新娘群里提醒其他姐妹，不要轻易跑到中国去见男人。她和明玉就是在微信群里认识的，因为聊得来，成了朋友。同是天涯苦命人，吴嘉妹亲眼看到明玉的死，很是悲伤。如今见到张晓峰，又想起往事，不禁再度落泪。

“原来是这样！明玉就是被管凡夫他们害死的。”张晓峰终于把事情弄清楚了。他内心升腾的怒火再也抑制不住，就要喷发了。

“其实，我们也该反思一下自己。要是不那么虚荣，抱着嫁一个男人挣些钱，再嫁一个男人再挣些钱的心思，也不会落到这个下场。”吴嘉妹终于明白欲望和邪念是让人走向罪恶和苦难的根源。

“明玉，你受苦了，怪我不能保护好你。你在这里等我，我很快回来。”张晓峰一刻也等不及了，他要找管凡夫他们好好算算这笔账。

“把镯子给我吧！我等会儿过来，再把镯子埋到这里。”

吴嘉妹看着张晓峰远去的背影，猜到他要去干什么，可这无疑是鸡蛋碰石头。

“晓峰哥，你要干什么去？”

“我去找那个姓管的算账，让他们血债血偿。”

“你疯了？他们有枪，黑白两道通吃，你根本就动不了他们！”

“我管什么黑的白的！今天我要白刀子进，红刀子出！”张晓峰一辈子善良温柔，在别人看来，这可能是窝囊，而此时此刻的狠不是做给谁看的，是不带一丝虚伪的，只是为了对得起自己。

吴嘉妹望着他远去的背影，知道他也许再也回不来了，也许会被那帮恶魔卖到园区，再不然就是命丧黄泉。吴嘉妹想再劝劝，但这个时候的张晓峰已经什么都听不进去了。

第六十章

让你感同身受

张晓峰揣着那只银镯子上了车，平静地对司机说：“回天桥。”司机也没多想，直接将他带回天桥。

张晓峰下车后并没有直接走进天桥的大门，而是往北走了一百多米，在一家超市买了一把长长的匕首。

司机远远看见之后，电话通知管凡夫。

“老板，我拉这小子回来了。他在超市买了把刀，您可千万注意安全。”

不出所料，张晓峰这次是进不去天桥的大门的。保安拿着电棍震慑着他。

“管凡夫，你给我下来！你他妈坑中国人！你这个杂碎！不是听说你挺牛×吗？你怎么不敢下来啊？真有本事别当王八，你下来看我把脑袋给你敲碎！”张晓峰只能扯着嗓子喊着。

“老板，我去电了他，把他解决了吧？”杨振业问。

“不用，不过就是个脑子轴、精神不太好的痴情莽夫，让他骂吧，出出气也好，骂累了，自然就回去了。”管凡夫并不在乎，倒是管俗子有些紧张，他要顾及天桥的名声。

“把他给我绑在石头上扔进河里喂鱼。”管俗子狠狠说道。

“犯不上。他也是个可怜人，你看脑子轴得连钱都不要，你就让他出出气能怎么样？”管凡夫佛系得很。

张晓峰骂累了，坐在台阶上大口地喘着气，手边也没有口水喝，口干舌燥。这时，杨潇璇开车带着小花过来了。她妆容精致，穿着CHANEL长裙，一身贵气。小花一身橙色的连衣裙，打扮得像个橱窗里的洋娃娃。她们准备去朋友的会所聊天、喝下午茶，正好朋友家的小孩跟小花一般大，约好一起玩。

杨潇璇根本不知道发生了什么，也没有留意台阶边坐着个“要饭的”。她觉得阳光太刺眼，正好路过公司，想起自己有个墨镜落在这边，便开车过来取。

“老板娘好！”保安恭敬地向她致意。杨潇璇喜欢说中文，所以，员工也都用中文问好。

这声“老板娘”张晓峰听得很清楚，脑子里突然冒出个可怕的想法：杀不了管凡夫，那就杀个你身边的人。我的枕边人死了，你的枕边人也要死！丧失理智的张晓峰趁杨潇璇戴上墨镜的那一刻，疯子一样以极快的速度冲上去就是两刀。杨潇璇来不及反应，“啊”的一声倒在地上，鲜血扑哧扑哧地往外蹿。

张晓峰如梦初醒，看着布满鲜血、黏腥的右手赶紧扔下匕首。他惊慌地喘着粗气，头晕目眩，恨自己糊涂、冲动。但是，一切都晚了。张晓峰对杨潇璇刺的这两刀，是泄愤，是无奈，是血债血偿，是走投无路。小花在车内直勾勾地看着这一幕，和当年丁义宣目睹惨案的年龄差不多。她明显是被吓到了，不哭也不动。

保安直接开枪打死了张晓峰。张晓峰被子弹的冲击力打得后退几步，后脑勺重重地摔在地上，那只银镯子从口袋里甩出来，在平坦的地上转了一个圈，然后静静地躺在那里不动了。

“老板，不好了！太太被那家伙捅了两刀。”杨振业透过硕大的玻璃窗看到这一幕。

“什么！”管凡夫听见枪声后立刻冲下楼抱起杨潇璇。杨潇璇的鲜血沾到他身上，甚是鲜艳。

“送医院抢救！快！快！救人！”管凡夫大叫。张晓峰是拼尽全力捅的两刀，刀刀戳中要害，杨潇璇因为失血过多，没坚持到医院就咽气了。临死前，她坚持着最后一口气对管凡夫说：“管，管……”

“璇，我在这儿，我在呢。你要坚持住，坚持住，不要扔下我和小花。”管凡夫如今也尝到心碎和撕裂的滋味。

“收手吧！我们……带着小花，一起去欧洲。我爱你。”说到这儿，杨潇璇眼睛是亮的，眼中尽是对再也不可能看见的未来的期盼。

“好，我答应你，都答应你……咱们不在这儿了，现在就走，现在就离开这里。璇，你坚持住，你会很快好起来的，不要离开我，你不要这样，我们还要看小花长大，我们还要带她去很多很多的地方。璇，醒醒，你别睡，别睡，我求你了，我爱你，老婆，我爱你，不要丢下我，求你，别睡，不要，不要。”管凡夫哭喊着，撕心裂肺。

也许在这一刻，他才真正懂得张晓峰的痛苦。

管凡夫不甘心，坚持抢救杨潇璇，直到他看见心电图上那始终平稳的直线，才默许了放弃救治。管凡夫坐在医院的长椅上有气无力地拿着死亡证明书，突然想起他通过私立医院暗箱操作开具的假健康证明。为什么在这个时候想起这些，管凡夫不知道。但他想如果这张证明也是假的，该有多好。太有讽刺意味了，这张纸像是一张惨白的笑脸，笑管凡夫的今天，笑他自己亲手挖坑埋葬了亲人。善恶终有报，天道有轮回，万事皆有因果。这，怨不得天地，更怨不得别人。

此刻，管俗子抱着小花赶过来，家里的佣人、保镖、司机都来了。当然，杨燔也来了。他不容分说，直接提起管凡夫一把扔到老远。

“把我妹妹还给我！”杨燔掏出枪，指着管凡夫。

“你敢动一下试试？”管俗子也掏出枪，对准了杨燔。

“俗子，把枪放下，你别管，这是我欠下的债，这也是我欠你嫂子的命。”管凡夫爬起来，慢慢地走向杨燔，沉重地跪下来，然后把他手中的枪对准自己额头的正中央。

“请杀了我吧！我不是在逃避，我最爱的人被我害死了，我活着没有意义。她是我生命中最重要的女人，她为我而死，因为我愚蠢！我是个混蛋，我不是人！我不配活在这个世界上。请杀了我！”管凡夫一边重复着这段话一边扇着自己的耳光，泪水止不住地涌出，这绝对不是演戏。他哭着抬起头，祈求杨燔了结他的生命。他终于知道什么是生不如死。

杨燔看着眼前这个一心求死的人，突然不知道该怎么办了。

“舅舅，不要打爸爸。”小花突然哭起来。她抱着舅舅的大腿，求杨燔放了管凡夫。杨燔虽然是个草菅人命的十足恶人，但平日里很是疼爱小花，自己本就和妹妹相依为命，如今最宠爱的妹妹不在了，可管凡夫至少还是孩子的爸爸，小花需要他，即使他再混蛋，即使杨潇璇的死和他有直接的关系，只要孩子在，杨燔并不忍心真的杀了管凡夫。

话说回来，如果管凡夫把前来找事的张晓峰直接送去园区，或者让他直接在这个世界上消失，这一幕早晚也是要发生的，人生的一切都是有定数的，钱，财，物，生命，遇见的人，遭遇的事，小到感冒发烧，大到生老病死，一切都是因果和定数。靠非法手段获取巨额利润，靠行骗，靠自欺欺人……

早晚会有人提刀过来算清这笔账的。没有张晓峰，还会有下一个王晓峰、李晓峰，逃得了今天，逃不过明天，即使到了欧洲，到了天涯海角，只要你还活着，只要你手里花着罪孽的、肮脏的钱，就会有人找、有事找，意外随时会来临。

真是有讨债，有还债，无债不来；有善缘，有恶缘，无缘不聚。

管凡夫看着女儿，突然由无声地落泪转为大哭。孩子永远没有妈妈了，这是自己一手造的孽。

“杨老板，小姐是爱管先生的啊！他们平时感情有多好，你又不是不知道，不能啊，不能啊！”带小花的保姆这些年跟着他们生活，知道他们夫妻恩爱，杨潇璇的死属于“注定中的意外”。

杨燔的胸脯一起一伏，拿着枪的手剧烈地发抖，牙齿都快被自己咬碎了，却始终打不出子弹。

“去你妈的！”他悻悻地走了，非常后悔当初同意管凡夫和妹妹在一起，这让妹妹最后落个替死鬼的结局。但这就是杨潇璇的命。

第六十一章

遁入空门

“哥，求你了，真不行。你解散了天桥，产业都不要了，我能理解，哪怕你做俗家弟子在庙里住一段，养养精神，修身养性，我也能接受。可你不能真的出家啊！嫂子不在了，还有小花，还有我呢，咱们这个家不能真的就这样没了，我们可以给寺庙大笔的功德钱，捐资建庙、助学，建立慈善基金，为佛像重塑金身，再不够咱们就印经书，天天去放生，供养大和尚，让他们给嫂子做法事，让嫂子能往生极乐。哥！你想想咱爸妈，这怎么跟他们交代，你千万别冲动，求你了。”无论管俗子如何央求，管凡夫心如槁木，心意已决。

在A国，人死后是不能立即下葬的，和中国一样，要经历一系列流程和形式：用白色长条绸布捆扎成人形称为“白魂”，以使死者的亡魂有歇息之处；人们爬上屋顶唤魂三次；将一小盅糯米和三枚铜币塞入死者口中；死者穿衣，用白布缠尸入棺。棺木须在家中停放三四天，死者后代轮流坐在灵柩旁守灵。小花太小，不能长时间守灵，管凡夫为杨潇璇守灵三天，没有入睡。这里的葬礼依然遵循汉文化的五服制度，亲属根据亲疏身穿不同的粗布麻衣，俗称

“披麻戴孝”。

天桥和管凡夫管理的其他公司的员工统统穿上素服，送杨潇璇离世，与其作别。天桥本来是红灯高照的地方，突然以黑白两种颜色装扮，显得凄凉又萧条。

杨潇璇的葬礼盛大而隆重，花费不亚于他们的婚礼。管凡夫说：“婚礼被警察搞砸了，葬礼一定要最高规格，能有多贵，就有多贵，能有多大阵势，就要多大阵势。”他要让此生的挚爱走得风风光光。

葬礼当天，阳光出奇地好。

劳斯莱斯幻影车队缓缓在市区穿行，与周遭的喧嚣和略显破旧的街道格格不入。车队的到来引来无数行人的驻足与惊叹。抵达地点后，一群从当地最知名的古刹请来的大和尚身披袈裟，面容与仪态庄严，为杨潇璇念诵经文，作法超度。经咒声久久回响，让人感到肃穆和庄重。在场参加吊唁的人有不少知名精英人士，他们身着黑色服装，脸上挂着悲伤的表情，送别逝者，表达最深切的哀思与缅怀。他们表面上同情管凡夫，其中掺杂了多少过往的利益与人情因素，只有他们内心最为清楚。

整个仪式凝重而静谧，葬礼现场每一个细节都被精心布置，展现出对逝者的最高敬意和哀悼之情。随着大和尚的经文诵唱和随行乐师的悲歌哀唱，整个葬礼成为一场庄严神圣的仪式，让在场的每一个人都感受到逝者离去带来的无尽悲伤和哀思。

结束后，管凡夫在床上睡了三天三夜，除了喝水，什么都没吃。醒来，他将小花托付给弟弟照顾。管俗子一看他的样子，面色枯槁，苍老了十几岁，整个人的精神状态与当时的张晓峰相比，不相上下。

“俗子，小花交给你了，带着她去欧洲定居。等稳定了，可以让爸妈也过去。一家人在一起，不要再去赚钱了。咱们管家所有的资产分文不少都给你。

我……已经用不着了。”说这话的时候，管凡夫眼神空洞、面无表情。

其实他是记恨弟弟的。管俗子大批量拐卖A国女人的行为导致了张晓峰的悲剧，最终也致使杨潇璇意外离世。如果本本分分经营婚介生意，鼓励自由恋爱，正常男婚女嫁，既赚到了钱，也不会无端生出这么多悲剧。不过，现在说这些已经没有用了，祸根就是自己酿成的，恶缘是自己种下的。管俗子只是执行者，决策都是他拍板的。

如果不是杨潇璇的死，管凡夫根本体会不到家破人亡的滋味。他今天的富贵是建立在无数贫穷家庭的悲剧之上的。当初管俗子以招工的形式去骗人，他是真没谨慎地考虑到后果，那时的他是个没有心的人，或者说他就不是人，而是恶贯满盈的鬼。

如今，管凡夫生怕自己种下的恶缘会报应到小花身上。所以，他要出家，试图以这样自欺欺人的方式洗清罪孽，获得心理上的慰藉。

“还是尽量让小花离她的舅舅远点吧，以免招惹是非。”管凡夫痛定思痛，下定决心。当初，他觉得背靠杨燔就如坐上火箭一般，飞速直达人生的巅峰，有了这个靠山，就没人再敢打他的主意。那时，他得意、嚣张，继而默许了许多阴损的操作方式，一步步堕入深渊。如今看来，这现世报不早也不晚，若是继续作恶，将来有的是不要命的人找上门来索命。不仅是他永远不得安宁，唯一的女儿小花也将时刻面临和杨潇璇一样的悲惨命运。

“知道了，哥。我尽快办移民手续，带小花离开这里。”管俗子终于向管凡夫妥协。

“爸爸，我想妈妈。”小花眨着一对大眼睛看着管凡夫，她还不知道发生了多大的事情，所有人都告诉她，妈妈病了，在医院治病，可接下来的谎该怎么圆呢？

“小花，妈妈在很远的医院看病，过几天爸爸要过去陪她治病。你在家要听叔叔的话，平时要多吃饭，不要太淘气，不要总吃零食，也不要……不要总想爸爸妈妈……”

“不要，不要！你们要去哪儿？是不是不要我了？小花要妈妈，要跟妈妈睡……”小花说着又哭了。杨潇璇走后的日子，小花每天都哭。

管凡夫知道，这就是小花的命。

即使今后管俗子对她再好，她也永远感受不到来自父母的温暖了。如果管俗子结了婚，那么他的家也不再是小花的家。这样的遗憾是无法弥补的，从心理辅导或是朋友、爱人那里是找不到的。人不能跟命较劲，要学会接受命运安排。就像那些没有媳妇的中国男人，他们以为跑到A国来就有媳妇了。并不会！A国女人也嫌他们穷，也会找更富有的家庭，或是靠自己进行不断的“资源再利用”赚取更多的钱，这是现实。

小花，原谅爸爸。爸爸留在你身边，只会给你增加危险。爸爸离开你，你跟叔叔去欧洲，起码人身安全会得到保障。管凡夫心里这样想。

他突然想起老丁。在天桥第一次遇到大麻烦的时候，也是老丁冲在最前面，“以身殉职”保存了天桥的实力，得以让天桥有了以后蓬勃的发展机遇。如今，如果真的要再牺牲一个人，那就是自己吧！让弟弟带着孩子远走高飞，所有的罪孽与业障由他一人独自承担。

如此，管俗子纵有一千万个意见，也劝不动管凡夫。

管俗子叹了口气，抱着小花回到卧室，哄她睡觉。以后，他就要替哥哥尽到父亲的职责了，尽管他现在还不适应，但他必须扛下所有。

管凡夫吃了一个月素斋，在第二个月的初五，他焚香沐浴，走向几十公里之外的一座寺院。寺院占地5000公顷，规模最大的主殿能够容纳5000名僧众同时礼佛诵经，高几十米的建筑，往上看去需要把头仰成90° 角。殿中的柱子高耸入云，殿内则充满了质朴、平淡、宁静的氛围。没有精致的雕饰也没有过多色彩的调和，三座佛像都是黑褐色，端坐于莲花台上，雄伟、庄重，形态各异。上方各有一块牌匾，上面写着过去佛、现在佛、未来佛，刻有汉字的四个圆柱穿插在佛像之间，陈列整齐，圆柱光滑锃亮，每个汉字之间的距离相等，为这三宝殿平添了一份美感。

管凡夫，这个曾经意气风发的青年书生离开了中国，到异国他乡去淘金。这个看似儒雅仁义却内心狠辣的男人，这个看似尊崇道德却双手沾满罪恶血腥的罪人，这个看似对家庭负责却是灾难源头的祸害，离开了他日进斗金的天桥，也离开了他管理的其他肮脏产业的公司，离开了他价值不菲的城堡别墅，离开了他几十辆世界顶级的豪华轿车，离开了他和杨潇璇的温柔乡，离开了自己心爱的女儿小花。万事皆空，落得白茫茫一片。可是，真的离开就能干净了吗？

在主法大和尚及僧众给他念诵的经咒与法鼓声中，管凡夫的头发一团团地落下，他的心底还是有抹不去的忧伤，在梵音下，他换上了僧袍，从此作别红尘，六根清净，一切皆空。

来寺院之前，管凡夫给了庙里一笔巨额的布施，用来培福累德、洗刷罪孽。但是以罪恶与肮脏得来的物质，只会加速催化报应的到来。

“管凡夫，不许动！”这时，中国和A国的警察冲进了寺庙。

第六十二章

因嫌纱帽小，致使枷锁扛

管凡夫此时双眼紧闭，任由警察将他的胳膊扭到后面，戴上手铐。他知道迟早会有这么一天，即使他来到寺庙，也躲不过因果报应。

真是眼看他起朱楼，眼看他宴宾客，眼看他楼塌了。

管凡夫被押解着上了警车。这一次，是两国警方联合部署的统一行动，天桥中心以及管凡夫经营下的其他所有遍布A国境内各地的非法产业，在他被逮捕的同时全部被警方查抄。管凡夫表情从容、内心坦然，他以为管俗子此时已带着小花顺利地到达欧洲，沐浴在阳光下，在美好的城市中，在清新的草地上，安然享受着生活。他真的太小瞧管俗子的野心了，管凡夫阅人无数，最不了解的竟然是自己的亲弟弟。

在管俗子看来，作为经营了这么多年且资金、品牌及资源实力雄厚的公司，他是不甘心就此作罢的。不就是门口死了两个人吗？干这一行死人也是正常的，医院里每天都在死人。人为财死，鸟为食亡。如今，天桥这么好的资源，这么科学化的管理模式，别人学都学不来。多少人抢着要接手，以前是没机会，现在机会来了，管俗子不相信没人会接手这个公司。他开始找买家接盘。

找买家，参观公司，讨价还价，交接资源，筹集资金，股东商议……这些环节都需要时间。管俗子瞒着管凡夫，说是已经带着小花搭乘了飞往芬兰的航班。管凡夫是带着欣慰的微笑走向寺院的，脑海里已经出现小花在北欧简约的大房子里幸福玩乐的画面。谁知，因为晚走了一步，管俗子与警察“不期而遇”。中国警方赶到现场的时候，他正与另一个人谈判，准备把天桥转手卖给对方，手印都摁好了。他以为杨燔还会罩着这里，可杨燔如今是泥菩萨过河自身难保。因为他曾带领黑社会无恶不作，犯了众怒，A国各地受害群众联合起来举报了杨燔的黑恶势力，A国警方必须依法严惩，给A国民众一个交代。

至此，“天桥系”终于在余晖下落下帷幕。警方也根据天桥现存的资料查出很多A国女人被拐卖的线索，解救出不计其数的受害者。在这条线索中，曾经受害的沈铎和他喜欢并追求的A国女朋友黎盛琼一起随着公安机关给警察做翻译，黎盛琼更是以A国新娘的名义混在新娘群里摸清线索，为解救A国姑娘和阻止A国女人诱骗中国男人做出了很大贡献。这是意料之中的事情，但是，令人万万想不到的是……

“郑警官，你过来看一下。”技术科的年轻警察李威喊郑凤桐来看电脑。

“什么？”

“过来一下，这太狠了，保证能吓到你！”李威通过他们的电脑系统又发现了惊人的秘密。管凡夫的跨国婚介公司竟然和国内数量多到惊人的婚介公司有着很多见不得人的勾当。他们专做离婚女人及一些崇洋媚外女性的生意，诈骗了以罗馨怡为代表的成千上万中国女人的钱财。至此，警方又破获了国内诸多隐秘的跨国婚介诈骗案。

再之后，一系列罪恶被一一查实，触目惊心：婚介诈骗、拐卖妇女、非法开设经营境外线上赌博、组织卖淫嫖娼、非法持有枪支弹药、非法拘禁、绑架敲诈勒索、参与东南亚邻国园区买卖人口及电信诈骗、开设涉黄APP直播、参与毒品犯罪……之前，张晓峰案件及国内一系列类似案件审判之后，各地公安、检察院、法院分别上报了上级部门。最终，由相关最高司法部门联合办案，统一协调，由对外机构出面，经过周密的部署计划，再次和A国警方和对应部门进行沟通，联合打击并攻克了天桥集团，逮捕以管氏兄弟为首的境外黑恶势力组织，所有参与犯罪人员悉数落网。罪恶之深重、侵害范围之广泛、案件之恶劣、所涉及金额之巨大，堪称“亚洲第一案”。天桥旗下的所有资产，包括管凡夫引以为傲的城堡别墅和各类型限量款豪车……均被两国政府依法进行收缴。

而小花，这个在富贵乡里生长了四年的无辜女孩，会被送回中国，与她从未谋面的爷爷奶奶一起生活。

“小花乖，这是你的爷爷奶奶，你以后就要和他们一起生活在中国了，你是中国人，知道吗？爷爷奶奶年龄大了，所以小花要好好听话，你可以随时找警察阿姨。”一名年轻的女警察面对这个无辜的孩子极尽温柔，并将小花带到管凡夫父母面前。

尽管警察已经提前和老两口做了沟通，可第一次见到孙女的老人还是抑制不住内心的悲痛，抱着孩子哭了起来。他们捶胸顿足，但是再多的泪水也洗刷不掉悔恨。原来，自己的两个儿子都在干着见不得人的勾当，挣着黑心的银子。如今，他们是多么庆幸自己住的是老房子，没有拿着儿子的钱置办任何东西。否则，非法所得被收走，他们只怕会流落街头。

“警察同志，我的两个儿子会死吗？”管凡夫的母亲问得小心翼翼、心惊胆战。

“这个要等法院审判之后再说，现在程序还没走到那一步呢。您也别多想了，想了也没用。您老两口现在就把自己的身体照顾好，照顾好孩子，就够了。唉，想多了也糟心。”警察尽力安慰道。

十个月后，管凡夫被判处死刑立即执行，管俗子被判处无期徒刑，没收两人留在中国境内的非法所得32亿元人民币，其他在A国的资产由A国政府予以没收追缴。至此，长达九年的跨国婚介灰色产业链以及黄赌毒链条被彻底击灭。

判决后，管凡夫的母亲带着小花来看管凡夫最后一眼。

“爸爸，你什么时候回家呀？”小花问。

“爸爸，还要忙一些工作上的事情，估计最近回不了家了。”管凡夫强忍着泪水，不想给女儿留下童年阴影，她现在越来越懂事了。

“爸爸，你怎么那么忙呀？我们在A国的时候，你就一直忙工作，没时间陪我玩。到了这里，怎么还是忙？”小花抱怨道。

“是啊，爸爸空忙了一场，对不起你！”说到这里，管凡夫再也抑制不住自己的泪水，撕心裂肺地哭了出来。

“爸爸，别哭了，别哭了。我可听话了，现在白天都和小朋友在幼儿园玩，晚上和爷爷奶奶一起玩，可开心了。老师教育我们，不要缠着爸爸妈妈买很贵的玩具，他们赚钱不容易……”

小花的话句句扎进管凡夫的心里。明明靠着劳动所得，靠着脚踏实地的奋斗，就能一家人团圆幸福，为什么要千里迢迢，空忙一场，最后还搭上了性命？

真是“因嫌纱帽小，致使锁枷扛，昨怜破袄寒，今嫌紫蟒长，乱哄哄你方唱罢我登场，反认他乡是故乡”。

甚是荒唐！

“妈，我想回家！”管凡夫看着母亲和孩子，说了最后一句话。

“妈，我也想回家。”管俗子在另一间牢房痛哭流涕地跪下来说。他当然回不去了。

中国警方把张晓峰的骨灰带回他的故乡。

晓峰爹把儿子埋在祖坟那里。他很后悔，自己就这么一个儿子，为啥就不能多给他几句安慰，多一些关注呢？他小时候如果得到足够的爱，长大也不至于这样。如今，家里算是彻底没了后了。晓峰爹经常吸着烟在坟前发呆，一坐就是一天。远远望去，形单影只，很是悲惨凄凉。

但是，家乡的人却不这么说。

他们说：“张晓峰对老婆可好了，这个为了老婆敢独闯A国和黑恶势力单挑的汉子，就埋在这里。他是个狠人！哪个女人当初要是嫁给他，那可算是有福气，有靠山呢！”

后 记

《周易》第五卦需卦的卦辞曰："有孚，光亨，贞吉，利涉大川。"简短几个字，却蕴含了深刻的道理。

需卦，上接屯、蒙卦，亦言起始之艰难。

"需"实即"待"的意思，亦即"在"的意思，即《周易》中的"君子""大人"在何时当如何对待的问题。由于需卦亦乃承屯卦发展而来，故其虽困难重重，最后结局仍为"利涉大川"和"终吉"。

没错，我想表达的是两个字——等待。

物初蒙稚，待养而成。为此，守正待机，跨越十几年的时间，如今终于全部完稿。

十几年前，因缘际遇的巧合下，看到诸多关于某些地区跨国新娘乱象的新闻报道，便脑洞大开想到写一部这类题材的小说。时至今日，网上依然有铺天盖地的关于这些落跑新娘的负面舆论报道。这可以归咎为部分无良中介在这个产业上藏匿的灰色链条，大致的方式方法在小说里通过管氏兄弟和老丁的天桥公司的一系列操作进行了详尽的描述。书中的描写确实会有一些夸张的成分，毕竟小说是艺术作品的形式之一，有一些是来源于生活而高于生活的，但我要强调的是，还有一些是来源于生活而绝不高于生活的。因为，在真实的生活中，很多吊诡的、不可思议的、无法想象的事情，远比戏剧、小说要精彩得多。

虽然书中涉及的基本都是天桥中介的各种套路手法以及关于某些地区跨国新娘的反面案例，但在生活中不排除有很多跨国新娘嫁到中国以后，确实实现了自己的心愿，过上了相对幸福的生活。比如：河南临淇地区的一些新娘，为了让自己和家人的生活条件都能得到改善，甘愿在父母的安排下，嫁到河南。她们嫁过去以后，在当地经营小卖铺或者卖小吃、早点之类的营生，虽然背井离乡，但能够遇见体贴入微、关怀备至的中国丈夫，每天能经营着小生意还学习着中文，日子过得很是幸福惬意。这类群体显然不是通过拐卖、诈骗等方法被迫来到中国的，而是心甘情愿嫁到中国好好过日子的。2013年前后，有几十位某国新娘组团嫁到临淇，这一现象还被新闻媒体争相报道，向外界展示了她们在当地的幸福生活。当然，并不是所有来自那些地区的新娘都能够这么幸运，一如小说中所描述的，这类犯罪团伙曾遍布西南边境的大街小巷，警察解救被拐卖外国新娘的新闻也比比皆是。这也从侧面反映，在一些偏远地区，群众的法律意识还相对淡薄，法律普及工作任重而道远。而随着某些地区和国家的经济发展以及国民收入的逐步提高，现在很多本地女孩都不太有意愿跨越国境嫁到国外，十几二十年前的那种火热的态势逐步降温，并且趋于理性和良性。

我们经常会听到一句话：没有买卖，就没有伤害。

我确信足够的金钱能够满足物质的需要，但不一定能买到真心、真挚的感情和纯粹的幸福。小说中的蔡振兴和杜萌萌、王小筑和黄秋、直播间擅长使用套路的女主播吴嘉妹和榜一大哥原銮……这些都是能够照见现实的典型案例。至于小说中写到的直播间各种套路仅仅是冰山一角，在各类直播APP

泛滥的今天，诞生了诸如情感主播、才艺主播、恋爱主播、哄睡主播、表演主播等各品类人才，花样百出，人们早已见怪不怪。而无论管凡夫、管俗子，抑或怀着别人的孩子嫁给张晓峰的A国新娘明玉，最终毁掉他们人生的，是暗藏在人性中最恐怖又让人难以及时察觉的欲望和贪婪，就像毒瘾，一旦沾染就是万劫不复……

感恩一路走来给予我帮助和支持的家人、师长、领导和朋友。我所收获的，有无私的关爱、有耐心的支持、有谆谆的教导、有引领的方向，让我能够深刻感受到爱与温暖的力量。

弘一法师说："爱，就是慈悲！"

最好的爱更需要完美地传承，它是无私地给予，是正能量地输出，是责任也是使命。而这恰恰是宇宙中最温柔、最美好的能量场，爱足以治愈一切，支撑自己有勇气和信心去面对生活的挑战，去寻梦，去探索生命。

感恩世间的温情和真挚。惜缘、惜福，愿爱与关怀流淌不息，愿世间尽显温暖与光明。

白艾昕

二〇二四年四月　南京